소녀와
망태할아버지

소녀와
망태할아버지

초판 1쇄 2015년 12월 21일

지은이 장영식
발행인 김재홍
디자인 박상아, 이슬기
교정·교열 김현경
마케팅 이연실

발행처 도서출판 지식공감
등록번호 제396-2012-000018호
주소 경기도 고양시 일산동구 견달산로225번길 112
전화 02-3141-2700
팩스 02-322-3089
홈페이지 www.bookdaum.com

가격 13,000원
ISBN 979-11-5622-134-0 03810

CIP제어번호 CIP2015032885
이 도서의 국립중앙도서관 출판도서목록(CIP)은 서지정보유통지원시스템 홈페이지
(http://seoji.nl.go.kr)와 국가자료공동목록시스템(http://www.nl.go.kr/kolisnet)에서
이용하실 수 있습니다.

소녀와
망태할아버지

지식공감 도서출판

차례

추억여행 — 9

망태 할아버지 — 15

태수 삼촌과 원남이네 집 — 20

못난이 삼총사와 테리우스 — 29

가슴앓이 — 42

종이비행기 — 51

금반지 — 58

첫 만남 — 68

여의도 광장 — 83

살맛나는 세상 — 102

미성년자 관람불가 — 107

음악다방과 장발단속 — 116

십자강 벌판과 호박밭 그리고, 천막교회 — 131

무너져 내린 마지막 하늘 — 149

테러 — 169

마지막 이별 — 181

탈출 — 193

동행 — 203

아! 바다여 — 211

세월이 흐른 뒤에 — 229

해후 — 239

작가의 말 — 253

소녀와 망태할아버지

추억 여행

　창밖으로 펼쳐진 커다란 풍경화에는 평택과 천안 사이의 파란 들판들이 고운 융단을 깔아놓은 듯 드넓게 펼쳐지며 지나가고 있었다. 한차례 태풍이란 놈이 심술을 부리며 지나갔는데도, 별 탈 없이 파란 빛을, 그러나 듬성듬성 조금은 누렇게도 변해가는 들판을 바라보다 문득 애들 아빠의 모습이 떠올랐다.

　애들 아빠는 창원에 있는 큰 전자 회사의 연구실에서 근무하고 있다. 서울에 있는 본사에서 근무하다 창원으로 발령받아 내려간 지 벌써 1년이란 세월이 훌쩍 지나버렸다. 사내에 있는 기숙사 생활을 해가며 흔히 말하는 주말부부가 되어버린 것이다. 원남은 곰곰이 생각하다 피식, 혼자 웃고 말았다. 말이 주말부부였지 보름에 한 번 어떤 때는 기껏해야 한 달에 한 번 올라와서는 긴 소파 위에 누워 이리 뒹굴 저리 뒹굴 굴러가며 텔레비전 리모컨이나 눌러 대다가 하루 종일 잠만 자는 게 일이었다. 그러다 날도 채 밝지도 않은 꼭두새벽에 허겁지겁 일어나 애들 방문을 빼꼼히 열고 얼굴 한 번 쳐다본 뒤 아쉬운 마음을 억누르며 터벅터벅 멀어져가던 모습이 아직도 눈에 아른거렸다. 원남은 지난달에 애들 아빠가 올라왔을 때 미리 약속을 받아놓았었다. 애들 방학 때 아빠의 휴가에 맞춰 같이 지내기로 했던 것이다.

9

'요번 휴가 땐, 당신이 아들 데리고 창원으로 내려 오거레이. 내가 바닷가 근처에 좋은 민박집 하나 예약해 둘 테니까 그동안 아들한테나 당신한테도 너무 미안해 할 말이 없데이.'

그날도 어둠이 채 가시지 않은 새벽에 새집 지은 머리를 물을 묻혀 매만지며 미안한 표정으로 행여 애들 깰까 조심조심 낮은 목소리로 말하던 모습이 아직도 가슴속 한편에 애잔하게 남아 있었다. 원남은 바다 구경을 해 본지가 꽤나 오래된 것 같다고 생각했다. 큰 애가 초등학교 다닐 때였으니까 족히 5~6년은 된 것 같았다. 동해에 있는 주문진 해수욕장에 갔었는데 그때는 아이들이 어려서 뒤치다꺼리하느라 고생만 했지 북새통에 찍은 사진 몇 장과 그 잘난 산 오징어 회 몇 마리 먹었던 기억 밖에는 별로 생각나는 것이 없었다. '이번에는 애들도 저희끼리 놀 수 있을 만큼 많이 컸으니까 애들 아빠하고 백사장도 걸어 봐야지- 애들하고 소라 껍데기도 많이 주울 거야- 애들도 회를 좋아하니까 많이 먹여야지- 남는 건 사진뿐 이라니까 애들 사진도 많이 찍어 두어야지.' 원남의 마음은 벌써 파란 파도가 철썩이는 바닷가를 달려가고 있었다.

머리 위에서 내려오는 에어컨 바람이 너무 차다고 느껴졌다. 가운데 좌석의 밀집 중절모를 쓴 아저씨도 가끔 헛기침을 지르며 내심 에어컨 좀 껐으면 하는 생각으로 시위하는 것 같았다.

"저기요, 기사 아저씨 에어컨 바람이 너무 센 것 같아요."

원남은 기사 아저씨를 향해 항의하는 투로 목소리를 높여 말하자,

"맞다. 고마 너무 쎄데이. 고마 감기 걸리기 딱 맞데이."

밀짚 중절모 아저씨가 기다렸다는 듯이 맞장구를 쳤다. 그러자 그때 서야 눈치를 보고 있던 사람들도 여기저기서 한마디씩 거들었다.

"그래요, 좀 줄입시다. 아니 아예 끕시다."

그러고 보니 모두들 에어컨 바람이 차다고 생각했던 것 같았는데 왜? 아무 말 못 하고 참고들 왔는지 조금은 이상했다. 아마 다른 사람들은 괜

찮은데 자신만 차다고 생각하는 것 같아 참고들 있었던 모양이었다. 원남은 깔때기같이 생긴 바람이 나오는 구멍을 창 쪽으로 바꿔놓고 힐끗 고개를 돌려 창가에 앉아있는 아들놈을 바라보았다. 이어폰을 귀에 꽂고 머리를 조금씩 흔들며 음악을 타고 있었다. 엄마와 눈이 마주치자 빙긋이 웃는 모습이 어쩜, 제 아빠와 닮아도 저렇게 똑 닮을 수 있을까 너무도 신기했다. 까맣게 짙은 눈썹 크고 쌍꺼풀진 눈 이젠 제법 콧수염도 거뭇거뭇하게 나 있고, 목소리도 변성기를 지나 전화기로 들을 땐 아빠하고 분간을 못 할 정도로 목소리를 낮게 깔고 말하는 아들놈의 장난기에 깜박 속은 적도 있었다. '씨도둑질은 못 하는 겨. 생긴 것 좀 봐. 지 애비 쏙 뺐지. 성깔 부릴 때 보면 영락없는 지 애비여. 지 애비.' 언젠가 재혁이 어렸을 적에 고집부리는 손자 놈 달래면서 엄마가 던졌던 말이 아직도 귓가에 잔잔하게 남아 있었다. 옆에 앉은 아저씨가 원남과 재혁이를 번갈아 쳐다보며 알 수 없는 웃음을 흘렸다. 차만 타면 병아리처럼 조는 현정이가 거의 눕다시피 자세가 불안해 안전벨트가 아니면 떨어질 것 같이 위태로워 보이자 얼른 일으켜 제대로 앉혀주었다.

천안을 지난 지가 얼마 되지 않은 것 같은데 얼마나 달렸을까 금강 휴게소 간판이 크게 눈에 들어왔다. 휴가철의 휴게소는 그야말로 아수라장이었다. 들어가는 차와 나가려는 차가 뒤엉키고 안내원들의 호루라기 소리와 고함이 난리를 치고 있었다. 복잡한 곳에서는 경륜이 많은 구레나룻이 멋진 기사 아저씨도 별수 없었는지 한참 만에야 버스가 겨우 자리를 잡아 주차 라인에 세워졌다.

"복잡한 관계로 15분간만 휴식하겠습니다. 시간 늦지 않도록 주의하시길 바랍니다."

역시 생긴 그대로 굵고 저음인 독특한 목소리로 간단명료하게 안내 방송을 마치고 출입문을 열자 그동안 지루했던 사람들이 우르르 일어나 내리기 시작했다. 원남은 현정이를 깨워 같이 내렸다. 재혁이는 벌써 내려

저만큼 화장실 쪽으로 가고 있었다. 계속 몰리는 사람들로 화장실도 만원이라 길게 줄을 서야만 했다. 화장실 창문 밖으로 내려다보이는 저수지처럼 막아놓은 금강의 물이 파랗게 맑아 보였다. 수문 밑 쪽으로는 고기를 낚으려는 낚시꾼들이 나란히 줄지어 있고, 수문 너머로 흘러넘쳐 쏟아져 내리는 물이 마치 폭포수처럼 큰 소리를 내며 떨어지고 있었다.

식당에서도 역시 줄을 서야만 했다. 재혁이는 벌써 핫도그를 선택했고 현정이는 출발하기 전에 키미테를 붙여 주었는데도 멀밋기가 있었는지 아이스크림만 찾았다. 원남은 줄을 서서 한참 만에야 우동 한 그릇을 살 수가 있었다. 단무지 몇 조각을 조그만 접시에 담아 들고 힘겹게 자리를 잡았다. 팅팅 불어터진 우동 가락이 젓가락보다 더 굵어 보였다. 그런데도 이상하게 맛은 있었다. 다른 사람들도 후룩, 후룩, 소릴 내가며 먹는 모습이 맛있어 보였다. '물은 셀프' 편지봉투 잘라 논 것 같은 종이컵을 꺼내 입바람을 훅, 하고 불었다 '종이에 물을 담아 먹다니' 바보 같은 생각에 나오는 웃음을 참으며 북새통인 식당을 빠져나왔다.

"엄마, 뭘 두리번거려요. 저 찬데 버스 번호 1227번 기사 아저씨 얼굴만 봐도 금방 찾을 텐데."

타고 온 버스가 어느 차인지 몰라 현정이의 손을 잡고 기웃거리자 재혁이가 빙긋이 웃으며 다가와 버스를 가리켰다. 원남은 버스에 오르면서 기사 아저씨의 얼굴을 슬며시 훔쳐보았다. 맥아더 선글라스에 시커먼 구레나룻 자신들이 타고 온 버스가 틀림없었다. 한 아이가 큰 소리로 칭얼대며 올라왔다. 뒤따라 화가 잔뜩 오른 아이 엄마도 올라왔다. 아마 아이가 사달라고 조른 걸 안 사준 모양이었다. 원남의 반대편 서너 칸쯤 앞좌석에 앉았다. 기사 아저씨가 몸을 세워 좌석을 확인하더니 출입구 문을 닫았다. 버스가 이번엔 어렵지 않게 휴게소를 빠져나와 금강이 까마득하게 내려다보이는 고속도로 다리 위를 빠른 속도로 달려가고 있었다.

"시끄럽다 고마. 시끄럽데두 이따 집에 가서 사준다꼬 안 했나."

"싫어 싫어, 히 힝힝."

엄마는 달래고 아이는 계속 칭얼대며 졸라댔다. 옆 좌석의 밀집 중절모 아저씨가 짜증스러운 듯 헛기침을 질렀다.

"이 노무 가스나야, 고만해라. 고마 니 자꾸 그라문 아저씨가 이놈 한데이."

얼굴이 벌겋게 달아올라 눈치를 보던 아이의 엄마가 엄포를 놓았다.

"흐응, 싫어 흥흥."

그러나 아이는 계속 칭얼대며 고집을 부리자 버스 안 사람들의 시선이 힐끗힐끗 아이한테 몰리기 시작했다. 조용히 달리는 버스 안에는 칭얼대는 아이의 울음소리가 사람들의 신경을 건드렸다. 그때, 잠을 청하던 밀짚 중절모 아저씨가 도저히 참기가 어려웠던지 목소리를 굵게 만들어 한마디 던졌다.

"아가야, 니 자꾸 그라문 망태 할배가 잡아가 뻰데이."

효과가 컸다. 도깨비나 호랑이보다도 망태 할아버지를 알고나 있는지 그렇게 칭얼대며 고집 피우던 아이가 울음을 뚝 그쳤다.

"고 보거레이, 망태 할배가 잡아간다 안 카나. 알았재?"

엄마가 손수건을 꺼내 눈물 콧물로 범벅된 아이의 얼굴을 닦아주며 민망한 표정을 지었다. '망태 할아버지' 지금까지 까마득히 잊고 살았었는데 참으로 오랜만에 들어보는 소리라고 원남은 생각했다.

"엄마, 망태 할아버지가 정말 그렇게 무서워? 귀신보다 더 무서운 거야?"

칭얼대며 울던 아이가 뚝 그친 걸 보고 현정이가 신기한 듯이 물었다.

"아니, 안 무서워 똑같은 사람인데 뭐가 무섭냐? 우리 이웃에도 좋은 사람도 있고 나쁜 사람도 있듯이 망태 할아버지들도 다 같은 사람이란다. 그냥 엄마들이 아이들 혼내키려고 무섭게 지어서 하는 말이야."

"그러면, 망태 할아버지들은 억울하겠네! 자기네들을 귀신이나 도깨비처럼 무섭게 말하는걸."

현정이는 엄마의 해명에 이해가 안 간다는 표정으로 졸리운지 크게 하품을 하며 의자에 기댔다. 버스가 구름도 자고 가고 바람도 쉬어 간다는 추풍령 고개를 힘겹게 넘어가고 있었다. 원남은 슬며시 고개를 돌려 뒷좌석의 재혁이를 다시 한 번 바라보았다. 이어폰을 꽂은 채 이번엔 눈을 감고 차창에 기대여 있는 모습이 제법 의젓해 보였다. 옆자리의 아저씨도 의자를 뒤로 젖힌 채 눈을 꼭 감고 잠을 청하고 있는 것 같았다. 그사이 현정이도 엄마 어깨에 머리를 기대고 무거워진 눈을 껌벅이고 있었다. 원남은 현정이의 모자를 바로 씌워 주면서 발갛게 상기된 볼이 귀여워 살짝 꼬집어 주며 자신도 차창에 머리를 기댔다. 눈 부신 햇살 때문에 가려진 커튼을 살며시 젖히며 그 사이로 펼쳐 지나가는 창밖을 내다보았다. 고속도로와 나란히 달리는 지방도로의 가로수들이 그 언젠가 보았던 아련한 기억처럼 뒤로 또 뒤로 스치며 도망간다고 생각했다. 그리곤 까마득히 스쳐 지나버린 그 시절의 애잔한 그리움 같은 것들이 마음 한편 저 끝에서부터 가슴 뭉클한 기억으로 아스라이 다가오고 있는 것 같았다.

　'망태 할아버지, 테리우스, 장민식.'

　커튼 사이로 비집고 들어오는 햇살이 눈 부셔 얼굴을 찡그리게 하였다. 원남은 눈을 지그시 감아보며 가물가물 떠오르는 지나간 추억들을 빛바랜 앨범 속의 사진 넘겨보듯 한 장면 한 장면 떠올려보았다.

망태 할아버지

원남의 방 창문에서 정면으로 바라다보면 저 멀리 드넓은 벌판 끝으로 그 유명한 서울대학교를 품고 있는 관악산이 동양화처럼 펼쳐져 우뚝 솟아있고, 넓은 벌판 한편에는 일제 강점기 때 지어졌다는 벽돌 공장의 굴뚝이 하늘 높이 뾰족하게 서 있는 게 보였다. 그 옆으로는 관악산 계곡 줄기에서 타고 내려오는 실개천이 폭이 좁은 둑길을 따라 흐르고 있었다. 그 실개천이 벽돌공장에서 야금야금 파먹은 커다란 십자 모양의 웅덩이로 흘러들어와 아주 큰 강이 만들어졌다. 그 후 언제부터인가? 사람들은 그곳을 십자강이라고 부르게 되었다. 십자강 벌판에는 논과 밭으로 일구어져 멀리서 바라보면 푸른 색을 띠지만 대부분 호박밭이 차지하고 있었다. 그 호박밭 옆에는 천막으로 지어진 조그마한 교회가 있었는데 일요일 아침이면 신도들을 부르는 찬송가의 종소리가 늦잠들은 꿈결 속에서 아련히 들려오곤 했었다.

그 당시 그 커다란 십자강이 서서히 쓰레기로 매립되어가고 있었고, 매립장 근처에는 일명 재건대라고 부르는 넝마주이 집단들의 공동체가 커다란 군용 천막들로 지어져 있었다. 바로 울던 아이도 그친다는 망태 할아버지들이 모여 사는 곳이었다. 그들은 긴 모자챙을 내려쓰거나 벙거지 모자를 눌러써 얼굴을 반쯤 가리고 다녔다. 대나무로 짜인 커다란 망태

15

를 짊어 메고는 기다란 집게를 탁탁 두드려서 차각, 차각, 하는 소리를 내며 걸어가는 속도와 박자를 맞추면서 걸었다. 아마 무거운 망태를 메고 먼 길 다니기 위해선 군인들이 군장을 메고 구령에 맞춰 뜀 걸음 하는 것과 같은 맥락인 듯했다. 구청 청소차와 각종 산업 폐기물을 잔뜩 실은 트럭들이 뽀얀 먼지를 일으키며 드나드는 매립장이나 동네 집 대문 앞에 커다란 콘크리트 쓰레기통을 뒤져 종이나 헌 옷가지, 빈 병 같은 것들을 망태에 꾹꾹 눌러 담아 가지고 갔다. 냄새나는 쓰레기들을 망태에 잔뜩 담아 짊어 메고 씩씩, 헉헉, 숨찬 소리를 지르며 골목길을 걸어오고 있는 망태가 나타나자, 심통 부리며 울고 있던 아이들을 달래던 엄마들이,

"저기 망태 온다. 망태, 너 자꾸 울면 망태 할아버지가 잡아간다."

하고, 엄포를 놓으면 그렇게 떼쓰고 울던 아이들도 그 한 마디에 신기하게도 뚝 그치고 말았다. 엄마 치마폭에 꼭꼭 숨어 빼꼼히 한눈만 내밀어 훔쳐본 모습이 푹 눌러쓴 벙거지 모자에 반쯤 가려진 얼굴에서 숨찬 소릴 내며 시커멓게 다가오는 망태 할아버지가 마치 괴물 같은 형상으로 각인되어 남아 있었을 것이다. 그러나 망태 할아버지가 아이들을 잡아간 적도 아이들을 무섭게 놀라게 한 적도 없다. 어디서부터 어떻게 무서운 망태 할아버지의 전설이 시작되었는지 몰라도 자신들만 나타나면 무슨 괴물 보듯 곁눈질하며 비켜가는 사람들을 볼 때마다 자신들의 처지가 너무도 기가 막혔을 것이다. 더구나 의심에 눈초리로 바라보는 커다란 망태 속에는 사람들이 실컷 쓰다 버린 쓰레기만 가득 들어 있다는 걸 알고나 있는지— 그 잘난 사람들에게 밟히고 찢겨 결국엔 내동댕이쳐지거나 비참한 밑바닥 수모를 겪고 나면 또다시 버려지는 휴지 같은 인생을 두 번 다시 살지 않으리라 열심히 살고들 있는데— 왜? 사람들은 그들에게 돌을 던지는지— 하물며 동네에서 뭐든지 없어지기라도 하면 동네 사람들은 틀림없는 재건대 소행이라고 생각해 어쩌다 망태들이 지나가기라도 하면 아줌마들끼리 모여 뒷전에 대고 수군거렸다. 그러나 그 당시에는 살기가 어

16

려운 사람들이 너무 많아 좀도둑들이 극성을 부리던 시대였었다. 남의 집 장독대까지 올라가 된장 고추장도 퍼내 갈 정도였다. 그런 상황이니 동네 파출소에도 끊임없이 들어오는 도난 신고 때문에 동네 파출소 순경들의 골머리를 앓게 했다. 신고를 받고 조사해 보면 빨아 널어 놓은 옷가지서 부터 시작해 신던 구두나 운동화, 세숫대야, 양은 솥 냄비 하다못해 쌀독에 쌀까지 퍼 갔다고, 입에 거품을 물며 빨리 잡아내라고 난리를 피울 때면 동네 순경들 입장에서도 난처할 수밖에 없었다. 동네 아줌마들이 지목한 용의자들이 바로 망태들이었기 때문이었다.

"아 글쎄, 이놈의 도둑놈이 잡화상을 차리려나 별걸 다 훔쳐가네! 내 원 참 별 추잡스런 도둑놈 같으니라고, 어이 김 씨, 재건대 막사 좀 가 봅시다. 아줌마들이 그 사람들을 의심하고 있으니까."

차라리 순경보다는 중학교 국어 선생님이 더 어울릴 것 같은 파출소 윤 순경이 오토바이 열쇠를 들고 앞장서 나갔다.

"틀림없이 그놈들 짓이라니께. 하여간 그놈들만 지나가고 나면 뭣이 없어져도 없어진다니께."

동네 반장이라는 아줌마가 누런 금이빨을 번쩍거리며 침을 튀겼다. 방범대원 김 씨를 뒤에 태운 조그만 오토바이가 힘겨운 소리를 내지르며 십자강 벌판의 논둑 길을 희뿌연 먼지를 일으키며 내달려갔다.

"어이구, 더운 날씨에 수고들 하십니다. 그렇게 동네 아줌마들이 우리를 의심한다니까 마음대로 찾아보십쇼. 하지만 우린 자체 내에서도 절대로 남의 것은 탐하지 말라고 교육을 하고 또 그렇게들 살고 있습니다."

재건대 대장이 침착하게 차분한 어조로 말을 하지만 조금은 언짢은 표정을 지었다.

"개인 사물함 좀 볼 수 있을까요?"

목까지 흘러내린 땀을 연신 닦아대며 윤 순경의 시선이 사물함을 찍었다.

"아! 예, 얼마든지 보십쇼."

재건대 대장의 얼굴색이 점점 변하면서 손잡이가 부러지고 다이얼도 고장난 양철 캐비닛을 활짝 열어 주었다. 윤 순경이 옷걸이에 걸려있는 옷이며 차곡히 접어 넣은 담요 사이까지 살피자 뒤에서 보고 있던 재건대 대장이 격앙된 어조로 마치 목사님이 설교하듯 일장 연설을 풀기 시작했다.

"비록 우리가 이렇게 구차하게 사는 것처럼 보여도 정말로 양심을 저버리는 일은 하지 않고 살고 있습니다. 알코올 중독자도 있었습니다. 전과가 몇 범씩 되는 사람들도 있습니다. 하지만 그것은 지나간 과거일 뿐 지금은 주워 먹고는 살되 훔쳐 먹는 짓은 말자는 일념으로 하루하루 희망을 잃지 않고 꿋꿋하게 살아가고 있습니다. 그리고 우리 대원들 교회도 착실히 나가고 각자 적금 통장도 하나씩 갖고 있습니다. 정말 열심히 착하게 살려고 노력하는 사람들이니까 제발 동네 분들 색안경 쓰고 보지들 마시고 오해 좀 안 하시게 순경 아저씨들이 말씀 좀 잘 전해 주십시오."

재건대 대장의 설교에도 아랑곳하지 않고 소파 밑바닥까지 살피던 윤 순경의 시선이 막사 한구석에서 멈추었다. 그곳엔 예수님의 거룩한 십자가가 찢어진 천막 사이로 들어온 찬란한 빛을 받으며 윤 순경을 내려다보고 있었다. 그리고 그 밑에는 유리가 깨어진 기다란 액자 속에 예수님의 성경 말씀이 새겨져 있었다.

'수고하고 무거운 짐 진 자들아 다 내게로 오라. 내가 너희를 쉬게 하리라.' 마태복음 11장 28절

"별거 없구만 그만 가시죠?"

어색한 표정으로 윤 순경이 방범대원 김 씨를 불러 앞장세웠다.

"하여간, 잘 보았고 동네엔 내가 잘 전할 테니까 대장님도 대원들 교육 좀 잘 시키세요."

아무런 혐의점도 찾지 못한 윤 순경이 또다시 뿌연 먼지를 일으키며 소리만 요란하게 질러대는 조그만 오토바이를 타고 그렇게 휑하니 되돌아갔다.

원남이도 가끔 파출소 옆의 순댓국밥집에서 나오는 망태들을 본 적이 있었다. 덥수룩한 수염에 모자를 삐딱하게 돌려쓰고 이빨을 쑤시면서 커윽, 크윽, 트림하며 커다란 망태기 앞에 서 있었다. 소매 없는 작업복에 시커멓게 그을린 굵은 팔뚝에는 해골 모양의 문신이 보였다. 어쩌다 원남과 눈이 마주쳐 히죽, 웃기라도 하면 간이 철렁하도록 소름이 끼쳐 파출소 앞쪽으로 바짝 붙어서 걸음을 재촉하곤 했었다.

망태 할아버지

차각, 차각 집게장단에 아침까지 꿈 속 헤매는
학교 갈 아이들 깨워주고
실컷 쓰다 버림받은 것들 하나, 둘 주워 모아
망태에 한 짐 가득 채울때까지
십리 길도 마다않고 오늘도 터벅터벅, 말없이 걸어가네
커다란 망태 속에 희망의 꿈도 함께 담아 힘겹게 메고 갈 때
'이놈! 너 울면 망태 할아버지가 잡아간다.'
고집부리며 울던 아이 긴 울음도 그쳐주고 허허허,
너털웃음 지으며 뒤돌아서서 석양노을 바라보며
한시름 달래보네.

태수 삼촌과 원남이네 집

그 당시 영등포에는 커다란 방직 회사가 두 곳이나 있었고 그 유명한 오비 맥주 회사와 크라운 맥주, 그리고 진로 소주 회사가 자리하고 있었다. 원남이네 집은 크라운 맥주 회사 뒤쪽으로 작은 동산 중턱에 이층 양옥집으로 지어져 있었고, 그 동네 이름이 도림동이었다. 길가의 일층에는 문방구와 세탁소집에 세를 주었다. 이층은 원남이네 가족들이 사는 살림집이었고, 이층 마당 한 귀퉁이에 수도가 있어 벽돌색 타일로 마감한 물탱크가 있었다. 마당을 중심으로 빙 돌아가며 방이 네 칸이나 있었는데 부엌과 달린 큰 방은 엄마와 아빠가 쓰고 큰 마루를 사이에 둔 건넛방은 첫째와 둘째인 은하와 은미가 썼다. 계단 쪽으로 내려가는 입구에 있는 방은 원남이와 바로 위인 은주 언니가 썼고, 바로 옆방에는 이 집에서 왕자님 대접을 받고 사는 막내인 태현이가 턱 허니 독방을 차지하고 있었다. 그런데 왜? 언니들은 은하, 은미, 은주. 같은 예쁜 이름으로 축복을 받았는데, 어떤 이유로 원남이만 남자 같은 이름을 하사받아 놀림감이 되었을까? 거기엔 웃지 못할 사연이 숨어있었다. 문제는 엄마가 딸, 딸, 딸. 계속 딸을 낳자 아들을 기다리다 지쳐 버린 몸이 닳은 아빠는 술로 세월을 보내야만 했고 벙어리 냉가슴 앓으며 죄인이 되어버린 엄마는 한숨과 눈물로 지새워야만 했었다. 그러다 예부터 전해 내려온 최후의 비방대로 끝순

이, 말숙이, 딸막이, 후남이, 귀남이. 등등- 기가 막힌 후보들의 이름들을 제치고 제발 네 번째 딸이 마지막 딸이 되길 삼신 할매에게 손이 발이 되도록 빌어가며 하사받은 이름이 원할 원 사내 남 그렇게 정원남이가 된 것이다. 이렇게 웃지 못할 이름의 사연이 정말 효력을 발생한 것일까? 그때부터 3년 후 신기하게도 어른들이 말하는 떡두꺼비 같은 아들이 달랑거리는 고추를 자랑하며 우렁차게 태어났던 것이다. 그렇게 태어난 아들이 '정태현'이란 이름으로 술과 시름에 빠져있던 아빠를 건져내고 죄인 아닌 죄인이 되어 한숨과 눈물로 지새우던 엄마의 어깨를 활짝 펴게 해주었던 것이다. 이렇게 한 가족이 모여 살고 있지만 각자 나가고 들어오는 시간이 틀리기 때문에 아침 식사시간 빼고는 거의 얼굴을 마주하기가 힘들었다. 그러자 어느 날 호랑이 같은 아빠의 통금령이 떨어졌다. 무슨 일이 있어도 무조건 9시까지 집에 들어와야만 했다. 한 번 위반할 시에는 삼 일간 외출 금지 두 번째는 일주일 세 번이면 아예 한 달간이라는 강력한 벌칙을 내걸자 그 후론 통금령을 위반한 사람은 그 아무도 없었다. 원남이네 집은 동네에서 제일 부자였다. 철공장도 하고 가게도 몇 개나 운영하는 아빠 덕분에, 정육점, 약국, 연탄가게, 세탁소, 만홧가게, 미장원- 등등 동네에선 이층집 부잣집 딸들로 통했다.

원남이네는 정말 부자였다. 냉장고도 두 대 텔레비전도 두 대씩이나 있었다. 냉장고 한 대는 음식을 넣는 마루에 있었고 보약을 저장하는 좀 작은 냉장고는 안방으로 모셔졌다. 텔레비전도 전축처럼 문을 열어야 화면이 보이는 커다란 텔레비전은 여러 사람이 보아야 하니까 거실마루에 있었고 빨간 색깔의 조그만 텔레비전은 U.S.A.라는 이름표를 자랑하며 안방에 있는 화려한 자개농 옆의 화장대 위를 장악하고 있었다. 전화도 안방에 한 대 놓고 같이 쓸 수 있도록 전화기를 거실까지 연결하여 놓았다. 그러다 느닷없이 '전화받아라' 하는 소리라도 들리면 슬리퍼를 질질 끌며 수돗가를 가로질러 마루를 쿵쿵거리며 뛰어가 전화를 받아야만 했다. 그러나 원남이네 재산 목록 1호는 대문 앞에 세워져 있는 먼 바다를 건너온 벤츠 승용차였다. 엄마가 '문 기사'라고 부르는 아저씨가 틈만 생기면 왁스 칠을 해가며 빛나게 닦아놓는 까만 자가용. 어쩌다 운 좋게 아빠와 함께 나가는 날이면 학교 앞까지 태워다줘 친구들의 부러움과 시샘의 눈초리를 동시에 받게 했던 까만 자가용. 지나가던 사람들도 부러운 눈빛으로 한 번씩 바라보는 반짝반짝 빛나는 까만 자가용이었다.

원남이네 집 거실 한켠 진열장 속에는 선물로 들어온 양주님들이 저마다의 출신 성분과 모자를 벗기지 않고 꼿꼿이 버텨온 세월을 자랑하며 제 자리를 지키고 있었다. 다행히 원남이 아빠의 높은 고혈압 때문에 귀한 양주님들의 생명이 연장되어 그냥 진열품으로 폼을 잡을 수가 있었다. 덕분에 가끔 태수 삼촌이 들러서 재고 정리를 해주고 갔다. 안주도 필요 없고 양주잔에 얼음은 사치였다. 그저 부엌에 있는 마늘 몇 쪽이나 멸치 부스러기에 고추장만 있으면 그만이었다. 무슨 양주에 한이 맺힌 사람처럼 그 독한 양주를 큰 음료수 컵에 따라서 한 번에 벌컥벌컥 마셔 버렸다. 항상 국방색 전투복 바지에 한여름에도 검정 점퍼를 팔을 걷어 올려 입고는 자크가 달린 미제 군화를 신고, 머리는 짧은 스포츠형 스타일을 고집했다. 눈 밑에서 귀밑까지 깊게 꿰맨 흉터 때문에 웬만한 사람들은 감히 정면으로 쳐다보기를 꺼렸다. 볼 때마다 벌겋게 취한 모습이었지만 눈빛만큼은 파랗게 살아있었다. 태수 삼촌은 귀신도 때려잡는다는 해병대 출신으로 월남전까지 치르고 온 역전의 용사였다. 절친했던 동료의 가슴에 박혔던 총알로 목걸이를 만들어 목에 걸고 다닌다. '독불장군' 태수 삼촌을 두고 하는 말이었다. 언젠가 영등포 역전패들과 포장마차에서 시비가 붙어 5대 1로 싸워 이겼다는 소문이 입방아꾼들을 통해 온 동네로 퍼지고 난 후부터는 감히 동네에선 태수 삼촌에게 덤빌 사람은 아무도 없었다. 불의를 보면 참지 못하는 성격이지만, 그래도 인사성 밝고 어른들 공경할 줄 아는 사람이라고 동네 노인들에게는 칭찬받는 청년이었고 원남이에게는 항상 다정하고 듬직한 삼촌이었다. 원남이네 집 길 건너에는 목공소가 있어 가끔 기계 톱 소리가 요란스럽게 귀를 괴롭혔다. 목공소 옆 공터에는 국수를 건조하는 수평대와 평상이 놓여 있었는데, 태수 삼촌에게는 가끔 쉬어가는 쉼터였고 동네 노인들에게는 시원한 나무 그늘도 있어 바둑이나 장기를 두며 놀 수 있는 노인정 같은 유일한 휴식 장소였다. 그러나 안락한 그 자리를 더럽히는 빨갱이 같은 놈이 하나 있었다. 커다란 대문이 달린 기와집 주인 놈이었다. 검은색 지프를 타고 다녔는데, 항상 그놈의 차를 평상 옆에 세워 두고 다녀 여간 걸리적거리는 게 아니었다. 더구나 그 큰 덩치에 거들 먹거리는 팔자걸음으로 다가와 어르신들에게 인사 한마디 없이 차에 올라타고는 시동을 걸 때마다 검은 매연만 잔뜩 뿜어내며 지나친 적이 한두 번이 아니었다.

"우왝! 쿨룩 쿨룩, 우에취여! 어이구 요즘 놈들은 싸가지라곤 눈꼽 맨치도 없단 말여. 지놈은 애비도 없나? 인사 좀 하면 어디가 덧나나? 그놈의 차 똥방뎅이 좀 담 쪽으로 돌려놓으면 덜 할 틴디 꼭 우리 쪽으로 대 논단 말여."

장기를 두던 쌀집 아저씨네 할아버지가 쿨럭대면서 화를 내자,

"아, 저놈이 그 뭣이냐 정보분가 보안댄가 그런데 다님담서?"

마주 앉아있던 한복집 아줌마네 할아버지가 맞장구를 쳤다.

"아, 먼저는 그놈 시끼가 키우는 부르독근가 뭔가 송아지만 한 개새끼 때문에 파출소 소장까지 올라 왔었는디 뭐라고 어쩌구 씨부링께 아, 소장도 차렷 자시로 꼽뻑 경례를 올리고 가더랑께. 그라고 본께 그 기가 높긴 높은 덴게벼."

옆에서 훈수를 두던 혼자 사는 복덕방 홍 영감이 한마디 거들었다.

이때 옆에서 보고 있던 태수 삼촌이 정보분가 보안댄가 하는 소리에 아무 말 못 하고 서 있던 자신이 한없이 초라하고 비겁해진 것 같아 땅속으로 숨고 싶은 심정이었다. 그러던 어느 날 동네 노인들이 모여 장기를 두

고 있는데 그 불독 주인이 거들먹거리는 팔자걸음으로 이마에는 번질거리는 개기름을 흘려가며 나타나자 잔뜩 벼르고 있던 태수 삼촌이 불독 주인에게 다가서며 한마디 던졌다.

"저 좀 보시죠, 다른 게 아니고 다음부터 차 댈 때는 차 꽁무니를 담 쪽으로 돌려놓든지 아니면 차를 정비 좀 하십쇼. 시동 걸 때마다 할아버지들 쪽으로 심하게 매연이 뿜어져 안 좋으니까."

태수 삼촌이 점잖은 어조로 무게 있게 한마디 던지며 매서운 눈초리로 쳐다보았다. 그러자 그렇게 거들먹거리던 불독 주인이 맞는 말에 할 말이 없었는지 아니면 태수 삼촌의 서슬 퍼런 눈빛에 눌렸던지,

"아! 그렇소, 그걸 내가 미처 생각을 못 했구먼. 알겠소."

떫은 표정으로 대답만 해주고는 차 문을 신경질적으로 쾅, 소리 나게 닫더니 와아앙 하는 고의적인 소음을 내며 또다시 시커먼 매연만 잔뜩 뿜어 대면서 가버렸다. 그러나 이렇게 시작된 악연이 후에 큰 비극을 불러올 줄은 그 아무도 몰랐었다.

"우헤헤헷! 역시 자네밖에 없구만 그 지독한 국수 가게 박 씨도 찍소리도 못 했는디 자네 한 마디에 주눅이 들어 꼬랑지 내리는 걸 봉께 내 속이 다 후련하네그려."

쌀집 아저씨네 할아버지가 아이들처럼 손뼉을 치며 좋아라 했다.

"그란디, 거시기 저놈시키는 사람잉께 말하면 알아나 처묵지 그 노메 송아지만 한 개새끼 어뜩혀야 쓰갔는가 살이 잔뜩 찐게 기름기가 주르르 흐르는 게 복날 때려잡아 동네잔치나 했으면 딱 좋겠구만."

불독에게 물렸던 경험이 있는 복덕방 홍 영감이 한 맺힌 울분을 토했다. 월셋방 손님을 소개하러 갔다가 그놈에 불독이 느닷없이 튀어나와 정강이를 물었는데 다행히 통이 넓은 한복 바지라 바짓가랑이만 물렸다면서 분통을 터뜨렸다.

"비가 오려나, 하늘이 갑자기 왜이랴? 워메 저기 좀 보랑께?"

한복 집 할아버지가 일어서며 십자강 벌판을 바라보자 모두 일어나 목을 늘여 쳐다보았다. 벌써 멀리 보이던 관악산은 시커먼 구름으로 뒤덮여 보이지도 않고 어두운 회색빛으로 변해버린 십자강 벌판에는 장대 같은 소나기가 쏟아져 내리고 있었다. 할아버지들도 황급히 각자 자신들의 집으로 돌아가 버리고 수평대에 널어놓은 국수를 걷어들이느라 박 씨만 정신없이 바쁘게 움직였다. 그나마 태수 삼촌의 도움으로 시커먼 비구름이 동네를 덮치기 전까지 국수를 다 들여놓을 수가 있었다. 안도의 한숨을 내쉬며 손을 털던 지독한 박 씨가 고맙다며 소주 한잔 사겠다는 걸 극구 사양하고 밖으로 나설 때쯤 쌀알만 한 빗방울이 바짝 메마른 땅바닥을 흙먼지를 터뜨리며 떨어지기 시작했다. '그래. 쏟아지라! 왕창 쏟아져라. 엿 같은 놈들 다 떠내려가게 팍, 팍, 퍼부어라. 니기미.' 태수 삼촌의 한 서린 독백에 답이라도 하듯 비는 미친 듯이 더 퍼부었고, 옷도 마음도 다 젖어 버린 태수 삼촌이 미제 군화가 다 젖도록 진 땅을 밟으며 파출소 옆에 있는 순댓국집을 향해 걸어가고 있었다.

파출소 옆에 있는 순댓국집은 태수 삼촌에겐 유일한 만남의 장소였다. 오가는 동네 길목에 자리 잡고 있었고, 선배나 후배들 그리고 어르신네들 모두한테 모여 막걸리 한잔 후하게 돌려가며 이런저런 세상 이야기 나누는 것이 제 일의 낙이었다. 그 조그만 순댓국집에선 경제, 정치, 문화와 예술. 그리고 여자들의 은밀한 이야기와 상스런 욕까지 종합 세트로 다 쏟아져 나온다. 후덕하게 생긴 순댓국집 아줌마가 '숭덩숭덩' 쓸어 담아주는 돼지 머리 고기에 새우젓 듬뿍 찍어 막걸리 한 사발 들이키면 세상 뭐 하나 부러울 게 없었다. 그날도 아무 발전 없는 개똥 같은 철학이나 을 퍼대던 술꾼들은 다 떠나 버리고 태수 삼촌만 혼자 남아 빈 막걸리 사발에 꾸벅꾸벅 절을 하고 있었다.

"삼촌! 그만 가야지? 집에 가서 자라고 문 닫아야 한 단 말야!"

흔들 꾸벅 절을 하고 있는 태수 삼촌을 쳐다보며 순댓국집 아줌마가 소릴 질렀다.

"아, 알았어 알았다구. 여기 오늘 얼마지?"

태수 삼촌이 비틀거리며 일어나 주머니를 뒤지자,

"아까 전에 목공소 사장님이 다 냈어. 오늘은 자기가 낸다며 큰소리 떵떵 치더니 돈 낼 땐 손을 발발 떨더라니까? 짠돌이가 웬일인지 우습지도 않더라구."

그나마 오늘은 외상 손님이 없었는지 아줌마의 목소리가 경쾌하게 들렸다.

"알았어. 올라갈게. 내일 보자구."

비척거리며 밖으로 나온 태수 삼촌이 무거운 몸을 전봇대에 의지하며 긴 한숨 소리와 함께 희뿌연 담배 연기를 하늘을 향해 길게 뿜어 올렸다. 태수 삼촌이 올려다본 그곳에는 보석 가루를 뿌려 놓은 듯 반짝이는 별들을 한 아름 품고 있는 하늘이 내가 언제 비를 내렸냐며 시침 뚝 떼고 있다가는 쑥스러웠던지, 가끔 별똥별만 흘려주고 있었다.

"어이! 태수! 집에 들어가야지? 통금시간 다 되어간다구."

파출소 앞에서 순찰 준비를 하고 있던 방범대원 김 씨가 다정한 척 말했다.

"알았쉬다. 그렇지 않아도 지금 올라가려던 참이요."

태수 삼촌이 양쪽으로 달려있는 건빵 주머니에 두 손을 깊숙이 집어넣고 노래를 흥얼대며 아나파 약국 앞 골목길을 올라가고 있었다.

이 풍진 세상을 만났으니 / 너의 희망이 무엇이냐
부귀와 영화를 누렸으니 / 희망이 족할까—

부르고 또 부르고 유일한 애창곡이요 십팔 번인 희망가를 부르며 조그만 방범등이 희미하게 졸고 있는 골목길로 접어들게 되었다. 그런데 심각

26

한 일이 터지고 말았다. 아무 생각 없이 흥얼거리며 기와집 대문 앞을 지나가고 있는데, 저벅거리는 군화 소리 때문이었을까? 이상한 예감에 아주 천천히 뒤를 돌아보게 되었다. 순간 아찔 했다. 온 머리카락이 곤두서는 것 같았다. 바로 눈앞에는 그 무시무시한 불독이 허연 거품을 흘려가며 시뻘건 눈을 치켜뜨고는 당장에라도 물듯이 다가오고 있었다. 그러나 태수 삼촌이 누구인가 그깟 똥개 때문에 겁먹을 위인이 아니었다. '그래. 조금만 더 가까이 오너라 빨갱이 심보를 가진 건방진 주인 놈 닮아서 살만 피둥피둥 쪄서 약한 애들과 노인들이나 부녀자들만 골라서 물고, 온갖 동네의 암캐들은 다 건드리고 다니는 못된 놈의 개새끼. 요놈의 개새끼가 주인 놈 빽 믿고 의기양양해서 노는 꼴이 눈꼴 사나웠었는데, 주인 놈은 한 번도 제대로 된 사과도 없이 계속 불독의 만행을 뒷전에 앉아 강 건너 불 보듯 하고, 그렇게 차 뒷 꽁무니를 담 쪽으로 대라고 말했는데도 계속 평상 쪽으로 들이대는 고집은 왜 부리는 거야? 쌍!' 순간이었다. 찬스를 보며 기다리던 불독의 턱주가리가 사정거리에 들어왔다. 태수 삼촌이 있는 힘을 다해 미제 군화 발길로 불독을 세차게 내질렀다. 제대로 맞은 모양이었다. 켁! 하는 외마디 소릴 내지르더니 시뻘건 눈을 뒤집곤 가쁜 숨을 헐떡이며 퍼덕대고 있었다. 태수 삼촌의 눈빛이 파랗게 변하자, 입가엔 알 수 없는 미소를 띠며 다시 한 번 미제 군화 발길로 불독의 머리통을 내리찍었다.

"무식한 똥개새끼 주제에 뒈질려고 까불고 있어 쌍!"

한 마디 내뱉고는 유유히 골목길을 벗어나 집으로 향했다. 그런데 통쾌한 일은 그 후에 일어났다. 그 일이 터진 지 며칠 후 집에서 나와 무심히 골목길을 지나려는데 쇠사슬을 풀고 나온 기와집 불독과 마주치게 되었다. 깜짝 놀라 방어 자세를 취하려는데 이게 웬일인가? 그 포악한 불독이 태수 삼촌을 본 순간 멈칫거리더니 짧은 꽁지가 빠져라. 오줌을 지리며 도망치고 마는 것이었다. '아하, 네놈이 그때 오지게 혼쭐이 난 모양이로

구나. 그래서 빨갱이 새끼들처럼 헛소리하는 놈들이나 미친개에게는 그저 몽둥이가 약이라니까.'

그 후론 기와집 대문 앞을 지날 때면 '어흠' 하고 큰 소리로 헛기침 한번 질러놓고 대문을 살짝 열고 들여다보면 허파가 뒤집어지도록 웃길 일이었다. 그렇게 사나웠던 불독이 잔뜩 움추린 채로 멍청하고 바보 같은 불독이 되어 주눅 들은 눈만 껌벅이고 있었다.

기와집 대문에는 문패 두 개가 걸려 있었다. '천만섭' 동네 어르신들도 몰라보는 싸가지 없는 주인 이름이 지놈 몸무게만큼이나 묵직하니 대리석에 새겨져 있었고, 그 옆에는 '맹견 주의' 주인과 똑 닮은 불독의 명판이 빨간색으로 그것도 박달나무에 새겨져 건방지게 붙어 있었다. 태수 삼촌이 주머니에서 분필 토막을 꺼내 글씨를 바꿨다.

'똥개네 집.'

그 날 이후부터는 십 리 밖에서 놀다가도 태수 삼촌의 냄새만 풍기면 꽁지가 빠지라 도망가는 멍청한 불독을 볼 수가 있었다.

순댓국

투박한 뚝배기 속 뽀얗게 우러난 국물 고기 한줌 양념 두술
맘씨 좋은 주인아줌마 정성도 가득 담아 내오는 순댓국에
흰 쌀밥 듬뿍 말아 크게 한술 입에 넣고 깍두기 한입
베어 물면 고향계신 어머님 깊게 패인 주름진 얼굴로
손짓하며 웃는 모습 떠올라 하루 종일 등짐 지며
흘린 땀방울 한스런 눈물 되어 국밥 위에 떨어지네

못난이 삼총사와 테리우스

원남의 하루는 망태 할아버지의 집게 장단 소리로부터 시작되었다. 처음에는 이른 아침 그 시간만 되면 들려오는 저 소리가 도대체 뭘까 하고 궁금했었다. 그러던 어느 날 짜증스러운 마음에 소리라도 질러 볼 요량으로 벌떡 일어나 창문을 활짝 열고 내려다보고는 소스라치게 놀라 그냥 주저앉고 말았다. 바로 그 소리는 망태 할아버지가 기다란 양철 집게를 손바닥에 두드려 '차각 차각'하고 내는 소리였던 것이다. 하얀 해군 모자를 귀가 덥히도록 눌러쓰고 기다란 집게로 대문 옆에 있는 쓰레기통을 뒤져 종이 같은 것들을 망태에 담고 있었다. 원남은 찍소리 못하고 살며시 문을 닫고 말았다.

원남의 일상은 늘 그러했듯이 다람쥐 쳇바퀴 돌리듯 항상 같은 날의 연속이었다. 아침 6시 30분 '차각 차각'하는 집게 장단 소리가 몽롱한 꿈속에서 들려오다 점점 다가와 한참 꿈속에서 헤매는 원남의 단잠을 깨우고 만다.

"어휴, 지겨운 또 저 소리 흥, 흥, 에이 씨!"

차각, 거리는 소리에 짜증을 내며 홑이불을 뒤집어쓰고 한 바퀴 뒹군다. 그러다 조금 지나면 6시 50분 시계처럼 정확한 엄마가 미닫이문을 두드리며 깨운다.

"애들아! 얼른 일어나라 학교 가야지? 일어나래니께 응? 이젠 안 깨운다. 지각하던 말 던 알아서 해라."

마치 녹음해둔 알람시계처럼 매일 똑같은 대사다. 그리고 5분도 안 돼 또 와서 깨운다. 그러면 그때서야,

"예! 알았어요, 알았다구요."

하고, 기지개를 켜며 쉰 목소리로 대답한다. 그래도 잠이 덜 깨 꼼지락거리고 있다 보면 7시가 다 되어 가고 그러면 골목 끝에서부터 들려오기 시작하는 또 하나의 지겨운 소리가 있었다. 구청에서 나온 청소차의 지붕 위에 설치된 스피커에서,

새벽종이 울렸네 / 새 아침이 밝았네 / 너도나도 일어나
새마을을 가꾸세 /살기 좋은 내 마을 / 우리 힘으로 만드세

하는, 새마을 노래가 온 동네가 떠나가도록 울려대기 시작하면 더 이상 버틸 수 없어 일어날 수밖에 없었다. 그러나 새벽종이 울리고 새 아침이 밝았다고 아무리 악을 써도 꿈쩍 않고 버티는 사람이 있었으니 옆으로만 퍼져가는 몸이 무거워 슬픈 은주 언니였다.

"언니야! 일어나 일어나란 말야. 나도 더 이상 안 깨운다."

자신도 모르게 엄마와 똑같은 대사가 튀어나왔다.

"으응, 알았어 알았으니까 그냥 내버려둬."

그래도 못 일어나 비몽사몽 구름다리 위를 헤매고 있다.

"이젠 정말 안 깨운다. 나중에 안 깨웠다구 원망 말어. 난 틀림없이 깨워 줬으니까."

결국 엄마처럼 은근한 공갈에 협박을 곁들여야만 제일 늦게 무거운 몸을 어기적거리며 밥상 앞에 나타난다. 차각, 차각, 들려오는 망태 할아버지의 집게 장단 소리부터 시작되어 엄마의 미닫이문 두드리는 소리 그리

고 온 동네가 떠나가도록 울려대는 청소차의 새마을 노랫소리 이렇게 원남의 하루는 지겹지만 어쩔 수 없이 들을 수밖에 없는 소리로 변함없이 시작되는 일상의 연속이었다.

원남은 등하교를 걸어서 다녀야만 했다. 학교가 가까워서가 아니라 버스 정류장까지 가려면 학교까지 반은 간 셈이 됐다. 그래서 늦은 날 빼고는 거의 걸어 다니는 날이 많았다. 그래도 원남은 가까운 편이었다. 원남이보다 더 먼 곳에서 걸어 다니는 애들도 꽤 많았다. 그러니 지각하지 않으려면 남보다는 더 부지런해야만 했다. 원남이도 지각을 면하기 위해서는 지름길을 택할 수밖에 없었다. 집과 집 사이로 겨우 리어카 한 대 지나갈 수 있는 고춧말이라는 동네의 골목길을 지나다녀야만 했다. 많은 집이 들어서기 전에는 고갯길 양쪽으로 고추밭이 널려있어 고춧말이라고 불리는 동네였다. 그러던 어느 날 학교가 끝나고 방향이 틀린 친구 미선이와 헤어지고 지름길로 가기 위해 고춧말 고갯길을 오르고 있었다. 좁은 골목 중간쯤 공동 수돗가에서 아줌마 몇몇이 빨래를 하며 수다 떠는 소리가 어수선하게 들려왔다. 수돗가를 지나자, 비좁은 부엌에 쭈그리고 앉아 뒤늦은 점심을 드시고 계신 할머니의 주름살 속에 한스러운 서러움이 그득해 보였다. 양철집 담벼락 나무상자 속의 토끼에게 풀이 파리 하나 넣어주던 꼬맹이 녀석이 흘러내리는 팬티를 꼭 움켜진 채 누런 코를 훌쩍이며 다가오는 원남이를 바라보고 있었다.

장 자가 장장 장장장 / 장장 자가 자가 장장장

어김없이 들려오는 저 기타 소리, 저만큼 골목 끄트머리 만홧가게 앞에 또 그 애들이 앉아있었다. 가끔 원남이가 지날 때면 뒤에서 휘파람을 불어대며 놀리던 애들이었다. 한참 공부할 나이에 동네 만홧가게 앞에 진치고 앉아 담배나 피우고 기타나 치며 싸움이나 하는 불량한 애들이었다. 원남은 걸음을 멈추고 '그냥 돌아갈까?' 망설이다가 조금만 더 가면 골목길을 벗어날 수 있을 것 같아 발걸음을 서둘렀다. 겨우 지나쳤나 생각했는데 아니나 다를까 가운데 앉아 기타를 치던 교련복을 입은 사내애가 큰 소리로 비꼬듯 야유를 보냈다.

"오호, 예쁜데. 윤정희 닮았어 오우 예."

비꼬는 저 소리 원남은 정말 싫었다. 그런데 그 옆에 서 있던 키가 훌쩍 큰 꺽다리가 '오리 궁뎅이' 하고 소리치는 바람에 모여 있던 패거리들이 배를 잡고 웃어댔다. 속상하고 분한 마음에 더 빨리 뛰다시피 걸었다. 그러자 이번엔 앞머리에 흉터가 있는 빡빡머리가 펄쩍 뛰쳐 나오더니 원남의 앞을 가로막았다.

"여기, 넘어가면 내 마누라."

골목 끝에 서 있는 방범등 기둥과 사내애들이 앉아있는 나무의자 밑으로 고무줄이 가로질러 묶여있었다. 난감했다. 원남의 얼굴이 빨갛게 달아오르며 어쩔 줄 몰라 멈칫거리자, 빡빡이 놈이 한 발짝 앞으로 다가서더니 느닷없이 원남의 교복 치마를 속옷이 다 보이도록 활짝 들추며 '아이 스케키'하고 소리쳤다.

'와우, 야! 으흐, 야!' 이 광경을 보고 있던 교련복과 꺽다리는 배를 쥐고 발을 구르며 숨이 넘어가는 소리를 질렀다. 빡빡머리의 예상치 못한 행동에 원남은 들고 있던 가방마저 떨어뜨리고 주저앉아 두 손으로 얼굴을 가린 채 결국 울음을 터뜨리고야 말았다. 그때였다. 어디선가 귀에 익은 '차각 차각' 하는 소리가 들려왔다.

"봐라, 실타 카는데 와? 사람을 몬 살게 하노. 그냥 보내 주는게 안 조컷나?"

낮게 깔린 경상도 사투리의 목소리가 들려오자, 원남이 편에 서서 말해주는 것 같아 고마운 마음에 고개를 들어 바라보곤 소스라치게 놀라고 말았다. 아! 망태 할아버지였다. 하얀 해군 모자를 귀밑까지 푹 눌러쓰고 커다란 망태를 한쪽 어깨에 비스듬히 짊어 메고는 마치 서부영화의 나오는 주인공처럼 태양을 등진 채 눈부시게 서 있었다.

"니기미 이건 뭐야? 씨발 칫. 별것이 다 꼽사리 끼네. 칫. 아하! 재건대라 이거지. 칫."

빡빡머리가 이빨 사이로 칫. 칫. 침을 쏘며 싸울 듯이 나섰다.

"어허, 말 한번 험하게 하네. 그래 말하면 안 되지 느그들 지금 뭔 짓 한 줄이나 아나?"

다시 한 번 좋게 말하며 망태가 한발 다가서자 심상치 않은 낌새에 꺽다리와 교련복도 일어나 망태를 에워쌌다. 이 광경을 고스란히 보고 있던 원남은 도망도 못 가고 전봇대 옆에 붙어 서서 불안에 떨고만 있을 뿐이었다.

"양아치 새끼가 종이나 줍지 왜 남의 일에 참견이야? 칫. 재건대면 다야?"

빡빡머리가 험악하게 인상을 쓰며 양쪽 주머니에 꽂고 있던 두 손을 빼더니 한쪽 다리를 달달 흔들며 때릴 자세를 취했다.

망태도 더 이상 참을 수 없다는 듯 어깨에 메고 있던 망태를 내려놓으려는 순간, 빡빡머리의 주먹이 망태 얼굴에 선방을 날렸다. '으크' 망태가 짧은 소리를 내며 휘청거리더니, 떨어진 모자를 주워 뒷주머니에 끼워 넣었다.

"비겁한 자슥들, 양아치는 느그들이 양아치다 자슥들아. 알았나?"

망태가 입을 앙다물며 눈 깜박할 순간 몸을 날리면서 돌려차기로 빡빡머리의 턱을 뒷발로 걷어차자, '어헉' 소리를 지르며 저만큼 나가 떨어졌다. 이때 뒤에서 기회를 보던 교련복이 긴 나무의자를 집어 들고 달려들려고 하자 만홧가게 주인이 냅다 소릴 질렀다.

"야잇! 이놈 새끼들아, 그만두지 못해? 맨 날 쌈박질이냐? 싸우려면 너희 집 가서 싸워 왜? 허구한 날 남의 집 가게 앞에서 싸우고 지랄들이야. 괜히 일 만들지 말고 파출소 연락하기 전에 빨리 딴 데로 가지 못해 앙!"

만홧가게 주인이 목에 핏줄까지 세워가며 악 소릴 질러대자 파출소 소리에 기가 죽은 빡빡머리가 엉덩이를 털며 일어났다.

"에잇! 칫. 씨발놈 너 다음에 두고 봐! 양아치 새끼가 남의 동네에서 설 쳤어, 에잇 니기미 칫. 야! 가자."

빡빡머리가 분이 안 풀렸는지 만홧가게 주인을 원망의 눈초리로 째려보며 골목 안쪽으로 들어가자 꺽다리와 교련복도 건들거리며 뒤따라 들어 갔다.

"괜안나? 어디 다친 덴 읍나?"

망태가 모자에 눌려 헝클어진 머리를 매만지며 다가와 물었다.

"예, 괜찮아요…. 미안해요. 괜히 저 때문에…"

원남은 왜 그런지 어색하고 망태가 무서워 주춤거렸지만 고마운 마음에 얼굴을 정면으로 쳐다볼 수밖에 없었다. 그 순간 원남의 눈이 번쩍 커졌다. 정신이 아찔하고 아무 소리도 안 들렸다. 그냥 입에서 '아!' 하는 가느다란 탄성만 새어나올 뿐이었다. 항상 눌러쓴 모자에 반쯤 가려진 얼굴 아마 험상 굳게 생겼을 거라고 상상했던 그런 모습이 전혀 아니었다. 원남이가 창문 사이로 빼꼼이 내려다보았을 때 대문 옆의 쓰레기통을 뒤지던 하얀 해군 모자를 귀밑까지 눌러쓴 그 망태의 모습이 정녕 이 소년이었단 말인가? 검게 그을린 얼굴이지만 숯덩이로 그린 것 같은 짙은 눈썹, 너무나 아름답게 생긴 눈 속에 까맣게 빛나는 눈동자 가까이 다가와 하얗게 웃는 모습이 너무 눈이 부셔 차마 얼굴을 바라볼 수가 없었다. '그래, 맞다. 맞어, 테리우스야.' 요즘 한참 보고 있는 만화책 속의 주인공 테리우스가 책을 찢고 나온 것 같았다.

"다음부터는 이런 골목길로 다니지 말고 큰길로 다니거레이. 그 자슥들 또 그럴지 모르니까네."

짧게 한마디만 남겨놓고는 기다란 양철 집게 소릴 내며 서서히 멀어져 갔다. 뭔지 모를 아쉬움만 한 아름 남긴 채 원남의 시야에서 멀어져가는 망태 소년을 아니 테리우스를 한참 동안 멍하니 바라보고만 있었다. 다시 정신을 차린 원남은 고춧말 고갯길을 내려오면서도 조금 전 망태 소년의 모습이 자꾸만 떠올라, 망태 소년에 대한 궁금증만 더 하게 했다. '세상에... 너무 잘생겼어. 어쩜 웃는 모습이 그리 예쁠까? 남자답게 쌈도 잘하고 아마 나이는 나보단 몇 살쯤 위인 것 같고 그런데, 어쩌다 저런 일을 하게 됐을까?' 궁금했다. 원남은 하나부터 열까지 너무너무 궁금했다. 빙긋이 웃으며 바라보던 모습이 자꾸만 눈앞에 아른거렸다.

"동전 찾니? 뭘 그렇게 생각하기에 땅만 보고 걸어 오냐?

일층에 사는 세탁소집 아저씨가 아니었으면 원남은 아마 자기 집을 그냥 지나쳤을 것이다. 계단을 올라 집에 들어서자, 오랜만에 태수 삼촌이 와있었다.

"어머, 삼촌 오랜만에 오셨네."

"어, 그래. 야! 원남이가 공부를 그렇게 잘한다면서? 그동안 더 예뻐졌네! 내년에 고등학교 들어가는 거야 떼어 놓은 당상이지 삼촌은 원남이를 무조건 믿는다. 넘버 왕이야 넘버 왕."

태수 삼촌이 대낮인데도 벌겋게 술이 오른 모습으로 너스레를 떨어댔다.

"왜? 무슨 일 있었니? 얼굴빛이 왜 그래?

재고 정리한 양주병과 멸치를 담은 쟁반을 받쳐 들고 부엌에서 나오던 엄마가 원남이의 표정을 읽었는지 걱정스러운 눈빛으로 물었다.

"아이, 속상해 나 속상해서 고춧말로 못 다니겠어."

원남은 잔뜩 얼굴을 찡그린 채 마루에 걸터앉아 두 손으로 얼굴을 가렸다.

"왜? 왜 그래? 누가 너한테 뭐라든?"

멸치 머리를 떼어내고 똥을 빼내 안주를 다듬던 태수 삼촌의 표정이 심각해졌다.

"왜, 고춧말 넘어가면서 대신 시장 쪽으로 내려가는 골목 입구에 만홧가게 있잖아요."

"어, 그래. 그래서."

안주를 다듬던 태수 삼촌의 손동작이 멈췄다.

"그 만홧가게 앞에서 노는 애들이 몇 명 있는데 꼭 나 지나갈 때면 휘파람 불고 이상한 소리 하면서 오리 궁뎅이라고 놀리더니 오늘은 그중에 한 놈이 내 치마 들치면서 '아이스케키' 했단 말야. 나 정말 속상해 못 살겠어."

그러나 원남은 거기까지만 말했다. '그런데 그때 갑자기 어디선가 망태 소년이 짠, 하고 나타나서 못된 애들을 혼내주고 나를 구해 주었거든.' 하고 자랑하고 싶었는데, 왜? 선뜻 말이 안 나오고 망설였는지— 그건 테리우스가 망태라서 그런 것이 아니었을까?—

"뭐어? 뭐라구? 이놈 자식들 봐라. 겁대가리 없이 누구 조칸데 어떻게 생긴 놈들이야? 엉?"

드디어 태수 삼촌의 얼굴이 일그러지며 흥분하기 시작했다.

"아니, 그런 못된 놈들이 다 있다니? 애야, 너 그 길로 다니지 말고 도림 1동 동사무소 쪽으로 돌아 다녀라."

엄마의 표정이 한 층 더 심각해지면서 한숨을 내쉬었다.

"그러면 한참 더 걸어야 한단 말이야 이 더운 날씨에 누구 고생 시킬 일 있어?"

원남은 손으로 부채질을 해대며 징징거렸다.

"아, 그러니까 어떻게 생겼냐구? 임마."

태수 삼촌이 양주를 컵에 가득 따라 단숨에 들이키더니 다듬은 멸치를 입에 넣었다.

"내 치마 들춘 애는 빡빡 머리구, 한 애는 교련복 입었구, 또 한 애는 머리가 길고 키도 되게 커."

원남은 손짓으로 몽타주를 그려가며 설명을 해주었다.

"알았다. 알았어, 내가 이놈 자식들을 혼 내줄 테니까 아무 걱정하지 말고 고춧말로 그냥 다니거라 알았지?"

태수 삼촌이 조금 남은 양주병을 아예 나팔을 불어 비우더니 멸치 몇 개를 집어 들고 일어섰다.

"얘야, 그냥 놔둬라. 원남이가 피해 가면 될 텐데 뭘 그런다니 응?"

태수 삼촌의 성격을 잘 아는 엄마의 목소리에 걱정이 잔뜩 들어있었다.

"아, 알았어 걱정들 마슈. 내가 잘 알아서 처리할 테니까. 햐이, 이놈의 새끼들 감히 누구 조카를 건들구 까불구 있어. 원남아! 삼촌 갈게 다음에 보자."

아무래도 마음이 안 놓이는지 돌아서 나가는 태수 삼촌 등 뒤에 대고 엄마가 소리쳤다.

"얘야! 애들 장난친 것 가지고 괜히 일 만들지 말어라. 제발."

"엄만, 그게 무슨 장난이야? 지나가는 여학생 못 가게 가로막고 치마 들추는 게 장난이란 말야? 삼촌, 혼내줘. 혼내주란 말야!"

원남은 분을 못 이겨 목에 핏줄을 세워가며 태수 삼촌 들으라고 크게 소릴 질렀다.

* * * *

고춧말 만홧가게 앞에 서 있는 미루나무가 못난이들이 앉아있는 곳까지 그늘을 내려주다 지쳐 휘청거리고, 따갑게 비웃으며 맞서던 태양이 크라운 맥주 건물 위의 하얀 조형 탑 너머로 기울어가고 있었다. 장 자가장 장 자가장 장장장 '너의 침묵에 / 메마른 너의 입술' – 교련복이 기타를 튕겨가며 제법 흥이 나려는데 빡빡이가 저만큼 언덕 밑에서 헉헉대며 올라오는 태수 삼촌을 발견하고는 벌떡 일어나 인사할 채비를 했다.

"형님! 안녕하셨습니까? 형님."

머리가 땅에 닿도록 허리를 굽혀 인사를 올리자 교련복과 꺽다리도 벌떡 일어나 덩달아 인사를 했다.

"너희 이쪽으로 쭉 서봐! 어쭈, 이 새끼들 동작 봐라. 빨리빨리 움직이지 못하겠나 앙?"

완전히 군대식으로 군기를 잡았다. 빡빡이는 기합이 들어가는데 교련복과 꺽다리는 무슨 영문인지 몰라 어정쩡한 자세를 취했다.

"에, 지금부터 양심 테스트를 하겠다. 너희 중 얼마 전에 이 골목으로 지나가던 여학생 애 길 가로막고 치마 들춘 놈 누구야 엉?"

태수 삼촌의 서슬 퍼런 눈빛에 기가 질린 교련복과 꺽다리는 서로 눈치만 보고 있는데,

"예! 제가 그랬습니다."

빡빡이가 씩씩하게 대답하며 앞으로 나섰다.

"오. 그래, 빡빡이 네가 그랬구나! 너 얼굴 보니까 그렇게 생겼네! 그럼 너희 두 놈은 뭘 했냐?"

술기가 오른 벌건 얼굴에 시퍼런 눈빛으로 미간을 모아 찡그리자 눈 밑에서 귀밑까지 꿰맨 흉터가 더욱 깊게 패여 보는 사람들을 섬뜩하게 만들었다.

"저, 저기, 우, 우리는 그, 그냥 구경만 했는데요."

교련복과 꺽다리가 어 벙벙한 목소리로 덜덜거리며 말했다

"음, 그래? 그러면 너희 둘도 공범이야 친구가 그랬으면 못하게 말렸어야지 같이 낄낄대며 구경했으니까 너희 둘도 똑같은 놈이란 말이다. 자, 너희 두 놈 이리와 서로 마주 보고 선다 실시."

교련복과 꺽다리가 마주 보고서더니 어색한지 피식, 웃었다.

"어허! 그래, 웃음이 나온단 말이지 어디 그 웃음이 쏙 들어가게 해주지 그럼, 지금부터 상대방의 뺨을 때리는데 '정신 차려' 하고 구호를 외치며 때린다. 그러나 때리는 강약에 따라서 손바닥이 주먹으로 바뀔 수도 있다. 알았나? 실시."

"저, 정신 차, 차렷"

꺽다리가 어색한 표정으로 장난치듯 교련복의 뺨을 힘없이 때렸다.

"어허, 이놈들 봐라. 너희 내가 누군 줄 모르나 본데 다 죽었어. 너 일루 왓! 이렇게 때리란 말이야 이렇게."

태수 삼촌의 우악스러운 손바닥이 교련복의 얼굴로 사정없이 날아갔다.

"정신 차렷!"

눈에서 시퍼런 불이 터지도록 얻어맞은 교련복이 이를 악물고 꺽다리의 뺨을 고춧말 골목길이 울리도록 '철썩'하고 때리자, 꺽다리의 긴 몸이 중심을 잃고 휘청거렸다.

"저, 정신 차렷"

꺽다리도 어쩔 수 없다는 듯 이를 악물고는 교련복의 뺨을 힘껏 때렸다. 이때 심상치 않은 바깥 분위기에 만홧가게 주인이 문을 열고 내다보자, 태수 삼촌이 '필승'하며 경례를 올렸다. 6·25전쟁 통에 두 다리를 잃은 해병대 대선배였다. 길게 늘어진 바지를 둘둘 말아 올려 잘록해진 모습으로 휠체어에 앉아있었다.

"하여간 그놈들 되게 말 안 들어. 그렇게 시끄럽다고 다른 데 가서 좀 놀라고 해도 도대체가 말을 들어 처먹어야지. 꼴통들이야 꼴통."

"걱정하지 마십쇼 선배님. 이놈들 오늘 제가 손 좀 봐 주겠습니다. 자, 동작 그만 계속 한쪽만 맞으면 짝짝이 되니까 이번엔 손을 왼쪽으로 바꾼다. 실시!"

얼굴이 벌겋게 물들은 교련복과 꺽다리가 멈칫거리자 이번엔 빡빡이를 불러 세웠다.

"너희 둘이 요령 피우면 대신에 얘가 죽는단 말이야."

하면서 빡빡이의 턱을 주먹으로 날리자 '아이코'하는 죽는소릴 지르며 저만큼 나가떨어졌다.

"너희들 사람 잘못 건드렸어, 그 애가 누군 줄 알어? 내 조카란 말이야 알았어? 이놈 새끼들아 배짱이 마냥 만홧가게 앞에서 죽치고 앉아 기타나 치며 놀다가 지나가는 여학생 치마나 들추고 말이야 너희들 그게 무슨 죈 줄인지나 알아? 희롱 죄야 희롱 죄 이 노무 새끼들아."

화가 잔뜩 오른 태수 삼촌이 교련복과 꺽다리의 머리통을 붙잡고 별이 번쩍하도록 박치기를 시키자 머리통을 쥐어짜며 고꾸라져 버렸다. 죽일듯 한 서슬 퍼런 눈빛이 이번엔 빡빡이를 쏘아보자 빡빡이 가 고개를 드는데 눈가에 눈물이 맺혀 있었다.

"형님! 죄송합니다. 형님 조칸 줄 정말 몰랐습니다. 어, 으, 허헝."

빡빡이의 눈에서 닭똥 같은 눈물이 줄 줄 흘러내렸다.

"내 조카가 아니라도 그렇지 동네에서 왜 쪽 팔리는 짓거리를 하냔 말이다. 돈 없고 가난한 것도 억울한데 왜? 남한테 욕까지 먹느냐 말이다. 너희들 또다시 내 귀에 이상한 소리 들리면 그땐 송장 칠 줄 알아라. 알았지?"

태수 삼촌이 호통을 치다, 만홧가게 주인을 슬쩍 돌아보더니 한쪽 눈을 찡긋 해 보이며 씩 웃었다.

"선배님! 쭈쭈바 좀 주십시오."

"요 녀석들 오늘 임자 한 번 제대로 잘 만났구만."

샘통이다 고소해 하며 내다보고 있던 만홧가게 주인이 아이스 통에서 쭈쭈바를 한 움큼 집어 들고는 힘겹게 휠체어를 밀고 왔다.

"자, 하나씩들 먹어. 다시 한 번 말하지만 가게 앞에서 놀더라도 조용히 놀구 다신 욕 먹을 짓 하지말구 알았지?"

태수 삼촌이 따끔하게 일침을 놓았다.

"저어, 선배님! 그만 내려가 보겠습니다. 필승!"

한 번 해병은 영원한 해병 태수 삼촌이 깍듯이 경례를 올렸다. 못난이 들은 언제 무슨 일이 있었냐는 듯 쭈쭈바를 입에 물고 히히덕 거렸다. 멀어져가는 태수 삼촌을 바라보던 빡빡이가 쭈쭈바를 소리 내어 빨면서 일장연설을 풀었다.

"와! 저 형님 완전 통이야 통! 저번에 영등포역 앞에서 역전패하고 붙었는데 5대 1인데도 하나도 안 밀리고 끝내주더라구 웃통을 딱 까는데 온몸이 칼자국에다 용 문신으로 도배를 했드만 우화! 진짜 끝내주더라구." 빡빡이가 열을 올려가며 침까지 튀겼다.

만홧가게 앞에 버티고 서있던 커다란 미루나무 그늘도 이제는 필요 없을 만큼 숨어버린 빨간 태양이 크라운 맥주 건물 위의 하얀 조형 탑을 그 사이 빨갛게 물들여놓고 있었다.

가슴앓이

"원남이 학생! 전화가 왔어요. 빨리 받으래요."

가끔 이불 빨래나 큰일 치를 때면 도와주는 강릉댁 아줌마의 흥을 실은 목소리가 마당을 타고 건너왔다. '누구지? 미선인가?' 오이를 잔뜩 붙이고 누워 너무도 궁금한 망태 소년의 미스터리를 풀고 있던 원남은 오이를 털어내고 벌떡 일어났다. 슬리퍼 한 짝이 저만큼 떨어져 있어 한쪽만 걸쳐 신고 깨금발로 깡충 뛰어 수돗가를 지나 마루를 쿵쾅거리며 달려가 전화를 받았다.

"원남이니? 삼촌이다. 그놈들 내가 눈물이 찔끔 나도록 혼내줬다. 그러니까 이제는 안심하고 고춧말로 다녀라. 알았지?"

아마도 파출소 옆의 순댓국집에서 전화하는 모양이었다. 왁자지껄 한 소리와 '아줌마 여기 막걸리 한 됫박 더 줘.' 하는 소리가 전화선을 타고 비틀거리며 건너왔다.

"응, 알았어. 삼촌 고마워. 삼촌 근데 걔네들 혹시 나한테 복수하면 어떡해?"

"에이그, 이놈이 그런 걱정 하지 마! 절대로 그런 일 없을 테니까 걔네들 알고 보면 순진한 애들이야. 그러니까 마음 놓고 다니란 말이야. 알았지? 그럼 끊는다."

반갑게 들려야 할 태수 삼촌의 전화가 왠지 마음 한편에 걸리는 것 같았다. 그래도 밉다고 놀린 게 아니라 예쁘다며 놀린 건데 치마만 들치지 않았어도 그냥 넘길 수 있었는데, 불 같은 태수 삼촌에게 혼났을 걸 생각하니 조금은 미안했다.

'밤을 잊은 그대에게' 침대 밑으로 몇 번이나 떨어져 골병들은 조그만 라디오가 그래도 있는 힘을 다해 소리를 지르고 있었다. 창가에 서서 내려다본 골목 안 풍경도 늦은 밤이라 그런지 오늘따라 쓸쓸해 보였다. 목공소 집 얼룩이 놈도 이른 잠이 들었는지 극성맞게 짖어대던 소리를 들을 수가 없었다. 국수 가게 앞 공터에는 변함없이 기와집 지프가 평상 쪽으로 꽁무니를 대고 서 있고, 스산한 바람의 장난으로 떠밀려 다니는 찢어진 라면 봉지가 알맹이를 다 내주고 버려진 억울함에 서글피 울고 있었다. 원남의 마음이 그래서일까, 목공소 앞에 쓸쓸히 서 있는 키 작은 가로등마저도 너무 힘겹게 보였지만 그래도 사명을 다 하려는 듯 어두운 골목길을 하얗게 비춰주고 있었다.

테리우스와 손잡고 밤새도록 십자강 벌판을 달리는 꿈속에서 헤매다 지쳐버린 원남의 귓가에 낯익은 소리가 들려왔다. '차각 차각' 불과 어제까지만 해도 짜증스러워 홑이불을 뒤집어쓰게 만들던 소리였는데 오늘따라 왜 이렇게 반가운 소리가 되었는지 원남이 자신도 이해할 수가 없었다. 원남은 침대에서 일어나 살며시 창문을 열고 조금 열린 커튼 사이로 밖을 내려다보았다. 역시 망태 소년 아니 테리우스였다. 하얀 해군 모자를 귀밑까지 푹 눌러쓰고 열심히 쓰레기통을 뒤지고 있었다. 그러나 그런 모습조차도 콩깍지가 낀 원남이 눈에는 하얀 깃털 모자를 쓰고 서 있는 왕자님으로만 보일 뿐이었다.

'겉만 번지르르 하면 뭐하니? 남자는 그저 열심히 일하고 있을 때가 제일 멋있는 거야.'

언젠가 큰언니가 남자친구를 데려와 유학 준비 중이라고 소개하며 자랑했을 때 나중에 엄마가 했던 말이 갑자기 생각났다. 그래 직업엔 귀천이 없다고 하지 않던가 그저 열심히 일하며 착하게 살면 되는 것 아닌가, 훌륭한 사람들이나 성공한 사람들 자서전 읽어보면 신문팔이, 껌팔이, 구두닦이 같은 궂은 일해가며 고생했던 일들이 밑거름되어 성공할 수 있었다고 자랑스러운 마음으로 떳떳하게 말하지 않았는가?

원남은 아빠와 엄마만 허락한다면 넝마주이 부인 정도는 감수할 수 있을 거로 생각하며 피식 웃고 말았다. 그 순간 그 소년이 모자를 접어 올리며 창문 쪽을 올려다보았다. 눈이 마주치자, 깜짝 놀란 원남은 기겁해 힘없이 주저앉고 말았다. '아니, 내가 내려다보고 있다는 걸 알고 있었단 말인가? 가슴은 왜 이렇게 뛰는 거지?'

"통, 통, 통, 원남아! 일어나라 학교 가야지."

시계처럼 정확한 엄마가 변함없이 미닫이문을 두드리며 깨웠다.

"예, 알았어요. 일어났어요."

원남의 경쾌한 목소리가 날개를 달고 밖으로 흘러나왔다.

"어이구, 오늘은 웬일이라니 벌써 다 일어나구."

부엌으로 가는 엄마의 슬리퍼 소리가 '딸락 딸락' 바닥을 쓸며 멀어졌다. 원남은 슬그머니 다시 일어나 커튼 사이로 밖을 내려다보았지만 그 사이 테리우스의 모습은 사라져 버리고 역시 보이지 않는 두부 장수의 종소리만 '딸랑 딸랑' 하고 처량하게 들려왔다. 골목 끝에서는 구청 청소차의 새마을 노래가 왕, 왕, 울려대며 올라오기 시작하고 관악산 위로 솟아오른 태양이 안타까운 아쉬움만 한 아름 남아있는 원남의 방 안 가득히 맑은 햇살을 비춰주고 있었다.

"언니야, 일어나 일어나란 말야."

"으응, 놔둬. 알았으니까 그냥 나 좀 놔두라구."

하얀 홑이불을 둘둘 말아가며 일어날 기색이 전혀 안 보인다.

"알았어, 이젠 안 깨운다. 정말 안 깨워 나중에 안 깨웠다고 원망 말아."

지겹다. 매일 아침마다 똑같은 상황 똑같은 대사 언제나 변하려는지 그럴수록 은주 언니의 몸무게는 점점 늘어만 갔다.

'밤을 잊은 그대에게' 감미로운 목소리의 DJ가 간지럽게 속삭여줘도 무표정한 원남은 침대에 누운 채 천정만 바라보며 깊은 한숨을 토해내고 있었다. 길게 늘어진 형광등의 똑딱이 스위치가 반쯤 열린 창문으로 들어온 살랑 바람에 반갑게 흔들리며 그네를 타고 있다. 원남은 오늘 하루 종일 무엇을 했는지 선생님이 어떤 과목을 어떻게 설명했는지 친구들과 무슨 이야기로 수다를 떨었는지 그냥 건성으로 들었을 뿐 기억나는 것이 아무것도 없다. 오로지 하루 종일 생각한 게 있다면 아름다운 눈빛으로 빙긋이 웃으며 바라보던 테리우스의 모습만 눈앞에 아른거렸을 뿐이다. 원남은 자신이 왜 이렇게 테리우스를 그토록 생각하고 있는지 은근히 겁이 났다. 만약, 테리우스가 망태가 아니고 그냥 이웃에 사는 오빠였음 얼마나 좋았을까 하는 아쉬운 생각도 해보지만 바꿀 수 없는 냉정한 현실이 야속할 뿐이었다. 더구나 불같은 아빠의 성격에 원남의 안타까운 심정을 알기라도 한다면 입에 거품을 물 것이고 엄마는 그 자리에 주저앉아 대성통곡을 할 것만 같았다. 하물며 언니들과 동생에게는 '쟤, 어쩌면 좋아 많고 많은 사람 중에 왜 하필 재건대야?' 하고 수군대며 놀림감이 될 것만 같은 생각이 들자 머릿속에는 엉망으로 엉켜버린 실 뭉치가 한 덩어리 들어 있는 것 같았다. 속 시원한 답이 없다. 도대체 자신이 무슨 생각을 하고 있는지 머리는 멍하고 가슴은 꽉 막혀있고 '아악' 소리라도 지르다 지치면 엉엉 울어버릴 것만 같아 그저 답답한 마음에 안타까운 가슴만 치고 있을 뿐이었다. 몸이 무거워 슬픈 은주 언니가 얼마나 고단했기에, 오늘따라 유난히 코 피리를 불어대는지 그 바람에 밤새워 뒤척이다 겨우 새벽 무렵에야 깜박 잠이 든 것 같았다. 시간이 얼마나 흘렀을까 선잠들은 꿈결 속에서 어렴풋이 들려오는 반가운 그 소리가 원남이를 깨워 주었다. 늦으면 못 볼까 싶어 벌떡 일어나 슬며시 창문을 열고 내려다보곤 그만

화들짝 놀라 또다시 저번처럼 주저앉고 말았다. '왜? 왜 저러지? 왜? 저렇게 화난 표정일까?' 모자를 아예 벗어버린 테리우스가 성난 얼굴로 원남이네 이층 창문을 올려다보고 있었던 것이다. 어제저녁 원남은 언니들 방 동생 방 할 것 없이 집 안 구석구석 다 뒤져서 신문, 잡지, 헌책, 지난 달력 같은 종이로 된 것은 뭐든지 다 찾아서 쓰레기통 하나 가득 채워 놓던 것이다.

'내가, 생각이 짧았었나 보다. 혹시 자존심을 건드린 걸까?' 뒤늦은 후회와 못난 자신을 원망해 보지만 이미 때는 늦었다는 듯이 '딸랑딸랑' 두부 장수 아저씨가 종을 치며 지나가고 있었다.

"퉁, 퉁, 퉁, 원남아 어여 일어나라 학교 가야지?"

변함없는 엄마의 깨우는 소리가 들렸지만 아무 대답도 할 수가 없었다. 테리우스의 성난 모습이 자꾸만 떠오르기 때문이었다.

"아니, 얘가 밥을 먹는 거야 마는 거야 밥 먹는 게 왜이랴."

밥맛도 없다 입안에 모래가 가득 들어있는 것 같았다. 거울 속에는 잔뜩 찡그려 못생긴 원남이가 서 있다. 그까짓 머리 빗고 싶지도 않았다. 잔뜩 배가 부른 가방이 오늘따라 더 무거웠다. 대문 밖만 나서면 반갑다고 쫓아오는 목공소 집 얼룩이 놈도 성질나는 대로 발길로 퍽 걷어차 버렸다. 파란 원피스로 갈아입은 고은 양장점의 마네킹이 '나 좀 봐 예쁘지?' 웃고 있지만 촌스러워 짜증이 났다. 아나파 약국 안에는 약 지러 온 사람들로 그득했다. 코끝에 걸려있는 약국 아줌마의 안경이 너무 얄미워 보였다. 고춧말 만홧가게 앞에는 못난이 삼총사들의 전용인 긴 나무의자가 주인을 기다리고, 아침부터 늘어진 미루나무 꼭대기엔 구혼가를 부르기 위한 매미 사단들이 '쓰르르 맴맴' 목청을 가다듬고 있었다.

체육 시간이다. '너희 학교 체육 선생님은 나훈아 닮았더라 곱슬머리에다 눈썹도 시커먼 게' 언젠가 운동회 때 만난 체육 선생님을 보고 엄마가 웃으며 한 말이었다.

"선생니임, 선생니이임."

소풍 갔을 때 나훈아의 노래를 기가 막히게 흉내 내던 모습을 본 애들이 가끔 보채는 소리였다.

"요놈들, 그래 알았다. 어 흠! 돌담길 돌아 서이며 / 또 한 번 보오오우고—"

비스듬히 옆으로 서서 양손을 허리에 대고, 하얀 이를 보이면서 씩 웃는 선생님. 애들이 단체로 책상을 두드리며 '오호' 하고 소리를 지른다.

"골목길을 돌아설 때 / 손을 흔들며 서어~우울로 / 떠나간 사아람—"

나훈아처럼 곁눈질로 허공 한 번 쳐다보곤 또 씨익 웃는 선생님 그런데 이번엔 '우우' 애들 반응이 심상치 않다 '오우 느끼해 빠다야 빠다' 책상도 안 두드린다. 순간 교실 안이 조용해졌다가 다시 애들의 웃음소리가 단체로 터져 버렸다.

"조용! 요놈들 까불지 말구 운동복으로 갈아입고 철봉대 앞으로 모두 집합한다. 알았나?"

지휘봉으로 책상을 두드리며 또 한 번 씨익 웃자 '어우, 야 선생 니임!' 단체로 떠들어 대는 애들 야유에 등 떠밀려 교실 밖으로 쫓겨나간 선생님. 운동장 후문 쪽에 있는 철봉대 앞에서 체육 선생님의 호루라기 소리가 길게 울려 퍼졌다.

"자, 저번 체육 시간에 팔 굽혀 펴기 누가 제일 많이 했었지? 으흠, 아하! 박미선이였지 오우, 35개 미선인 특전사로 지원하면 딱 맞을 것 같다. 자, 오늘은 매달리다 떨어지면 죽는다라는 각오로 매달려본다. 알겠지? 1번부터 4번까지 나왓!"

눈치를 보고 있던 학생들이 '어떡해'를 부르며 철봉대 하나에 두 사람씩 매달렸다. '철퍼덕' 하고 5초도 안 돼 한 학생이 떨어졌다 '민숙이 파이팅' 한 학생이 자기 짝을 응원하는데 그 순간 동시에 두 학생이 떨어졌다. 그런데 남은 한 학생이 기를 쓰며 버티는 모습이 가관이었다. 아예 턱을 철봉에 걸어놓고 빨갛게 상기된 얼굴을 잔뜩 찡그린 채 바둥대는 모습을 보고 학생들이 단체로 까르륵 넘어갔다. '철퍼덕' 바둥대며 버티던 마지막 학생도 결국 떨어지고 말았다.

"30초. 야, 이놈들아 그래 1분도 못 버티냐? 에이그 한심하다. 다음 5번부터 8번까지 빨리 나왓!

선생님의 불호령에 학생들은 매달리지만 얼마 못 버티고 모두 추풍낙엽이 되고 말았다. 그러다 한 학생이 안 떨어지려고 기를 쓰다 가죽 피리를 터뜨리는 바람에 운동장 한편에서 또 한바탕 웃음꽃이 피어올랐다.

"자, 지금까지 최고 기록이 미선이가 2분 30초 역시 특전사 깜이고, 다음 나머지 학생들 전부 매달린다.

드디어 원남이 차례가 돌아왔다. '어떡해' 역시 걱정이었다.

"원남이 파이팅!"

미선이가 응원을 해주었다. 원남이도 두 번째 칸에 매달려 턱을 걸었다. '철퍼덕'하고 누군가 떨어지는 소리가 들리자 원남은 이를 악물며 두 눈을 꼭 감아 버렸다. 테리우스의 얼굴이 떠올랐다. 아침에 성난 그 모습이었다. '미안해요. 제가 생각을 잘 못 했나 봐요. 난 그냥 고마움을 표현하려 했던 것뿐이었는데 그렇게 마음을 상하게 하셨나요? 제가 어떻게 하면 좋을까요.' 원남은 울고 싶었다. 그때 다시 빙긋이 웃는 테리우스의 모습이 겹쳐졌다. 그러나 어딘가 모르게 슬퍼 보였다. '우, 우, 원남이 파이팅!' 친구들의 응원하는 소리와 미선이의 악쓰는 소리가 한데 뒤엉켜 웅웅거렸다. 눈앞이 캄캄해졌다. 팔에 힘이 쭉 빠지면서 결국 엉덩방아를 찧고 말았다.

"와우! 3분 35초 원남이가 최고 기록이다. 야! 원남아 너 어디서 특수훈련 받고 왔냐? 우리 반에선 네가 최고다."

선생님이 믿을 수 없다는 표정을 지으며 다시 한 번 원남이를 바라보았다. 원남은 기가 막혔다. 지금까지 매달리기에서 버틸 수 있었던 최고 기록은 10초를 넘겼던 기억이 없었기 때문이었다.

* * * *

'알아서 해, 내년에 속 안 썩이고 고등학교 들어가려면 열심히 하는 수밖에 없다. 네 아빠 혈압으로 쓰러지는 꼴 안 보려거든 알아서 해라.' 충고를 빙자한 엄마의 협박에 말 한마디 못하고 책상머리에 앉았지만 지금 이 시간 그 아무것도 눈에 보이지도 않고 생각나지도 않았다. 그냥 그렇게 빙긋이 웃는 테리우스의 모습만 펼쳐 놓은 노트 위에 커다랗게 그려져 시야만 흐려놓고 있을 뿐이었다. 심란한 원남의 마음을 알아차린 듯 시한부 판정을 받은 골병든 라디오가 끝까지 충성을 다 한다며 주인님을 위한 위로가를 불러 주었다.

　모두들 잠들은 고요한 이 밤에 / 어이해 나 홀로 잠 못 이루나?
　넘기는 책 속에 수많은 글들이 / 어이해 한 자도 뵈이질 않나 /
　그건 너 바로 너 그건 너 때문이야.-

'지익 지익' 앓으면서도 애를 쓰는 라디오가 너무 불쌍하다는 생각이 들어 내일 당장 항암제인 배터리를 갈아 주어야 하겠다고 생각했다.
　원남은 갑자기 편지를 썼다. '미안해요' 란 첫 문구로 시작이 되었다.

　미안해요. 정말 미안해요.
　저의 부질없는 좁은 생각이 그렇게 마음을 상하게 하셨나 봅니다.
　어떻게 용서를 빌고 어떻게 사과를 해야 할지 저의 마음은 오직 미안한
　마음뿐이랍니다. 꼭 만나서 사과를 드리고 싶어요.
　돌아오는 일요일 12시 우신국민학교 정문 앞에서 기다리겠어요…
　　　　　　　　　　　　　　　　　　　　　　　- 정원남 -

원남은 편지를 읽어보고 또 읽어봐도 더 이상 쓸 말이 생각나지 않았다 더 이상 써봐야 변명하는 것 같았기 때문이었다. '그런데 어떻게 전해주지? 누굴 시킬 수도 없고' 곰곰이 생각하며 편지를 만지다 무심히 종이비행기를 접게 되었다. 몸을 돌려 앉은 채로 휙 던져 보았다. 형광등에 툭 부딪치더니 한참 꿈속에서 헤매고 있는 은주 언니의 머리 위로 힘없이 떨어졌다. '아! 맞다, 종이비행기!' 원남은 배시시 회심의 미소를 지었다.

라면

알맹이를 다 내주고 길바닥에 버려져
바람에 떠밀리고 비에 젖어도
나 아무도 원망 않으리 보잘 것 없는 몸 하나
그대 주린 배 채워 준 때가 있었기에
부스럭, 밟힌 빈 몸 서러워 울고있네.

나라걱정 하시느라 마음고생 많으신 여의도 그 분들께
시 한수 올려 위안 드립니다.

50

종이비행기

원남이가 제일 싫어하는 라이방 선생님의 수학 시간이 끝났다. 한쪽 눈이 사시인데다 갈색 렌즈에 검은 뿔테 안경이라 학생들이 라이방이라고 별명을 붙여 주었다. 선생님이 특유의 고갯짓을 하며 나가자 학생들이 책상을 두드리며 좋아했다. 원남은 이때다 싶어 얼른 노트를 찢어 종이비행기를 접었다. 또 찢어 접고 계속 접었다. 화장실에 다녀온 미선이가 눈이 휘둥그레지며 쳐다보았다.

"아니, 종이학이면 몰라도 비행기는 뭔 놈의 비행기다냐?"

미선이의 너스레에도 웃지 않고 아무 말 없이 심각한 표정으로 노트를 찢어 비행기를 계속 접었다.

"왜 그래? 무슨 일 있어? 비행기 만들어 어디 내다 팔 건 아닐 테고, 어허! 이거 심각한 일이로세."

원남이의 이런 모습을 처음 본 미선이가 입술을 뾰족하게 내밀며 궁금한 표정을 지었다. 원남은 그다음 쉬는 시간에도 또 점심시간에도 계속 종이비행기를 접고 앉아 있었다. '도대체 쟤 뭐야?' 궁금해 미치겠다며 미선이와 애들 몇 명이 모여들었다.

"도대체 몇 개나 접어야 하는데? 고아원에 기부하려고 그러냐? 말 좀 해라 말 좀 해 어휴! 이년 때문에 내가 못 살아, 제 명에 못 산다니까."

단짝인 미선이가 입에 거품을 물며 말하자 옆에 있던 친구들도 다 같이 달려들어 종이비행기를 접어주었다. 원남이의 공책 몇 권이 순식간에 종이비행기로 접혀 버렸다.

원남은 학교에서 돌아오자 교복도 벗지 않고 허겁지겁 창가로 다가가 커튼을 젖히고 창문도 활짝 열었다. 그리고는 책가방 속에 가득 들어있던 종이비행기를 와르르 쏟아냈다. 그중에 한 개를 뽑아 잘 다듬은 뒤 창밖으로 힘차게 날려보았다. 종이비행기가 공중에서 크게 한 바퀴 선회를 한 뒤 세탁소집 앞으로 살포시 내려앉았다. 다시 한 개를 뽑아 잘 다듬은 뒤 크게 팔매질하듯 힘차게 던졌는데 이번엔 포탄 맞은 비행기처럼 핑그르르 돌더니 그냥 땅바닥에 처박히고 말았다. 원남은 계속 비행기를 날렸다. 정면으로 몇 개 던져보고, 오른쪽으로도 몇 개 던지고 다시 왼쪽으로, 어느새 원남이가 서 있는 창문 밑에는 종이비행기가 하얗게 깔려있었다. 꼬맹이들 여럿이 깔깔대며 지나가다 종이비행기를 보더니 반색을 하며 줍기 시작했다. 허겁지겁 정신없이 욕심을 내다가 어떤 아이는 아예 손으로 빗자루질해댔다. 아이들 하는 짓에 웃으며 내려다보는 원남의 이마에 땀방울이 송글 송글 맺혔다. 팔도 아파 굽혔다 폈다 다시 흔들어 풀어준 뒤 나머지 종이비행기를 신중하게 날리기 시작했다. 공중으로 높이 떠오른 비행기가 크게 한 바퀴 원을 그리며 예상했던 방향으로 날아가 떨어졌다. 원남은 안도의 미소를 지으며 마지막 남은 종이비행기를 힘차게 던졌다. 역시 생각했던 방향으로 날아갔다가 원하는 곳에 살며시 떨어졌다. '됐다. 이젠 알겠어.' 저만큼 아나파 약국 앞으로 은주 언니가 걸어오고 있는 모습이 눈에 들어왔다. 창 밑까지 다가와 길바닥에 하얗게 떨어져 있는 종이비행기 하나를 집어 들었다.

"얘! 미쳤어 뭐하는 거야? 아니, 한두 개도 아니고 네가 어린애냐? 너 요즘 왜 그래 안 하던 짓을 다 하구"

"조금 전엔 꼬마들이 한 보따리씩 쓸어 갔는데 언제 또 이만큼 날렸나."

은주 언니가 궁시렁거리며 종이비행기를 줍자 세탁소집 아저씨도 큰 키를 구부리며 따라 주웠다.

* * * * *

'밤을 잊은 그대에게' 어제 또 그 시간이다. 변함없는 DJ의 은은한 목소리가 속삭이듯 귓속으로 스며들었다. '홍은동에서, 진희가 사랑하는 현에게 띄웁니다. 예스터데이' 반쯤 열린 창문 사이로 살며시 들어온 달빛에 실려 잔잔하게

음악도 따라 흘렀다.

"언니, 언니 자는 거야?"

원남은 옆으로 팔베개하고 누워 은주 언니 쪽을 바라보며 나지막이 불렀다.

"으, 으응 나아 자아."

"어휴, 뭐야! 자면서 대답하는 사람이 어딨어? 언니 으음, 잠깐만 내 말 좀 들어봐 만약에, 진짜 만약에 언니가 죽도록 사랑하는 사람이 있는데 근데 그 사람 직업이 좀 안 좋아. 남들이 보기엔 천한 직업이야 막 노동꾼일 수도 있고, 서울역 지게꾼일 수도 있어 더구나 엄마 아빠가 결사반대하는 사람이라면 언니는 어떻게 하겠어. 응? 언니 말해봐 언니 응? 진짜 자는 거야 응?"

원남은 은주 언니를 계속 응, 응, 거리며 불렀다.

"어이쿠야, 잠 좀 자자 잠 좀. 지금 도대체 몇 신데? 애가 요즘 왜 이러는 거야?"

은주 언니가 짜증스러운 표정으로 돌아누우며 퉁명스럽게 말했다.

"애, 나에겐 꿈같은 일이고 그럴 일도 없겠지만 만약에 그렇게 죽도록 사랑하는 사람이 나타난다면 두려울 게 뭐가 있겠니 단 하루를 살다 죽

53

는다 해도 나 그대를 따르리라 하겠다."

은주 언니가 잠이 달아났는지 베개를 높여 허리에 받치더니 반쯤 누운 자세로 벽에 기대고 앉았다.

"그러나 이 언니 몰골을 봐라. 아마 죽었다 깨어난대도 그런 기적 같은 일은 절대로 없을 거야. 진짜 죽을 때까지 없을 거야. 에휴."

은주 언니의 한숨 소리가 길게 늘어졌다. 은주 언니는 160센티미터도 채 안 되는 키에 70㎏에 육박하는 몸무게를 유지하며 도수 높은 검은 뿔테의 조영남 안경을 썼다. 얼굴은 쌍꺼풀진 동그란 눈에, 코도 오똑하고 조그만 입, 반듯한 이마 그런대로 예쁘게 생겼는데, 문제는 공포의 삼겹살로 탑을 쌓은 배둘레헴이었다. 그래도 원남이에게는 티격태격하면서도 제일 마음이 통하고 이해심 많은 착한 언니였다.

"근데, 그런 건 왜 물어? 연속극 얘기도 아니고 너 요즘 정말 수상해. 비행기나 날리고 인제 겨우 중 3짜리가 내년에 고등학교 들어가려면 그런데 신경 쓸 군번이 아닌 것 같은데 너 어디, 좋아하는 사람이라도 생긴 거니?"

"아, 아냐. 그냥 한 번 물어본 거야. 그냥. 언니야 불 끄게 자자."

원남은 얼른 일어나 형광등의 스위치를 눌러 불을 껐다. 뭔가 들켜 버릴 것 같은 마음을 몰래 어둠 속으로 감추고 싶었다. 눈을 뜨고 있어도 까만 어둠이 눈앞을 가리고 있어 아무것도 보이질 않는다. 바람에 흔들리는 커튼 사이로 비집고 들어오는 달빛이 차츰차츰 방 안 가득히 차오르자 방 안에 있는 사물들의 윤곽이 조금씩 잡혀가기 시작했다. '월 – 화 – 수 – 목. 그리고 금, 토, 일. 책상 위에 걸려있는 달력에 요일들이 서서히 드러나기 시작하더니 그 옆의 모나리자가 희미하게 미소를 짓는다. 멀리서 통금을 알리는 사이렌 소리가 아련하게 여운을 남기며 사라져 갔다. 파출소에서 올라오며 불어대는 방범대원 아저씨들의 호루라기 소리에 깜짝 놀란 목공소집 얼룩이 놈이 죽어라. 짖어댔다.

원남은 거의 뜬눈으로 밤을 지새우다 새벽녘이 돼서야 겨우 잠이 들었다. 얼마나 지났을까? 신문 배달 소년이 던져 넣는 신문 떨어지는 소리에 잠귀 밝은 원남은 선뜻 잠이 깨어버렸다. 혹시 늦었나 싶어 시계를 보았다. 6시 10분 다행이었다. 벌떡 일어나 또다시 커튼도 젖히고 창문도 활짝 열었다. 십자강 벌판의 맑고 시원한 아침 바람이 창문 타 넘어 방안 가득히 들어왔다. 저 멀리 바라다보이는 관악산 위로 아쉽도록 짧았던 한여름을 밤을 저만큼 뒤로 밀어 놓고 떠오른 태양이 빨갛게 빛나고 있었다. 쓰레기로 매립되어 가는 십자강도 빨갛게 물들어 반짝거리고, 높다랗게 솟아 있는 벽돌공장의 굴뚝에서 뿜어 올리는 연기도 빨갛게 물들어 올라가고 있었다. 호박밭 옆의 천막 교회에서 새벽기도를 끝내고 돌아가는 신도들 몇몇이 밭고랑 길을 따라 줄지어 가고 있고, 원남이네 집 앞 골목길에도 부지런한 일손들이 바쁜 걸음으로 지나가고 있었다.

창밖을 내다보며 기다리는 몇 분 안 되는 시간도 왜 이렇게 길게만 생각되는지 초조한 마음으로 다시 한 번 귀를 기울이자, 드디어 그렇게 애태우며 기다렸던 소리가 들려오기 시작했다. 저만큼 아나파 약국 앞 골목길에서 테리우스가 '차각 차각' 집게 소리를 내며 걸어오고 있었다. 귀밑까지 눌러쓴 해군 모자에 소매를 떼어버린 청 자켓을 입어 검게 그을린 팔뚝이 드러나 있어 더욱더 건강미가 넘쳐 보였다. 지금 원남이가 바라보고 있는 모습은 그냥 겉일 뿐이었다. 이 순간만큼은 새까만 껍질 속을 벗고 나와 맑고 아름다운 눈을 가진 소년으로 하얗게 웃으며 다가오고 있었다.

'터벅터벅' 테리우스가 사정거리 안으로 들어왔다. 원남은 편지를 접어 만든 종이비행기를 하늘을 향해 힘차게 날렸다. 어제 학교에서 돌아와 팔이 빠지도록 수백 개의 종이비행기를 날려가며 터득한 부메랑 식 회전법이었다. 오른쪽 하늘을 향해 던지면 뾰족한 앞머리가 숙어지면서 반대 방향으로 선회하여 내려간다는 것을, 종이비행기를 날리며 기가 막힌 발견을 한 것이다.

종이비행기가 정확하게 테리우스의 가슴으로 파고들어 발걸음을 멈추게 했다. 습관적으로 집게를 이용해 가슴에 부딪혀 땅에 떨어진 종이비행기를 집어 들었다. 그리고는 아주 느린 동작으로 귀밑까지 눌러썼던 해군 모자를 천천히 접어 올리며 원남이가 서 있는 창문을 올려다보았다. 원남과 눈이 마주치자 고개를 설레설레 흔들며 어색한 웃음을 지어 보였다. 더욱 민망해진 원남은 창문 옆으로 반쯤 숨어 손만 내밀어 흔들자, 테리우스가 하얗게 활짝 웃었다. '웃었다. 틀림없이 웃었어.' 원남의 마음은 곧 날아갈 것만 같았다. 행여나 조금이라도 더 보고 싶어 안타까운 기린 목이 되어 멀어져가는 뒷모습만 하염없이 바라보고 있었다.

"퉁, 퉁, 퉁. 원남아! 일어나라 학교 가야지?"

"예, 엄마 벌써 일어났어요."

엄마의 그다음 대사가 나오기도 전에 원남의 음을 실은 경쾌한 대답이 먼저 들렸다.

"어이구, 웬일이라니 해가 서쪽에서 잘 못 뜨기라도 했다니? 별일이네 별일이야."

엄마의 목소리도 밝아져 '딸락 딸락' 슬리퍼 끄는 소리가 부엌으로 향했다, 모든 변함없이 돌아가는 일상들이 시계처럼 정확했다. 어제 그 시간 오늘 또 그 시간 골목 끝에서부터 들려오기 시작하는 구청 청소차의 새마을 노랫소리, 은주 언니가 겨우 눈을 떴다가 다시 감았다. 청소차가 바로 창문 밑까지 올라왔다. 아마 새마을 노래가 삼절까지는 악을 써야 일어날 것이다.

원남은 칫솔을 입에 물고 거울을 바라보고 있다. 먼저 짠 여드름이 아물었나 했더니 왼쪽 눈썹 위에 또 하나가 생겼다. 항상 왼쪽이 말썽이다. 쌍꺼풀도 왼쪽이 없다. 고민과 연구 끝에 왼쪽 눈을 살짝 찡그리면서 눈때꼰이를 만들면 아주 예쁜 쌍꺼풀이 만들어졌다. 그 후론 누군가와 마주할 때면 습관처럼 눈 때꼰이를 만들게 되었다. 가끔 단짝 친구인 미선이와 수다를 떨다가도 습관적으로 눈 때꼰이가 만들어져 쳐다보면 '야이, 요 여우 같은 년아. 너 제발 그 눈 좀 만들지 마라. 누구 애간장 다 녹여 죽일 일 있냐?' 하며 입에 거품을 물곤 했었다. 원남은 다시 한 번 눈을 찡그려 눈 때꼰이를 만들었다. 잠옷의 윗단추를 두어 개 더 풀어 한쪽 어깨가 드러나도록 옷을 내렸다. 옆으로 비스듬히 서서 입술도 조그맣게 오므리고 '오, 우'하고 소리를 내며 마르린 먼로의 폼을 잡아 보았다. 거울에 비친 자신의 모습을 바라보다 갑자기 손가락질하면서,

"오우, 예. 당신은 너무 예쁜 게 흠이에요."

몸을 비틀어 가며 성우 흉내를 내더니 이번에는 사팔눈을 만들어 혀까지 날름 내밀며 혼자 깔깔대고 웃었다.

"어우, 뭐야. 아침부터 미쳤어?"

잠이 덜 깨 눈도 제대로 뜨지 못하고 들어온 은주 언니가 궁시렁 대며 쭈그리고 앉아 괜히 화장실 물만 소리 나게 내렸다.

금반지

쉬운 문제도 어렵게 만들어 풀어주는 원망스런 라이방 선생님의 수학 시간이 돌아왔다. 나름 열과 성의를 다 바쳐 설명한다고 흐뭇하게 생각하며 자축하는데, 한쪽 귀로 흘려버리며 딴청을 피우는 학생 하나가 선생님의 레이더망에 딱 걸렸다. '요놈 봐라.' 회심의 미소를 지으며 분필탄을 날렸는데, 조준이 빗나가는 바람에 엉뚱한 애가 희생양이 되고 말았다. 전생에 내가 뭔 죽을죄를 지었다고 선생님까지 이러시냐며 항변하는 소리에, 교실 안은 한바탕 웃음바다가 되었다. 태극기 옆에 매달려있는 스피커가 '엘리제를 위하여'를 불러주며 점심시간을 알리자, 우르르 한패가 몰려 교실을 빠져나갔다.

"자, 모여, 모여, 빨리 모여."

미선이의 손짓에 단짝 패들이 모여들자 원남이도 같이 합세했다. 미선이가 예쁘게 접은 종이학 여섯 마리를 책상 위에 펼쳐놓고는, 약장수 특유의 스타일로 손짓 발짓해가며 학을 팔았다.

"에, 날이면 날마다 오는 게 아닙니다. 한 달에 딱 한 번만 오는 기회. 자, 탐욕의 마음을 비우시고 골라들 보세요. 에, 여섯 마리 종이학 중에 단 한 마리에게만 하트가 찍혀 있을 겁니다. 그것을 잡는 분이 오늘 행운의 주인공이 되겠습니다."

곗날이다. 단짝들끼리 모여 만든 반지 곗날이었다. 여섯 명이 모여 한 사람당 이천 원씩 거두어 하트가 찍힌 종이학을 뽑은 계원에게 몰아주는 엄마들이나 하던 '일명 낙찰계'라는 것이었다.

"자, 먼저들 골라잡으세요. 저는 마지막에 뽑겠습니다. 제가 먼저 골라 당첨되면 무슨 표시를 해 두었다는 둥 주최 측의 농간이 있었을 거라는 둥 말 많은 세상살이 오해받기 싫으니까, 자! 어서들 골라보세요. 자아! 골라, 골라, 삼촌도 고르고 이모도 골라 나중에 후회하지 말고 빨리빨리 골라 보세요."

미선이가 남대문 시장에서 옷 파는 아저씨 흉내를 내가며 떠들자 도시락을 먹던 모든 시선이 미선이 쪽으로 몰렸다.

"수리, 수리, 마하 수리, 오방 데기 사바라에 배래래 스바래. 오, 제발, 제발, 뽑게 해주세이."

가끔 엉뚱한 소리를 내뱉어 친구들을 당황하게 하는 태영이가 종이학을 이마에 대고 중얼대는 엉터리 주문소리에 보고 있던 친구들이 책상을 두드리며 자지러졌다. 그 바람에 도시락을 먹던 한 애가 웃음을 터트려 입에 물고 있던 밥알이 앞에 애의 뒤통수로 쏟아지자 이 꼴을 지켜보던 친구들은 깔깔대다 못해 결국 주저앉고 말았다. 첫 번 주자인 태영이가 조심스럽게 종이학을 펼치기 시작했다. 반쯤 편 종이학을 노름꾼처럼 눈앞에 가까이 대고 천천히 살피더니 일순간 표정이 일그러지며 종이학을 던져 버렸다.

"에잇씨, 샛어, 샛어, 기이임."

다시 애들이 까르르 넘어갔다. 이번엔 혜연이가 한 참 망설이더니 종이학 하나를 집어 들었다.

"뭐 해? 뜸 들이지 말고 빨리 펴봐라."

조바심 난 친구들이 '우, 우,' 야유를 보내며 재촉하자 사팔눈이 되도록 모아보던 혜연이의 표정도 금방 울상으로 변했다.

"아이고, 샛내, 샛어, 나아알."

이번에도 또 한바탕 웃음이 터지면서, 다른 친구들까지 아예 도시락을 들고 웅성대며 몰려들었다.

남의 일 같지 않다며 서로 눈치를 보던 정희와 윤미가 동시에 종이학을 집어 들었다. 둘이는 큰 기대를 안 한다는 듯이 덤덤한 표정으로 뜸 들이지 않고 종이학을 펼쳤다.

"그럼, 그렇지 내 복에 될 리가 없지."

윤미가 종이학을 구겨버리자 정희는 입을 삐죽이 내밀며 활짝 편 종이학을 침을 발라 이마에 붙였다.

'이힛. 꽝이네.' 지켜보던 친구들이 박수를 치며 단체로 좋아라 했다.

"이렇게 남 안 되는 걸 좋아하니까 남북통일이 안 되는 거야."

종이학 뽑기 꽝 맞는 것 하고 남북통일과 무슨 관계가 있는지 몰라도 가뜩이나 두꺼운 입술을 잔뜩 부풀린 정희가 이마에 붙인 종이학을 떼내면서 투덜거렸다. 이제는 원남이와 미선이만 남았다. 원남이가 여유 있게 웃어가며 종이학을 집어 들자, 미선이가 기다렸다는 듯이 마지막 남은 종이학을 잽싸게 집어 들었다.

"오, 신이시여, 신이시여, 반지의 신이시여 여기 당신의 분신을 소중하게 간직하고 싶사옵니다. 그 아름다운 링을 소유할 수 있도록 자비를 베푸소서."

미선이가 신중하게 기도까지 올려가며 조심, 조심, 종이학을 펼쳤다.

"으아! 오! 신이시여, 신이시여."

미선이의 작은 눈이 점, 점, 커지면서 목소리도 같이 커졌다.

"얘가, 됐나 봐. 축하한다, 미선아. 기집애 좋겠다."

옆에 있던 태영이가 부러운 표정으로 거들었다. 그러나 커졌던 미선이의 눈이 다시 작아지면서 당장에라도 울 것 같은 표정이 되어 책상에 엎어지고 말았다.

"으흐흐흥흑, 신이시여! 신이시여! 저엉녕 나를 버리시나이까? 으흐흑!"

책상을 두드려 가며 열연을 펼쳐대는 미선이의 삼류 연기에 이제는 교실 전체가 웃음 공장으로 변하면서 마지막 원남의 개표를 기다렸다.

"뭐, 펴볼 필요도 없을 것 같은데 어디, 그냥 한 번 펴볼까?"

여유만만해진 원남은 여유를 있는 대로 부려가며 종이학을 펼치자 아주 예쁘게 숨어있던 보라색 하트가 활짝 얼굴을 내밀었다. 원남은 정희처럼 종이학에 침을 발라 이마에 붙이고는 두 손으로 브이 자를 그려가며 미스 코리아 행진하듯 책상 사이를 폼 잡으며 걸었다. 미선이가 봉투를 들고 교장 선생님의 쉰 듯한 목소리를 흉내 냈다.

"에, 위 사람은 교내 종이학 뽑기 경진 대회에서 아무런 노력 없이도 운만 좋으면 행운을 차지할 수 있다는 것을 증명하였기에 본 당첨금을 하사합니다."

'땅, 땅, 땅. 미선이가 주먹으로 책상을 세 번 두드리자 친구들이 또 한바탕 웃어 젖혔다.

"원남아! 네가 빵 좀 사라 밥도 못 먹구, 종이학도 꽝이구, 되는 일도 없구, 에이구."

태영이가 불쌍한 표정으로 배를 쓸어가며 엄살을 떨었다.

"알았다 알았어. 죽는소리 그만해라."

원남이가 대장처럼 앞장서서 나가자, 단짝들도 짝을 지어 매점으로 향했다.

* * * *

원남과 미선이가 정신없이 재잘대며 학교 담을 끼고 내려오다 대신 시장 옆에 있는 '명성당'이라는 색 바랜 간판이 걸려있는 금방으로 들어갔다.

"저기요, 반지 좀 맞추려고 그러는데요."

기름 독에 빠졌다 나왔는지 기름기가 줄줄 흐르는 몇 가닥 안 남은 머리카락을 왼쪽 귀 옆에서 오른쪽 귀 옆까지 빗어 넘긴 주인아저씨가 파리채를 들고 졸고 있다가 깜짝 놀란 눈으로 고개를 쳐들었다.

"오, 어서 와요. 무슨 반지? 백일 반지면 반 돈짜리고 돌 반지면 한 돈은 해야 하겠지?"

연신 하품을 해대며 늘상하는 버릇인지 말끝마다 주먹만 한 코를 실룩거리자 미선이가 '크윽 크윽' 나오는 웃음을 참으려고 오히려 더 이상한 소리를 냈다.

"그게, 아니구요 무늬 같은 것 안 넣구요 그냥 링 반지로 맞추려구요."

"으흠, 몇 돈이나? 몇 개나 할 건데?"

장사를 하려는지 말려는지 손님 대하는 태도가 얼마 못 가 간판을 내려야 할 것 같았다.

"그냥, 한 돈 짜리루요 하나는 12호 굵기로 해주구요 또 하나는 17호쯤이면 될 거예요."

원남은 생각해 두었던 게 있었는지 거침없이 설명하자,

"뭐야? 두 개씩이나 한단 말이야? 하나는 누구 건데?"

미선이의 궁금증이 서서히 발동을 걸기 시작했다.

"으응. 우, 우리 삼촌 줄려구."

원남은 당황스러운 표정으로 얼버무리자 의심 많은 미선이가 가만있을 리가 없었다.

"에헤이, 그게 아닌 것 같은데 조카가 삼촌 금반지 해준다는 기사가 도림일보에는 안 났던데?"

어수룩할 것 같으면서도 여우 같은 미선이의 눈빛이 날카롭게 날아왔다.

"미선아, 미안해 지금은 무어라 할 말이 없거든. 내가 나중에 다 말해줄게 알았지?"

원남은 애절한 표정으로 눈 때꼰이를 만들어 바라보았다.

"어이구, 이놈의 지지배야 알았다 알았어. 제발 그런 눈으로만 보지 말아라. 말 안 해도 괜찮으니까. 허기야 누구에게든 말하고 싶지 않은 비밀 하나쯤은 있는 법이니까 이번만큼은 내가 봐줄게."

미선이가 갑자기 어른처럼 의젓해 지면서 원남이의 등을 다독여 주었다.

"아저씨, 요번 토요일까지는 다 되겠지요?"

"글쎄다, 토요일까지는 안 될 것 같고 일요일쯤이나 나오겠는데."

"그럼, 일요일 오전 중에는 되겠지요? 늦어도 그때까진 돼야 하는데."

자는 사람 깨운 걸 원망하듯 계속 하품을 해대며 성의 없이 대답하는 주인이 못 미더워 다그쳐 물었다. "그래, 그럼 오전 중에 한 번 와봐라."

역시나 금방 주인이 별로 시원찮은 대답을 했다.

"아저씨, 아무리 늦어도 오전까진 꼭 나와야 해요 꼭."

원남은 다시 한 번 다짐을 해두었다.

"우와, 복장 터져 죽는 줄 알았네! 무슨 주인이 그따위야. 장사를 하려는 건지 말려는 건지 얘, 하필 허구 많은 금방 중에 왜? 그 집으로 들어갔어? 우신국민학교 옆에도 있는데 아이, 짜증 나."

성질 급한 미선이가 꾹 눌러 참고 있던 분통을 터트렸다.

"그냥, 거기가 제일 가깝잖아. 들어갔다 물어만 보고 그냥 나오기도 그렇고 미안해 내가 마음이 급했나 봐."

금방 주인의 성의 없는 태도가 마음에 걸리는 듯 후회하는 눈빛으로 대답했다.

원남과 미선이가 대신 시장 골목길을 벗어나 와 '내부 수리 중'이란 팻말이 붙어있는 청수탕 앞을 지나가고 있었다. 지난봄에 가지치기를 당한 플라타너스 가로수들의 이파리들이 파랗게 손을 흔들며 억울한 시위를 하고 있고, 이천 쌀 상회 앞마당에 서 있는 노랗게 늙어버린 은행나무가 한가롭게 장기를 두고 있는 주인아저씨에게 시원한 그늘을 내려주고 있었다. 끊이지 않고 재잘대는 미선이의 연속극을 들으며 고춧말 고갯길로 넘어가는 골목길 입구에 다다랐을 때 원남이가 걸음을 멈추었다.

"미선아, 너 나랑 이 골목 좀 같이 지나가자 고춧말 넘어가면 내가 다시 너희 집 육교 있는 데까지 바래다줄게. 응?"

"아니, 얘가 미쳤나 이 더운 날씨에 땀 뺄 일 있니 내가 왜 빙, 빙, 돌아 가야 하니?"

"글쎄, 같이 좀 가자 사연이 있단 말이야 가면서 말해 줄게 나 혼잔 못 간단 말이야. 응?"

원남의 눈에서 애절함이 흘러넘쳐 또 눈 때꼰이가 되어 바라보았다.

"하, 알았다 알았어 하여간 네년 때문에 나는 제 명에 못 살고 죽을 거 야 에이구."

원남은 미선이에게 바짝 붙어서 팔짱을 껴고는 고춧말 좁은 골목길을 눈치를 살피며 천천히 올라갔다.

"사실은, 저 골목 끝에 있는 만홧가게 앞에 매일 죽치고 있는 애들이 있 거든. 근데 나만 지나가면 뒤에서 휘파람을 불며 막 약 올리는 거 있지. 그러더니 저번엔 그중에서 제일 꼴통으로 생긴 빡빡이 가 내 앞을 가로막 곤 고무줄 쳐 놓은 데 넘어가면 내가 자기 마누라래 그러더니 갑자기 내 치마를 확 들추면서 '아이스케키' 했단 말이야 어후, 쪽팔려."

책가방이 무거웠던지 다른 쪽 손으로 바꿔 잡으며 떨어질세라 미선이 옆에 바짝 달라붙어서 종달새처럼 계속 종알거렸다.

"후후. 얘, 재밌다. 얘, 그 빡빡이가 너 되게 좋아하는 모양이다. 얘, 근 데 그래서 발로 확 차버리지 가만있었어?

"가만 안 있으면 내가 어떻게 하니? 그래서 우리 삼촌한테 일렀거든 왜 너두 잘 알잖아. 월남 갔다 온 해병대 삼촌. 그 삼촌이 바로 찾아가서 매 우 혼내 줬는데 그래서 마음 놓고 다녀도 된다고 삼촌이 그랬는데 그래도 마음이 안 놓여서 그동안 이 길로 안 다녔단 말이야. 그래서 오늘은 든든 한 네가 있으니까 널 믿고 한번 지나가 보려고 그런 거야."

"그래, 그런 사연이었구나. 이거 재미있어지겠는데 하여간, 여자는 무조건 예쁘고 봐야 한다니까 나는 아무리 다녀 봐도 '아이스케키'는 커녕 수수께끼라도 하는 놈 하나 있었으면 좋겠다. 얘, 빨리 가자."

마음이 급해진 미선이가 겁도 없이 서둘러 댔다. 골목 중간쯤에 있는 공동 수돗가에는 물을 받으려고 늘어놓은 물통들이 길게 줄지어있어 가뜩이나 좁은 길을 비켜가게 만들었다. '장 자가장 장장장 / 장 자가장 장장장' 저만큼 골목 끝에서 기타 치는 소리와 그 애들의 목소리가 들려오자 원남이가 걸음을 멈추었다.

"저, 저기 좀 봐 미선아 쟤네들이야 어떡해."

역시나 골목 끄트머리 만홧가게 앞에는 원남이가 말한 대로 못난이 삼총사가 긴 의자에 나란히 앉아서 기타를 쳐가며 소란을 떨고 있었다.

"괜찮아, 쫄지 말고 나만 따라와 걱정할 것 하나 없어. 참 니 가방 이리 줘봐."

미선이가 원남의 가방을 뺏다시피 낚아채고는 횅하니 앞장서 갔다. 아마 여차하면 이 소령이 쌍절곤 휘두르듯 책가방을 휘두를 모양이었다. 불안해진 원남은 미선이 등 뒤에 바짝 붙어서 종종걸음으로 쫓아가는데 미선이는 '건들기만 해봐라'란 듯이 어깨를 잔뜩 부풀려 올리고는 팔자걸음을 걷기 시작했다.

"장 자가장 장 장 / 장 자가장 장장– 원남아!"

가게 앞을 막 지나치려는데, 갑자기 기타 소리가 멈추더니 어떻게 알았는지 원남이의 이름을 부르며 빡빡이가 튀어나와 또 앞을 막았다.

"아하, 오해들 마시고 저번엔 미안했어. 칫. 태수 형님 조카인 줄 정말 몰랐거든 칫. 그냥 장난이었었는데 칫, 다음부터는 절대로 그런 일 없을 거야. 칫. 혹시 다른 놈들이 시비 걸면 칫. 우리한테 말해 우리가 쌈빡하게 해결해 줄게. 칫."

버릇도 아주 더러운 버릇이었다. 무슨 박자 맞추듯이 말 한 대목 끝 날 때마다 이빨 사이로 침을 칫, 칫. 쏘아댔다. 더구나 한쪽 손은 앞주머니에 꽂고 한쪽 손은 빡빡 깎은 뒤통수를 벅벅 긁으면서 한쪽 다리를 달달 흔들어가며 말하는 꼴이 정말 가관이었다.

"댁들만 아니면 시비 걸 사람은 없을 것 같은데?"

미선이도 다리를 흔들어 가며 맞장구를 쳐주자 빡빡이가 못마땅한 표정으로 칫, 칫거리며 침을 쏘아댔다.

"아하, 칫. 이거 왜 이러시나 칫. 이렇게 정중히 사과하는데 칫. 사과하면 받아 주는 맛도 있어야지 칫."

"아, 알았어요. 얘 가자 응? 제발 그냥 빨리 가자."

애가 타는 원남은 마음이 불안해지자 급한 마음에 미선이 팔을 잡아끌었다.

"놔둬, 놔둬 봐. 잠깐만 가만 좀 있어 봐 저기 쟤, 쟤 좀 봐봐. 저기 저 교련복 입은 애. 얘, 너 박 동건 맞지? 도림 국민학교 5학년 4반 다녔었지? 최윤성 선생님이 담임이셨고 맞지? 너 박 동건 틀림없어. 맞아 그땐 나보다 작았었는데."

미선이가 다그치며 다가서자 교련복의 얼굴이 창피해 죽을 것 같은지 홍당무 빛이 되어 버렸다.

"그, 그렇긴 한데 어, 어떻게 알았어."

교련복이 어리벙벙한 표정을 지어 보였다.

"야, 같은 반이었는데 왜 모르겠냐. 얘는 삼 분단에 앉았었고 나는 일 분단에 앉았었는데. 아이고 얘는 졸업 한지가 몇십 년이나 됐냐? 벌써 잊어버리게."

미선이가 손으로 교련복의 어깨를 건드리며 자주 만난 친구처럼 너스레를 떨었다.

"글쎄, 그리고 보니까 너는 기억이 나는 것 같은데 원남이는 너무 변해 정말 몰라보겠다."

교련복이 어거지로 기억을 더듬는 것 같았다. 원남이도 어렴풋이 교련복의 어렸을 때 얼굴이 남아 있다고 생각했다.

"우화, 쪽팔려 못 살겠구만. 그럼 동건이하고 동창이었단 말이야? 칫. 기구한 운명이로구만 칫."

빡빡이가 다리를 떨어가며 또다시 빈정댔다.

"그럼, 앞으로 우리하고 친하게 잘 지내면 되겠네."

말없이 앉아 큰 눈만 껌벅이던 꺽다리가 멀쭉이 한 마디 던졌다.

"아, 아뇨. 댁 하고는 별로 그럴 일이 없을 것 같네요. 하여간 동건아, 원남이 좀 잘 돌봐줘라. 동창 좋다는 게 뭐냐 응?"

넉살 좋은 미선이의 설레발에 주눅이 든 못난이들이 아무 말 못 하고 불만 가득한 빡빡이만 칫, 칫. 거리며 연신 침만 쏘아대고 있었다.

"그럼, 놀아라. 우리 내려갈게. 얘, 원남아 가자."

미선이가 얼빠져 있는 못난이들에게 손을 흔들어주며 원남과 손잡고 유유히 골목길을 빠져나왔다.

"우화, 못생긴 게 되게 말이 많구만 칫."

저만큼 고춧말 고갯길을 내려가는 원남과 미선이를 쏘아보며 빡빡이가 빈정대며 침을 쏘자, 교련복과 꺽다리가 배를 쥐고 뒹굴었다.

고춧말 언덕 아래까지 줄지어 서 있는 미루나무 그림자가 태양을 등 진채 땅바닥에 길게 누워 늘어져 있고, 하루 종일 구혼가를 부르다 목쉰 매미 사단이 이제는 지쳤는지 가끔 쉰 소리만 지르고 있었다.

첫 만남

　일요일이다. 내일은 천지가 개벽하는 한이 있더라도 나의 평온한 잠을 깨우지 말라며 이순신 장군님처럼, 유언을 남긴 은주 언니가 다시는 깨지 못할 잠자는 공주가 되어 버렸다. 세상 만고 하나 걱정 없는 언니다. '아무 걱정 하지 마. 잘 될 거야. 어떻게 되겠지 뭐.' 늘상 이런 식이었다. 은주 언니의 몸무게가 점점 무거워지는 건 저 느긋한 성격 때문이라고 생각했다. 요 며칠 동안은 세상에서 제일 반가운 테리우스의 집게 장단 소리를 들을 수가 없었다. 오늘은 구청 청소차의 악을 써대며 부르는 새마을 노랫소리도 안 들린다. 저 멀리 십자강 벌판 호박밭 옆의 천막 교회에서 신도들을 부르는 찬송가의 종소리만 '띵~동 땡~동' 하며 아련하게 들려올 뿐이었다. 일요일도 없는 벽돌 공장의 굴뚝에선 뿌연 회색 연기를 쉬지 않고 하늘 높이 뿜어 올리고, 햇빛에 반짝이는 십자강에는 이름 모를 새들이 날아들고 있었다. 창가에 서 있는 원남의 얼굴엔 심통 맞은 한여름 태양이 벌써 따갑게 내리쬐고 있었다. 먼 산을 바라보고 있는 원남의 마음은 어떻게 해야 좋을지 그저 착잡하기만 할 뿐이었다. 지난 며칠을 지루하게 보낸 것이 몇 달보다도 더 길다고 느껴졌다. 그날 편지를 접어 만든 비행기를 날린 이후부터 테리우스의 모습은 통 볼 수가 없었기 때문이었다. 행여나 하는 마음에 아침 일찍 창문을 열고 몰래 내려다보고 있었지만, 테리우스의 모습은 볼 수가 없었고 하물며 어제 아침엔 턱수염이 시커먼 털보망태가 나타나 원남이네 쓰레기통을 뒤지고 지나갔다. '어디 병이라도 난 걸까? 행여 무슨 나쁜 일이라도 생긴 걸까?' 도무지 궁금해서 견딜 수가 없었다. 혹시나 하는 마음으로 파출소 옆에 순댓국집에 오지나 않을까 싶어 서성인 적도 있었지만, 험상궂게 생긴 해골 문신 망태만 '커으 크윽' 트림을 해대며 나오는 바람에 기겁해 도망쳐오고 말았다. '돌아오는 일요일 12시 우신국민학교 정문 앞에서 기다리겠어요.' 혹시 그날 종이비행기를 펴 보지도 않고 그냥 버렸을지도 몰라- 어쩌면 보고도 안 나올지도 모르잖아? 아냐, 그날 웃었잖아. 나중엔 활짝 웃었단 말이야.' 원남이의 답답하고 안타까운 마음은 테리우스의 하얗게 웃는 모습을 떠올리며 자신을 위로 할 수밖에 없었다.

'하느님, 제발 테리우스가 활짝 웃는 모습으로 나오게 해 주세요. 간곡히 기도드리옵니다.'

원남은 저 멀리 호박밭 옆의 천막 교회를 바라보며 간절한 기도를 올렸다.

"통, 통, 통. 애들아 밥들이나 먹고 자거라 무슨 잠을 그렇게 잔다니. 지금 몇 신 줄이나 아니? 지금 안 일어나면 너희들이 차려 먹어야 한다. 엄마 조금 이따가 예식장 가야 하니까 알았지?"

"예, 알았어요. 엄마 벌써 일어났어요."

"니 언니도 깨우란 말이야."

원남이가 대답도 하기 전에 엄마의 목소리가 더 커졌다. 잠결에 들었는지 은주 언니가 몸을 뒤척이며 말했다.

"원남아, 나 좀 그냥 놔둬라. 으흐흥, 네가 나를 도울 수 있는 길은 그냥 놔두는 길이야 알았지 응?"

마치 큰 병이라도 난 것처럼 끙끙 앓는 소리를 내가며 베개를 끌어안았다.

"알았어, 언니야 도와줄게. 실컷 자라구."

"얘가, 요즘 먹는 게 신통치 않네! 왜 체했냐? 손 좀 따주련?"

숟가락을 입에 물고 밥알을 세고 있는 원남이를 엄마가 걱정스러운 표정으로 넌지시 바라보았다. "아냐, 체하긴. 괜찮아 그냥 모르겠어. 밥맛이 없어. 더위 먹어서 그런가 봐."

대충 핑계를 대고 빠져나와 자기 방으로 돌아온 원남은 조금 전의 표정과는 전혀 다르게 콧노래까지 흥얼거리며 화려한 패션쇼를 시작했다. 먼저 말끔하게 정리해 놓은 여름옷들을 침대 위에 올려놓았다. 거울 앞에 서서 티셔츠도 대보고, 원피스도 입어봤다. 거울 한번 쳐다보고, 히쭉 한번 웃었다가 다시 한 번 돌아봐도 '어휴, 맘에 드는 게 없네! 어디 이걸 한번 입어볼까?' 검정 바탕에 노란 해바라기 꽃무늬가 박혀 있는 판타롱 바지를 입었다. 원남이와 키가 비슷한 큰언니가 꽃무늬가 마음에 안 든다며 물려준 바지였다. 상의는 목선이 가슴까지 깊게 파인 하얀색 반팔 티셔츠를 선택했다. 거울에 비친 자신의 옷맵시가 괜찮다고 생각했다. 고개를 돌려 뒷모습을 보다가 엉덩이 쪽에서 시선이 멈췄다. '역시, 크긴 커. 고춧말 못난이들이 오리 궁뎅이라고 놀릴 만도 해.' 인정하듯 고개를 끄덕이며 다시 한 번 돌아보았다. '여자는 자고로 엉덩이가 커야 이담에 시집가서 애 날 때 고생 안 하고 쏨풍 덤풍 잘 낳는겨.' 앞니밖에 없으셨던 할머니가 생신 때 인절미를 오물거리시며 하시던 말씀이 갑자기 생각이 났다. 다시 한 번 거울 속의 자신을 바라보다 책상 서랍에서 쓰다 남은 엄마의 빨간 립스틱을 꺼내어 예쁘게 칠했다. 얼굴이 금방 달라져 보이는 것 같아 입술을 삐죽이 내밀어 보았다. 살모사란 별명의 학생 주임 선생님이 방학이 다가오자 단속이 뜸해져 귀밑 3센티까지의 단발머리가 조금은 더 길었지만, 머리가 문제였다. 파란 바탕에 하얀 땡땡이 무늬가 박혀있는 스카프를 길게 말아 머리를 뒤로 넘기고 이마 위로 밴드를 해 보았다. 예쁜 이마가 훤히 드러나는 게 더 달라 보였다 '그래, 역시 너는 너무 예쁜 게 흠이야.' 혼자서 킥킥대며 웃고 있는데, 부스럭대는 소리에 잠을 깬 은주 언니가 더듬더듬 조영남 안경을 찾아 쓰더니 눈을 휘둥그레 크게 뜨고 의아한 눈초리로 쳐다보았다.

"아니, 이게 누구야? 너 그리고 동춘서커스단에 취직이라도 하려고 그러니? 그리고 어딜 가려고 그래?"

잠이 덜 깬 은주 언니의 한 마디에 원남의 짤막한 패션쇼는 그렇게 막을 내렸다. 뾰로통해진 원남은 이것저것 뒤적이며 고르다가 엄마가 생일 때 사준 멜빵 달린 밤색 원피스에 파란 티셔츠를 받쳐 입었다.

"언니야, 이건 어때? 색깔 괜찮아?"

"그래, 됐어. 잘 어울려. 귀엽잖아. 학생이 학생처럼 보여야지 아까는 애 깜짝 놀랬다 애. 나는 별들의 고향에 나오는 경아가 서 있는 줄 알았어. 그런데 어딜 가려고 그렇게 여수를 떨고 그러니? 누굴 만나러 가는데 요란을 떨고 난리냐고 응? 수상해 아무래도 요즘 수상해. 냄새가 아주 심하게 풍긴단 말이야."

은주 언니가 힘겹게 몸을 일으켜 세우더니 침대에 걸터앉았다.

"냄새는 무슨 냄새가 난다고 그래. 그냥 친구 만나러 가는 건데. 왜? 더 주무시지 벌써 깨셨수. 잠자게 놔두는 게 도와주는 거라며."

"아이고, 요 이쁜년아, 시집가면 부자 될 년아, 백 년 천 년 살 년아, 나는 배가 고파 도저히 잘 수가 없다. 뭐라도 좀 먹어야 살겠다."

은주 언니가 잠옷 바람에 슬리퍼를 질질 끌며 부엌 쪽으로 가다가 수돗가에 있는 놋대야를 걷어 찾는지 징 깨지는 소리가 요란하게 들려왔다. 깜짝 놀란 원남은 얼른 미닫이 방문을 열고 내다보았다.

"왜 그래? 많이 다쳤어? 어이구, 볼만하다 볼만해. 그렇게 조심하시지 몸도 무거우신데."

물이 반쯤 담긴 놋대야의 모서리를 밟은 모양이었다. 커다란 덩치가 물을 뒤집어쓰고 앉아있는 모습이 웃지 않고는 참을 수가 없었다.

"아이고, 후후 아퍼라 웃지 마 이년아, 아이 씨 재수 없어. 누가 여기다 놓은 거야? 히잉."

은주 언니가 투덜거리면서도 그래도 먹고는 살겠다며 부엌으로 들어가자, 바빠진 원남은 부지런히 움직였다. 짧은 단발머리도 곱게 빗어 내리고 손지갑도 챙겨 들었다.

"언니야, 나갔다 올게. 많이 먹고 많이 자."

은주 언니가 배가 많이 고팠던 모양이었다. 열무김치에 고추장을 넣고 벌겋게 비빈 대접인지 바가지인지 모를 큰 그릇을 들고는 입안 가득 밥을 문 채 큰 소리로 입을 벌렸다.

"잉년아 잉직 등너와."

시계를 보는 원남의 마음이 바빠지자 발걸음도 덩달아 빨라졌다. 고은 양장점의 마네킹이 새로 갈아입은 원피스를 한 번만 보고 가라며 미소를 짓고 있었다. 아나파 약국 안에는 약을 지으러 온 사람들로 정신이 없고, 허겁지겁 약국 아줌마의 코에 걸린 안경이 위태로워 보였다.

"원남아 어디 가니?"

순댓국집 문 앞에 처져있는 문발을 젖히며 태수 삼촌이 얼굴을 내밀었다. 벌써 해장술에 목까지 벌겋게 달아올라 있었다.

"어머, 삼촌. 안녕. 응 친구 만나러."

"그래, 그럼 너 요즘 고춧말로 안 다니냐?"

"아니, 잘 다니고 있어 저번에 빡빡이 패들이 미안하다고 사과했어."

"그랬냐? 그놈 자식들 다시는 너 안 건드릴 거다. 걱정하지 말고 다녀라. 알았지?"

"알았어. 고마워 삼촌. 나 갈게. 술 좀 많이 먹지 마, 그러다 술병 나면 어쩌려고 그래."

"그래, 알았다 그래도 삼촌 걱정해주는 건 너밖에 없구나. 이쁜 것. 그래, 어서 가봐라."

언제 봐도 원남이에게는 다정다감한 삼촌인데 한 가지 아쉬운 건 그놈의 술만 마시면 남의 싸움에 끼어들어 사고 치는 게 문제였다.

원남은 삼촌 때문에 지체한 시간을 줄이기 위해 벌써다 지쳐 길게 누워있는 미루나무의 그림자를 밟으며 고촛말 언덕길을 오르고 있었다. 만홧가게 앞에는 못난이 패들을 기다리는 긴 의자만 덩그러니 놓여있고, 변함없는 미루나무의 매미 사단만 죽어라. 구혼가를 열창하고 있었다. 골목 중간쯤 수돗가에는 각양각색의 물통들이 줄지어있고, 키 낮은 담장 속에 피어있는 해바라기 집을 끝으로 좁은 골목길을 빠져나와 대신 시장 옆에 있는 명성당에 도착했다. 일요일이라 주인은 텔레비전을 보고 있었고, 변웅전 아나운서가 진행하는 '명랑 운동회'가 한참 열기를 띠고 있었다.

"저기요, 목요일 날 반지 맞춘 것 좀 찾으려고요."

원남이가 들어 온 지도 모를 정도로 텔레비전에 빠져있던 주인이 원남이가 목소리를 조금 높여 말하자, 그때야 반쯤 누운 자세의 회전의자를 돌렸다. 코는 계속 실룩거렸고 몇 가닥 안 남은 머리에선 기름 국이 줄줄 흘러내렸다.

"뭐? 뭐라구? 뭐 찾는다구?"

물어보면서도 시선은 계속 텔레비전을 따라다녔다. 정말 짜증이 나게 하는 주인이었다.

"목요일에, 반지 맞춘 것 찾으러 왔다구요. 다 됐지요?

"목요일에 맞춘 반지라 가만있자. 목요-일에 맞춘- 반지는- 반진데 아! 그거, 잠깐만."

주인은 혼자 중얼거리며 영수증을 뒤적이더니 독일군 무전기같이 생긴 전화기를 집어 들었다.

"아, 네, 네, 수고하십니다. 신길동 명성당입니다. 예? 출발했다구요? 아, 예. 알았습니다. 학생, 좀 기다려야 하겠는데 지금 출발했다니까."

"어디서 오는 데요? 시간은 얼마나 걸리는 데요?"

"종로에서 오는데 오토바이 타고 오니까 한 30분이면 도착할 거야."

속에 천불이 나든지 말든지 원남이에겐 관심 없는 야속한 주인은 텔레비전에만 빠져 있었다. 얄밉고, 원망스러웠지만 할 수 없이 조급해지는 마음을 달래며 반지를 가져올 오토바이만 기다리고 있었다. 지루한 마음에 길 건너 진로소주 회사로 드나드는 술 차들을 한 대 두 대 세어 보았다. 차 지붕보다 더 높이 실은 술 박스가 위태롭게 흔들렸다 벌써 마흔 대도 넘게 지나갔다. '도대체 저 많은 술을 누가 다 마실까?' 한심한 생각을 하고 있는데, 그토록 애타게 기다리던 오토바이가 결국 12시가 다 돼서야 탈, 탈, 거리며 도착했다. 꺼내볼 시간도 없었다. 들어 있나만 확인하고는 미리 준비한 잔금을 치르자마자 문을 박차고 나와 뛰기 시작했다 명성당에서 우신 국민학교까지는 버스로 두 정거장밖에 안 되지만 아무리 빨리 간다고 해도 10분 이상은 걸린다. 그것도 버스를 제대로 만났을 때의 얘기다. 하지만 오늘은 잘 오던 버스마저도 속을 썩인다. 일요일이라 빈 택시는 더더욱 구경하기도 힘들었다. 속은 점점 타들어 가고 야속한 시간은 멈추지 않고 흘렀다. 벌써 12시 10분 애타는 원남이를 약이라도 올리려는지 저만큼 태진운수 62번 버스가 늦장까지 부려가며 오고 있었다. 급해진 마음에 안 하던 새치기까지 해가며 버스에 올라서야 숨을 돌렸다. 주근깨 안내양이 힐끗 한번 쳐다보았다. 우신국민학교 건너편에서 버스가 서자 원남은 황급히 내려 버스가 떠나길 기다렸다. 버스가 떠나자 버스에 가려 안 보였던 학교 정문이 눈에 들어왔다.

아무도 없다. 원남은 시계를 다시 보았다. 12시 18분 가슴이 철렁 내려 앉았다. 끝났다. 12시 이전에 와야 했는데 너무 늦어 버렸다. '얘, 딱 부러지는 성격의 남자들은 1분 1초도 안 틀리게 약속장소에 나타났다가 상대방이 안 나왔으면 그 자리에서 돌아간다더라.' 만물박사인 미선이가 애들을 모아놓고 수다를 떨며 했던 말이 문득 떠올랐다. 횡단보도의 신호등에 파란불이 들어오고 사람들이 건너가기 시작하자 원남이도 맥 풀린

걸음으로 같이 따라 건넜다. 학교 정문 앞으로 꼬마 둘이 공을 들고 걸어 왔다. 꼬마들도 친구들을 만나기로 한 모양이었다. 12시 20분 한여름 태양 볕이 너무 뜨겁게 심술을 부렸다. 양산을 받쳐 들고 버스를 기다리는 아줌마를 본 원남은 손지갑을 이마 위로 올려 그늘을 만들어 보지만 뜨거운 태양의 심술 앞엔 속수무책 일 수밖에 없었다. 12시 30분 이젠 절망이다. 텔레비전에만 정신 팔던 금방 주인에게 원망이 돌아갔다. 몇 가닥 안 남은 머리털을 다 뽑아 버리고 싶었다. 더위까지 먹었는지 어지러웠다. 다리에도 힘이 빠져 그냥 주저앉고 싶었다. 아무 생각 없이 그저 멍한 상태로 발걸음을 돌렸다. 횡단보도 앞에 서서 행여나 다시 한 번 정문 앞을 돌아보고는 힘없이 고개를 떨구고 말았다. 원남은 중요한 그 무엇을 잃어버린 것 같은 텅 비어버린 허전함에 마음이 아팠지만, 그보다는 그 소년을 아니 테리우스를 다시는 못 볼 것만 같은 안타까움이 가슴속 깊이 저며오는 걸 참을 수가 없었다.

'그래, 바보같이 나 혼자서 쫑고 까부른 거야' 원남은 자신을 원망하면서 신호등을 바라보다 흠칫 놀라고 말았다. 지나가는 버스에 가려 안 보이던 건너편에 누가 서 있는 것이 눈에 들어왔다.

원남의 눈이 점점 더 커졌다. 그 소년 테리우스였다. 하얀 옷을 입은 그 소년이 긴 머리를 휘날리며 거기 그렇게 서 있었다. 보고 또 쳐다봐도 그는 분명 테리우스였다. 가슴 속에서 뜨거운 그 무엇이 울컥 치밀어 올라와 눈앞을 뿌옇게 흐려 놓았다. 파란 등이 켜지자 그 소년이 긴 머리를 쓸어 올리며 하얗게 천천히 다가왔다. 그렇게 건너와 원남의 바로 앞에서 멈춰 섰다.

"그냥, 가지 날 더븐데 뭘 그레 오레 기다리노. 내, 저기서 다 보고 있었데이. 내가 안 보이면 금방 갈줄 알았드마 계속 서 있길래 저러다 날 더븐데 아 죽겠다 싶어 미안해 가꼬… 하여간 어데든 쫌 피하고 보제이."

맞다, 바로 그때 그 목소리였다. 무슨 소린 줄은 몰라도 그냥 귓속으로 벌 몇 마리가 날아든 것 같이 웅, 웅, 거릴 뿐 정신마저 다 날아간 것 같았다. 다시는 볼 수 없는 사람인 줄 알았는데 지금 이렇게 자신 앞에 서 있다는 게 도무지 믿을 수가 없었다. 그냥 마음속으로 '고마워요. 나와 줘서 정말 고마워요.'라는 말만 되뇌이고 있을 뿐이었다. 또다시 신호등이 빨리 건너가라며 파란 등을 켜주자 그 둘도 횡단보도를 건너와 정류장 앞에 있는 파리제과점으로 들어갔다.

"마, 얼굴이 발갓네 쫌 더 있었으면 다 탈 뻔했네! 우야문 존노 그냥 갔으면 됐을 낀데."

시원한 선풍기 바람에 땀을 식히고 마음도 가라앉혔다. 나갔던 정신이 제자리로 돌아오자, 그때야 얼굴이 화끈거리기 시작했다. 테리우스와 얼떨결에 잠깐 눈이 마주쳤다. 이젠 아예 얼굴이 다 타버릴 것 같았다 '바보같이 내가 왜 이러지? 안 돼' 원남은 다시 한 번 마음을 추슬렀다.

"뭐, 묵을래, 빙수 묵을까?"

"아, 예 아무거나 전 괜찮아요. 드시고 싶은 것 드세요."

원남은 도무지 테리우스를 쳐다볼 수가 없었다. 생전 처음 가져보는 이성과의 만남 그것도 마음속으로 가슴앓이하며 그리워했던 사람과의 첫 만남이었다. 원남은 지금까지 단 한 번도 느껴보지 못했던 묘 한 감정이 피어오르는 것을 감출 수 없어 애꿎은 손수건만 어색하게 만지작거릴 뿐이었다.

"아지매, 여기 팥빙수 둘 하고 빵 쫌 주이소."

"빵은, 얼마나?"

바람이 세게 부는 날엔 나가면 안 될 것 같은 연약하게 생긴 아줌마가 작은 소리로 물었다.

"마, 알아서 주이소."

경상도 사투리로 무뚝뚝하게 대답하는 목소리조차도 놓치기 싫어, 하나, 하나, 가슴속 깊이 새겨 놓았다.

76

'밤을 잊은 그대에게' DJ와 너무도 비교되는 목소리라는 생각이 갑자기 떠올라 실없이 웃음이 나왔다. 주인아줌마가 네모난 얼음을 빙수 기계 위에 올려놓고 가냘픈 손으로 힘겹게 돌리자, 파란 유리그릇 속으로 하얀 얼음 가루가 눈처럼 내려 점, 점, 수북이 쌓여 올라갔다.

"그래, 내 같은 놈을 뭐할라꼬 만나자 켓노."

얼음가루를 만들고 있는 주인아줌마를 바라보던 테리우스가 뜬금없이 물었다.

"저기, 먼젓번에요 고마웠단 말도 제대로 못 했구요. 미안해서요. 그리고 저번엔… 그저… 난… 고마웠단 표현을… 할려고… 죄송해요. 제가 생각이 짧았었나 봐요. 제가 좁은 소견에 마음 상하게 한 것 같아서 그래서 꼭 만나서 사과드리고 싶었어요."

조금은 더듬거렸지만. 마음속에 담아 두었던 말을 하고 나니 속이 후련했다. 그러나 테리우스의 얼굴은 쳐다보지도 못하고 손수건만 다 닳도록 만지작거릴 뿐이었다.

"고마울 것도 없지만 미안할 건 또 뭐 있노, 내 처지에 이쁜 학생이 만나자카이 당황스러버 갖고 내도 고민 많이 했데이. 그란데 몇 학년이고."

낮은 목소리로 묻는 표정이 그게 제일 궁금했던 모양이었다.

"내, 내년에 고 일이에요."

원남은 왜? 중학교 삼 학년이라고 말 안 하고 고 일이라고 했는지 순간적으로 대답해버린 자신도 이상했다.

"에게, 그라문 이제 중 삼 아이가? 어구야 내사마 잘못 봤데이."

테리우스가 어처구니가 없다는 듯이 바람 빠지는 소릴 내며 피식 웃었다.

"내년엔, 고 일이 된단 말이에요 고 일이."

원남은 또랑또랑한 말투로 다시 한 번 강조하듯이 테리우스를 정면으로 쳐다보며 말했다 눈이 마주쳤다. 이번엔 피하지 않고 또렷이 바라보았다. 자신도 모르게 눈 때꼰이가 만들어져 찡긋거렸다. 테리우스의 얼굴이 빨개지며 눈동자가 조금 흔들리자 멋쩍은 웃음을 지어 보였다.

"하이고마, 내는 마 한 고 삼쯤 되는 줄 알았데이. 우화, 마 알라구만."

테리우스가 나이보다 성숙해 보이는 원남이를 고등학생쯤으로 착각했던 모양이었다.

"그런 게, 뭐가 그렇게 중요한 것처럼 말을 해요. 그것보단 진실을 나눌 수 있는 마음이 중요한 게 아닐까요?"

기가 막혔다. 원남은 지금까지 아무에게도 써 보지도 않은 말을 자신이 하고 있다는 것에 대해 스스로도 놀라고 있었다.

"그럼, 실례하지만 지금 몇 살이세요. 그리고 성함은 어떻게 되세요. 제 이름은 정, 원, 남. 이거든요."

이젠 양손까지 턱에 받치고 미선이가 애간장 태워 죽인다던 눈빛으로 쏘아보며 대담하게 물었다.

"내, 내 말이가?"

테리우스가 당황하며 표정이 어두워지더니 고개를 돌려 말없이 창밖을 내다보았다.

"맛있게들 드세요."

주인아줌마가 알록달록한 색깔의 얼음 가루가 수북이 담긴 빙수 그릇과 빵이 담긴 접시를 들고 와 탁 자위에 내려놓았다. 원남은 묻는 말엔 대답을 안 하고 심각해진 테리우스의 표정을 조심스럽게 살피며 빙수 그릇만 내려다보고 있었다. 그러다 문득 하얀 얼음 가루 위에 뿌려져 있는 빨강, 노랑, 파랑 색깔의 색소가 창밖으로 내다보이는 학교 앞에 신호등 색깔과 똑같다는 엉뚱한 생각이 들었다. 어색한 시간이 잠시 흐르고, 침울한 표정으로 창밖을 내다보던 테리우스가 긴 한숨을 내뱉으며 입을 열었다.

"사실은 마, …내는 내 나이도 확실히 모르는 놈이데이. 이름도 고아원 원장님 성을 따 같고 '장 민 식'이라고 짓다 카고… 지금까지 그렇게 마 살아 왔는기라… 내는 누가 나이하고 이름 물어볼 때가 제일로마 속상한 기라. 떳떳하게 말하지도 몬 하고 그렇다고 거짓말하긴 죽기보단 싫고, 대충마 한 열아홉이나 아니면 스무 살은 안 됐겠나 내가 처음 고아원에 들어올 때가 서너 살쯤 돼 보였다 카이끼니 후후후."

테리우스가 피를 토해내듯 고개를 숙이며 허탈하게 웃었다.

"실망했제이, 그러니까 퍼뜩 빙수나 묵고 집에나 가 보거레이 느그 부모들이 나 같은 놈 만난 것 알면 우짤라꼬 그라노? 큰일 난데이."

테리우스의 말꼬리가 흐려지면서 북받쳐 오르는 서러움을 참으려는 듯 입술을 지그시 깨물며 시선을 창밖으로 돌렸다. 안타까웠다. 아니 가슴이 미어져 꼬옥 안아주고 싶었다. 테리우스의 맑고 깊은 눈이 너무너무 슬퍼 보여 가슴까지 저려왔다. 저렇게 마음속 깊이 말 못할 멍울을 가득 안고 살아왔기 때문에 그렇게 슬퍼 보였나 보다. 안아주고 싶다. 아니, 안아주자 꼬옥 안아주자. 원남은 자신만이 외롭게 혼자 서서 휘청거리는 테리우스를 잡아줄 수 있을 거라 생각했다.

"저기요, 있잖아요… 내가 오빠라고 불러도 돼요?"

테리우스의 큰 눈이 휘둥그레 더 커졌다.

"어데, 내가 그럴 자격이 으데 있노."

갑작스러운 원남의 질문에 어색한 시선을 피하려고 다 녹은 빙수를 조그만 티스푼으로 휘 휘, 젓고 있었다.

"오빠, 그냥 아무 말 마세요. 나이나 이름 또 다른 그 무엇이라도 중요하다고 생각하지 않아요. 지금 저에게 중요한 건 내 앞에 오빠가 있고 우리가 함께 있다는 거예요."

눈 한번 깜박이지 않고 무슨 연속극 대본 같은 말을 서슴없이 하고 있는 자신에게 또 한 번 놀라고 있었다. 정말 그랬다. 테리우스를 위하는 길이라면 그리고 함께할 수만 있다면 무엇이든지 할 수 있다고 생각했다. 드디어 원남이가 테리우스라는 깊은 호수 속으로 빠져 들어가고 있었다. 원남은 숙연해진 마음으로 테리우스를 바라보았다. 까맣게 빛나는 테리우스의 눈동자 속에 예쁜 소녀 하나가 들어 있었다. 그렇게 한참을 바라보던 원남은 손지갑과 같이 들고 있던 명성당 반지 곽을 슬며시 테리우스 앞에 내려놓았다.

"이게 뭔데?"

테리우스가 의아해하는 눈빛으로 쳐다보았다.

"열어봐, 오빠."

'오빠, 오빠, 오빠.' 원남은 마음속으로 계속 오빠라고 부르고 있었다. 원남의 위로 전부 언니들뿐이라 여태껏 오빠라는 말을 해 본 적이 없었다. 혈혈단신으로 피난 내려오신 아빠 때문에 하다못해 사촌 오빠도 없었다. 오빠라는 말이 생소했지만, 왠지 자꾸만 불러보고 싶었다.

테리우스가 어설프게 뜸 들이며 반지 곽을 열었다.

"우아, 이게 뭐꼬? 반지 아이가?"

"그래, 반지야. 오빠 주려고 맞췄어. 오빠 손 좀 내밀어 봐."

테리우스가 어색한 표정으로 수줍은 아이처럼 손을 내밀자, 원남은 검게 그을린 손을 꼬옥 잡으며 성스러운 마음으로 반지를 끼워 주었다. 꼭 맞았다. 테리우스가 손가락을 오므렸다 폈다 하며 어린아이처럼 굉장히 좋아했다.

"우화, 내 머리털 나고 이런 선물 받아보긴 처음이데이. 우와."

조금 전의 심각했던 표정은 사라지고 장난감 선물을 받은 어린아이처럼 기뻐하는 모습이 너무 보기 좋았다.

"짜잔, 이것 좀 봐 오빠."

원남이가 또 하나의 반지 곽을 들어 보였다.

"와, 그건 또 뭐꼬."

"응, 이건 내꺼야. 오빠 거랑 똑같이 맞췄어. 오빠가 끼워줄래?"

이번에는 테리우스가 원남의 손을 살며시 잡고 노랗게 반짝이는 조그만 금반지를 끼워 주었다. 역시 꼭 맞았다. 그렇게 원망스러웠던 명성당 주인의 몇 가닥 안 남은 머리털을 그냥 보존해 주기로 마음먹었다.

"내 사마, 참말로 이런 선물을 받을 자격이 있나 모르겠데이."

테리우스가 부담스러웠는지 어색한 표정을 지으며 손에 낀 금반지를 만지작거렸다.

"오빠, 제발 그런 소리 좀 하지 마. 오빠가 좋으면 나도 좋은 거야. 그리고 나 반지 계 탔단 말이야."

"우와, 학생들이 그런 것도 하나? 별일이데이."

"그럼, 지금 한참 유행이야 오빠. 마음 맞는 사람끼리 모여서 하는 건데 요번에는 여섯 명이 모였거든 근데, 여섯 개의 종이학을 접어서 그중 하나에 하트 표시를 해 놓는 거야 그리곤 한 사람씩 뽑아 하트 표시가 있는 종이학을 뽑은 사람에게 그달에 모은 돈을 몰아서 주는 거야 오빠. 그렇게나 해서 금반지 껴보지 학생이 그런 큰돈이 어딨겠어? 근데 이번에 운 좋게도 내가 탔단 말이야 히힝."

원남이는 신이 나서 묻지도 않은 말에 행복한 미소까지 지어가며 자랑스럽게 설명했다. 테리우스도 눈을 찡긋거리며 연신 종알대는 원남의 모습이 너무 귀엽고 사랑스러웠다. 더구나 오빠라는 말도 이 세상에 자기 혼자뿐이라는 생각으로 살아온 자신에겐 생전 처음 들어보는 가슴 뭉클한 충격적인 단어였다.

"오빠, 자전거 탈 줄 알지? 나 자전거 타는 법 좀 가르쳐 줄래? 응?"

밝아지는 테리우스의 표정에 마음이 놓인 원남이도 덩달아 신이 나서 정말 친오빠 대하듯이 이제는 제법 응석까지 부렸다.

"아니, 아직두 자전거두 못 탄단 말이가?"

"응, 누가 가르쳐줄 사람이 있어야지 전부 여자뿐인 걸 뭐, 남자 동생이 하나 있는데 생일 선물로 받은 자전거라 얼마나 아끼는지 손도 못 대게 해. 더구나 상전 모시듯 해야 해 그래서 치사해서 그만뒀어. 걔는 아빠 다음으로 지가 왕 노릇 하려고 그래. 그래서 나랑 매일 싸우다시피 해."

절친인 미선이와 만나도 별로 말이 없던 원남이가 오늘은 쉬지 않고 계속 떠들고 있는 자신을 이해할 수가 없었다.

"오빠, 우리 여의도 광장에 가면 좋겠다 응? 거기 가서 자전거 좀 가르쳐줘 응?"

원남은 테리우스의 시선을 계속 따라잡으며 예쁘게 말했다.

"글쎄, 내야 괘안치만 니 정말 괘안캤나? 그러다 누가 보면 우짤 라고 그라노."

선뜻 대답을 못 하고 망설이는 테리우스의 걱정스러운 시선이 자꾸만 창밖으로 향했다.

"오빠, 참 제발 그런 식으로 말하지 좀 마. 우린 그냥 자전거 타러 가는 거라구 응? 도둑질하러 가는 게 아니잖아. 왜 그렇게 자신이 없는 거야 걱정하지 마! 내가 다 책임질 테니까."

몇 시간 전의 원남이가 아니었다. 원남은 무엇이 이렇게 자신을 대담하게 하는지 무언가 알 수 없는 힘에 의해 변해가는 자신에게 다시 한 번 놀라고 있었다. 그렇게 아쉬운 시간은 빠르게만 흘러가고,

제과점 밖에는 심통이 잔뜩 오른 뜨거운 태양이 이글거리는 질투심에 두 사람이 나오기만 기다리고 있었다.

여의도 광장

원남은 정말 오랜만에 여의도 광장에 와 본다고 생각했다. 중학교 일학년 땐가 그때 언니들하고 와 본 후 오늘이 처음이었다. 그때도 자기 또래의 다른 애들이 드넓은 광장을 자전거를 타고 씽, 씽, 달리는 게 얼마나 부러웠던지, 그래서 언젠가는 자전거를 꼭 배워서 저 광장 끝까지 신나게 달려보리라 마음먹었었다.

"오빠, 오빠 서울에 언제 올라왔는지 몰라도 옛날엔 여기가 땅콩밭이었대. 그리고 저기, 저쪽이 여의도 비행장이 있었던 자리래. '빨간 마후라'도 여기서 촬영한 거래. 그리고 어른들이 그랬는데 만약에 전쟁이 일어나면 지금 저 차들이 다니는 도로를 막아 버리고 광장 전체를 비행장 활주로로 쓸 거래. 은방울 자매 알지? 그 가수들이 부른 마포 종점이란 노래 불러보면 다 나온다. 볼래? 들어봐."

원남은 그동안 말 못하고 살아온 게 한이 되는 사람처럼 계속 종알대다 못해 이제는 시키지도 않는 노래까지 불렀다.

저 멀리 당인리에 / 발전소도 잠든 밤 / 하나둘씩 불을 끄고 / 깊어가는 마포종점 / 여의도 비행장엔 / 불빛만 쓸쓸한데 / 돌아오지 않는 사람 / 생각한들 무엇 하나 / 궂은 비 내리 종점 마포는 서글퍼라.

"오빠, 맞지? 그렇지 가사에도 다 나오잖아."

원남은 노래를 불러놓고 멋쩍은지 깡충거리며 저만큼 앞에 뛰어갔다. 광장 한 편에는 자전거를 대여해 주는 곳이 여러 군데 나뉘어 있었다. 많은 집은 백 대도 넘어 보이는 자전거가 나란히 줄지어 있었다. 일요일이라 그런지 많은 사람이 자전거 타기를 즐겼다. 이제 막 배웠는지 비틀거리며 중심도 못 잡는 사람도 있었고, 어떤 이는 실력 자랑이라도 하듯 나 좀 보란 듯이 아예 두 손을 놓고 팔짱을 낀 채로 달리는 사람도 있었다.

"오빠, 우리도 빨리 빌리자 나도 타고 싶단 말이야 응? 오빠, 그냥 저 집에서 빌리자 응?"

원남은 부러운 마음에 테리우스에게 매달리며 재촉했다. 급해진 원남의 성화에 등 떠밀려 자전거가 제법 많이 진열된 집에서 바퀴에 바람이 알맞게 들어있는지 브레이크는 잘 잡히는지 점검을 하더니 빨간색의 예쁜 자전거를 선택했다.

"원남아, 이리와 보거레이 니 내 말 단디 들으거레이."

테리우스가 운전 강사처럼 요목조목 자상하게 설명을 해 주었다.

"브레이크를 한 번에 꽉 잡아 뺄면 갑자기 스면서 뒤비질 수도 있으니까 네 사아알 잡으거레이 그리고 처음엔 자전거가 탄력을 받을 때까증은 페달을 멈추지 말고 계속 마 발부면서 핸들은 쏠리는 반대쪽으로 돌리거레이 알았나?"

테리우스가 사투리로 빠르게 설명하자 도대체 일본어인지 독일어 인지 해석 할 수가 없으면서도 그냥 알았다며 시원하게 대답만 해 주었다. 원남은 단단히 각오하고 자전거에 올라타자 테리우스가 뒤에서 잡고 밀어주면서 소리를 질렀다.

"원남아! 발부라 고마! 쎄리 발부라!"

하지만 원남은 웬일인지 페달은 밟지도 못하고 '엄마야'만 불렀다. 비틀비틀 뒤에서 잡고 밀어주면 '엄마야' 만 부르고 쫓아오며 헉헉대다 지친 테리우스는 땀만 뻘뻘 흘렸다.

"아, 참말로 둔하네. 그레 몬 타나."

테리우스가 무심히 흘린 한마디에 원남은 예쁘게 눈을 흘기며 뾰로통하게 입을 내밀었다.

"아, 알았어요. 치, 누군 처음부터 잘 탔나."

"내는, 배우는데 딱 마 10분 걸렸데이. 딱 한 번 뒤비지고 그다음부터는 쎄리고마 달렸데이."

테리우스가 어깨에 힘을 주며 어울리지도 않게 자기 자랑을 늘어놓았다.

"알았어. 오빠, 미안해. 그 대신 나도 딱 한 번만 더 해볼 게. 응?"

원남의 애절한 눈빛에 녹아내린 테리우스가 또다시 자전거를 밀어주었다.

"그래, 그렇지 발브라. 고마 계속 발브라."

테리우스가 자전거를 밀어주며 한참을 쫓아가다 슬며시 손을 놔 버렸다. 원남은 그것도 모른 채 잘만 타고 달렸다. 그러다 이상한지 뒤를 돌아본 순간 아무도 없자 '엄마야'를 또 부르며 꽈당하고 넘어졌다. 저만큼 떨어져 보고 있던 테리우스가 깜짝 놀라 부리나케 달려왔다.

"그냥, 계속 달렸으면 될 낀데 뒤는 와 돌아 보노. 제법 타드구마. 괜안나? 안 다칫나?"

"흐흥, 아퍼. 손을 놓으면 어떡해 무릎이 까졌잖아. 난 계속 쫓아오는 줄만 알았지."

원남의 왼쪽 무릎이 살짝 긁혀 피가 맺혀 있었다. 테리우스가 안쓰러워 미안해하면서도 만져줄 수는 없고 머쓱하게 뒤통수만 긁고 있었다.

"괜찮아 오빠, 살짝 긁혔는데 뭘. 오빠, 나 이젠 그만 탈래. 나 그 뒤에 태워줘 응?"

미안해하는 테리우스의 손을 잡고 일어서며 괜찮다고 말을 하면서도 왼쪽 발을 약간 절름거렸다.

"그래, 알았다. 자, 조심히 안자봐라. 괜안나?"

원남은 자전거 뒤에 달린 짐받이에 옆으로 걸터앉아 테리우스의 남방을 살짝 잡았다.

"자, 간데이."

테리우스가 엉덩이를 들고 힘차게 페달을 밟았다. 발놀림이 점점 빨라지면서 귓가를 스치며 지나가는 바람 소리가 슁슁거리며 들려왔다.

"원남아, 니 단디 잡으거레이. 그레 잡으면 떨어 진데이."

원남은 떨어지지 않으려고 테리우스의 남방을 이번엔 꼭 쥐어 잡았다. 그러자 테리우스가,

"그레 잡으면, 떨어진다카이."

하면서, 갑자기 급브레이크를 잡아버리자 원남은 또다시 '엄마야'를 부르며 테리우스를 꼬옥 끌어안아 버렸다.

"그래, 그래 잡아야지. 후후후."

테리우스의 밉지 않은, 짓궂은 행동에 원남은 주먹으로 땀에 젖은 등을 팡팡 두드려 주었다.

"자, 이젠 진짜로 달린데이. 쎄리고마 이 세상 끝까지 한 번 달려 가 보는 기라. 원남아, 준비 됐재이. 야호!"

원남은 테리우스의 넓은 등에 살며시 기대어 보았다. 테리우스의 목소리가 웅, 웅, 울리며 등을 타고 전해졌다. 자전거는 점, 점, 더 힘차게 달려나갔다. 드문드문 떨어져 있던 광장의 가로등이 빠르게 스치며 지나갔다. 원남은 갑자기 큰소리로 외쳤다.

"오빠, 광장의 가로등이 우리 뒤로 도망가는 것 같아."

"그래, 그라문 오빠가 잡아 줄게."

자전거는 더 빠르게 내달리고 원남의 눈은 살며시 감겼다. 뜨거운 열기와 땀 냄새가 풍겨왔다. 하지만 그 냄새가 왠지 싫지가 않았다. 원남은 아빠의 등에 기대어 본 기억이 한 번도 없다고 생각했다. 그런데 지금, 이 세

상에 태어나서 처음으로 아빠가 아닌 다른 남자의 등에 기대고 있는 것이다. 지금 이 순간만큼은 테리우스라는 넓은 들판에 포근하게 안긴 채 이 세상 끝까지 달려가고 싶을 뿐이었다.

"오빠, 시간 다 됐어. 자전거 반납해야지."

원남은 시계를 보며 말했다.

"벌써, 그래 됐나? 마 내는 더 타고 싶은데."

뒤에 앉아 자신의 허리에 꽁꽁 매달려 있는 원남이를 내려놓기 싫어하는 아쉬운 표정이 그득했다.

"오빠, 우리 자전거 갖다 주고 저기 저 강뚝에 가자. 거기 다리 밑에 가면 되게 시원하거든."

"그래, 알았데이. 내 퍼뜩 갔다 올 게."

테리우스가 자전거를 대여한 방향으로 가려는데 카메라를 둘러맨 사진사 아저씨가 앞을 가로막았다.

"자, 잠깐만 두 분이 너무 잘 어울리시는데 기념사진 한 장 찍으시죠?

사진사 아저씨가 견본 사진들이 잘 정리되어있는 앨범을 펼쳐 보였다.

"그래, 마침 잘됐네! 오빠 우리도 기념으로 한 장 찍자 응? 우리도 이렇게 찍자."

사진사가 보여주는 앨범 속에서 한 장을 가리키며 말했다. 원남이가 선택한 견본 사진 속에는 저 멀리 KBS한국방송을 배경으로 다정하게 웃고 있는 연인의 모습이 들어 있었다. 둘이는 견본 속의 사진과 똑같이 손으로 브이 자를 그리면서 김치, 하는 소리에 맞추어 활짝 웃었다. 찰칵, 짧은 금속성 소리와 함께 오래도록 한 장의 추억으로 남아있을 순간이 잠깐 멈춰졌다.

"언제쯤 받아 볼 수 있어요?"

원남은 벌써 궁금해 물었다.

"집이 어디십니까?"

"영등포 도림동이거든요."

"아! 그러세요. 그러면 서울이니까 낼, 모래… 아니 수요일쯤 받아 보겠네요."

"주소가 어떻게 되죠?"

사진사 아저씨가 영수증을 꺼내더니 앨범을 받침대 삼아 올려놓았다. '서울 영등포구 도림 2동-' 선불을 주고 영수증을 받고 있는 사이에 테리우스가 자전거를 반납하고 돌아왔다.

둘이는 다시 강둑을 향해 걸었다. 원남은 넘어져서 긁힌 무릎이 신경이 쓰이는지 자꾸 내려다보며 절름거리자, 테리우스가 애처로운 눈으로 바라보다 걸음을 멈추었다.

"보레이, 괘안나? 마이 아픈 것 갓구마."

"아냐, 오빠 괜찮아. 아이 정말 괜찮태두 봐, 봐봐."

괜찮다며 깡충 뛰어 보이는 원남이 앞에 테리우스가 쭈그리고 앉아 손을 뒤로 나란히 해 보였다.

"봐라, 업히거레이. 개안테이 퍼뜩 업히거레이."

테리우스가 손을 흔들며 재촉했다.

"아이 싫어, 사람들 보는데 어떻게 업히라고 그래?"

원남은 얼굴이 빨개지면서 주위 사람들의 눈치를 살폈다.

"괘안타, 다쳐서 그란데 뭐 어떤노? 퍼뜩 업히라."

"아이, 괜찮태두 그러네! 정말."

원남은 허리를 굽혀 무릎을 만져보는데 테리우스가 오리 뒷걸음 하듯 다가와 원남이를 덥석 업어버렸다.

"엄마야! 놔, 놓으란 말이야. 괜찮다니까 왜 그래?"

깜짝 놀란 원남은 또다시 두 손으로 테리우스의 등을 팡! 팡! 두드렸다.

"어휴, 어떡해 난 몰라."

햇볕에 익어 빨개진 얼굴이 더욱더 달아올라 원남의 얼굴은 빨갛게 익어버린 사과 빛으로 변해 버렸다.

자전거를 타고 지나가는 사람들이 힐끗대며 쳐다보았다. 원남은 나도 몰라라 눈을 감아 버렸다. 그리곤 테리우스의 목을 살며시 감아 안았다. 테리우스가 발걸음을 옮길 때마다 원남의 몸도 따라 출렁거렸다. 너무너무 포근하고 아늑했다. 잠이 올 것만 같았다. 솔솔 불어오는 강바람을 타고 테리우스의 머리 냄새가 고소하게 코를 스쳤다. 원남은 감고 있던 눈을 번쩍 뜨며 엉뚱한 소리를 했다.

"오빠, 오늘 머리 감았어?"

"으잉? 갑자기 뭔 소리고? 오늘 아침에 하이타이로 두 번이나 빨았는데."

"아니, 세상에 빨래도 아니고 머리를 하이타이로 감는 사람이 어디 있어? 어휴 순 엉터리야."

원남은 기가 막혀 테리우스의 머리를 만져 보았다. 동백기름을 바른 엄마들 머리처럼 부드럽고 윤이 났다.

"그라고, 이건 비밀인데 머리 헹굴 때 참기름 몇 방울 떨구고 헹 거주면 끝내준데이."

테리우스의 목소리가 소곤대듯 낮아졌다.

"어휴, 오빠 머리 헹구는데 무슨 참기름을 탄다고 그래. 콩나물 무치는 것도 아니고."

원남은 이번엔 어처구니가 없어 웃음도 안 나와 다시 눈을 감아버렸다.

"오빠, 나 지금 눈 감았거든? 지금 어디만큼 왔어?"

"지금, 음…. 가만있어 보레이. 음 맞다. 동구 밖에 왔재."

어렸을 적 대문 놀이했던 생각이 떠올라 원남은 귀여운 목소리로 아이처럼 말했다.

"오빠야, 지금은 어디만큼 왔니?"

"방앗간 앞에 왔재."

"오빠, 이제는 어디만큼 왔어?"

"느, 느그집, 앞에 다 왔데이."

테리우스가 헐떡이며 걸음을 멈추자, 강바람이 시원하게 불어왔다.

"어머나, 벌써 다 왔네, 오빠 나 내려줘 힘들었지?"

테리우스가 원남이를 아기 다루듯이 아주 천천히 조심스럽게 내려놓았다.

"괜안나? 내려갈 수 있것나?"

테리우스가 강변 밑쪽을 가리키며 걱정스러운 표정으로 바라보았다. 마주 보던 테리우스의 콧잔등에 땀방울이 송글 송글 맺혀 있는 게 보이자, 원남은 얼른 손수건으로 닦아 주었다. 저만큼 앞에서 아이스크림 파는 아줌마가 아이스크림 통이 실린 조그만 리어카를 힘겹게 밀며 오고 있었다.

"오빠, 우리 아이스크림 먹을까?"

눈치 빠른 아줌마의 걸음이 빨라지자, 바람 빠진 리어카도 더 빨리 탈탈거렸다.

"아줌마, 두 개만 주세요."

아줌마가 능란한 솜씨로 아이스크림 탑을 쌓아 올렸다.

"오빠 먼저 먹어, 자 빨리."

원남은 먼저 먹으라며 사양하는 테리우스의 손에 아이스크림을 쥐여 주었다.

"어쩜, 이렇게 이쁘게 생겼디야. 부잣집 맏며느리 깜이네! 예쁘니까 한 칸 더 올려 줘야지."

아줌마의 너스레와 능숙한 손놀림에 아이스크림 탑이 아슬아슬하게 쌓여 올라갔다. 강 쪽으로 내려가는 풀밭 사이로 사람들의 발걸음으로 다져진 조그만 오솔길이 나 있었다. 둘이는 아이스크림을 먹으며 강둑 밑으로 내려갔다. 강가에는 여러 명의 낚시꾼이 각자 자신들만의 자리를 잡아 낚싯대를 담궈 놓고 앉아 있었다. 강가 한쪽 풀숲에는 밤낚시를 하였는지 그늘막과 텐트가 처져있고, 그 옆에 밀짚모자 아저씨는 매운탕 끓이느라 넘치는 국물 때문에 뚜껑을 들고 난리를 치르고 있었다. '수영 금지'라는 경고 팻말이 버젓이 박혀 있는데도 장난기 어린 까까머리들이 아랑곳하지 않고 강물로 뛰어들자, 모터보트를 타고 지나가던 해양 경찰 아저씨들이 악을 써가며 호루라기를 불어댔다. 테리우스가 허릴 굽혀 납작한 돌 하나를 집어 들었다. 그리고는 멋지게 폼을 잡으며 강물 위로 물수제비를 날렸다. "열, 열하나, 열둘,– 어머! 오빠 열 번도 넘게 튕겼어 오우, 잘한다 오빠." 물 위를 빠르게 스치며 튕겨 나가는 돌멩이를 따라 잡아 셈을 세던 원남은 손뼉까지 치며 아이처럼 좋아했다. 강물이 찰랑거릴 정도로 불어주는 강바람이 그런대로 시원했다. 한참 동안 말없이 강물만 바라보던 원남은 조심스럽게 입을 열었다.

"근데, 저기 있잖아, 오빠 요즘 왜 우리 동네로 안 다니는 거야?"

"어? 으응, 털보형님하고 내하고 구역을 바꿨데이. 내는 신길동으로 돌고 털보형님은 도림동을 맡고 그레 됐다. 허허 그게 그리 궁금 했드나."

테리우스가 풀잎을 하나 뜯더니 두 손을 모아 가운데에다 풀잎을 끼우고 양 볼이 터지라고 풀피리를 불어대자, 신기한 듯 원남의 눈이 휘둥그레 커졌다.

"오빠, 그러면 나 때문에 구역을 옮긴 거야?"

테리우스가 또다시 허리 숙여 한 움큼 풀잎을 뜯어 쥐고는 하나씩 강물위로 띄워 보냈다.

"사, 사실은 원남이 니 편지 보고 나서 고민 마이 했데이. 그레 우리 대장님에게 얘기했드마, 괜히 난중에 상처받지 말고 그냥 없던 일로 하라꼬 안 카드나. 내도 니 만날 자신도 업고 그리고 내 초라한 모습 보이기 실어가꼬 털보형님과 자리를 바꾼기라. 그리고 아까 전에도 길 건너에서 봤드만, 날 더븐데 서 있는 게 안스러버 같고 빙수나 한 그릇 사줄라꼬 건너 갓든기라. 근디 우찌다 여기까중 왔는지 내도 내 정신이 아닌 갑데이–."

테리우스가 나머지 풀잎을 한꺼번에 강물 위로 던져 버리더니 툴툴 손을 털었다.

"오빠, 근데 뭐 때문에 상처를 받는다는 거야? 응?"

원남은 대장님이 했다는 말에 이해가 안 간다는 듯이 의아한 표정으로 입을 모아 물었다.

"봐라, 생각해 보거레이 부잣집 딸아가 넝마주이를 만난다 카면 니 주변 사람들이 어뜩케 생각하겠노. 더구나 느그 부모님들이 알게되면 뭐라 하겠노. 떳떳하게 내세울 것 하나 업는 놈이라 니한테 피해 줄까봐 그게 겁 난 데이- 그라고 니가 내를 생각한다꼬 해도 느그 친구들한테 니가 만난 오빠가 넝마주이라꼬 자신 있게 말 하지는 몬 한다 아이가- 세상이 마- 다 그런 기라."

마치 수십 년 모진 풍파를 겪어온 어른처럼 표정이 바뀐 테리우스가 긴 한숨을 허공에 토해냈다.

원남은 아무 말도 듣지 않은 걸로 하고 싶었다. 그냥 한발 앞에 다가서려면 자꾸만 자신 없어 뒷걸음치며 날개 잃은 새처럼 날 수 없는 안타까움에 몸부림치고 있는 테리우스가 안쓰러워 보일 뿐이었다.

"오빠, 오빠는 왜 그렇게만 생각해. 그게 무슨 문제가 될 수 있어? 내가 그랬잖아. 중요한 건 오빠와 내가 함께 있는 거라고. 오빠, 오빠는 세상사는 게 그렇게 자신 없어? 열심히 노력해서 오빠도 성공하면 되잖아. 성공해서 떳떳하게 말할 수 있잖아. 나도 한때는 넝마주이도 했었다고, 성공한 사람 중에는, 껌팔이, 신문팔이, 구두닦이 같은 힘들고 험한 일 해가며 살아왔던 과거가 밑거름되어 성공할 수 있었다고 자랑스럽게 말하는 것도 못 봤어? 창피할 게 뭐가 있어 오히려 남들이 필요 없다고 생각하며 버린 것 다시 쓸 수 있도록 재활용한다는 게 국가를 위해서도 얼마나 좋은 일이야 안 그래? 오빠, 모든 일은 생각하고 마음먹기 나름이래. 오빠, 우리 자신감을 갖고 어떤 상황이 닥치더라도 꿋꿋하게 헤쳐나가자구요.

우리 이제 겨우 시작이잖아. 응? 오빠."

원남은 조금은 흥분된 어조로 열변을 토하면서도 외워둔 것도 아닌 말이 입에서 술술 나오자 말하고 있는 자신도 놀라워했다. 테리우스도 눈을 동그랗게 뜨고 맞는 말만 골라서 종알대는 원남이를 넋을 잃고 바라보다 도대체 얘가 중학교 3학년인지 대학교 3학년인지 분간할 수가 없었다. 더구나 자신보다 더 어른스럽게 말하고 있는 원남이가 대견스럽고 사랑스러워 정말 꼭 안아주고 싶었다.

"그래도 마, 세상 사람들이 우릴 색안경 끼고 보는 대는 마 할 말이 업데이. 우리가 모자를 눌러 쓰고 다녀도 세상을 다 보고 있는 기라 사람들이 우릴 보고 양아치니 망태 할배니 케도 우리는 떳떳하게 산다고 자부하고 싶데이. 남의 눈에 피눈물 내고 없는 사람 등쳐 묵고 사기 처묵고 사는 인간들이 얼매나 만노? 그런 놈들도 버젓이 얼굴 들고 사는 세상인데 그라고 보면 우리는 참말로 착하게 사는 사람들인데 마 세상 사람들이 안 알아주는 기라. 우리가 지나가면 피해가고, 뭐든지 잊어 뿔면 우릴 의심하고, 울던 알라들도 망태 할 배가 잡아간다 카면 뚝 그친다 카는데 우리가 무슨 도깨비도 아인데 왜들 그레 말하는지 답답하고 억울하고 그렇다ᅳ."

테리우스의 그늘진 모습이 그동안 세상 사람들의 차가운 시선 속에 살아온 서러움으로 짙게 드리워져 있어 바라보는 원남의 마음을 더욱더 아프게 했다. 테리우스가 이번엔 세상을 향해 던지려는 듯 주먹만 한 돌을 집더니 강물 위로 힘껏 던지자 멀리 날아가 첨벙 소릴 내며 떨어졌다.

"얌마! 고기 도망가!"

저만큼 떨어져 자리 잡고 있던 낚시꾼이 소리를 지르자 테리우스가 낚시꾼을 째려보았다.

"뭘 봐, 짜샤 죽을래?"

이번엔 일어나서 주먹질까지 해대며 소리쳤다. 아마 고기를 한 마리도 못 잡은 것 같았다.

"오빠, 쳐다보지 마! 그냥 가자. 오빠가 돌 던진 건 맞잖아. 응?"

원남의 목소리가 불안하게 떨렸다.

"마, 서울 놈들은 아무한테나 임마 쩜마 해쌌는데 마 만 정이 딱 떨어져 삔데이."

"그래, 오빠 말이 맞아. 저 아저씨가 나빠. 그러니까 빨리 가자 응?"

더욱 불안 해진 원남은 테리우스의 팔을 잡아끌었다.

가파른 강둑길을 힘겹게 올라가는 원남의 등을 테리우스가 두 손으로 받쳐가며 밀어주었다.

"원남아, 힘 하나 안 들제? 거저 묵기제? 뒤로 더 누버바라."

원남이가 이번엔 테리우스만 믿고 허리를 뒤로 더 제치면서 힘을 빼고 올라가는데, 뒤에서 밀어주던 테리우스가 손을 살짝 놓아 버렸다. 깜짝 놀란 원남이가 엄마야를 부르며 뒤로 넘어지자 준비하고 있던 테리우스의 품으로 살짝 안기게 되었다.

"어휴, 놀랐잖아, 오빠 그러고 보니까 오빠 짓궂은 면이 있네, 어렸을 때 되게 개구쟁이였을 것 같애."

원남의 얼굴 바로 위에서 거꾸로 보이는 테리우스의 얼굴이 빙긋이 웃으며 내려다보고 있었다. 둘이는 또 그렇게 한동안 말없이 바라보았다. 눈은 까맣고, 웃고 있는 하얀 이는 가지런하게 예쁘고, 가면처럼 거꾸로 보이는 테리우스의 얼굴 너머로 맑고 파란 하늘이 펼쳐 보이고, 양털 같은 새하얀 뭉게구름이 두둥실 흘러가고, 가끔 이름 모를 새들이 하늘을 날아가고,

"엄마얏!"

갑자기 원남이가 기겁해 엄마야를 또 부르고, 둑 위에선 시커멓게 생긴 사내 셋이 허옇게 이빨을 드러내고,

"아호, 그림 좋은데? 끝내 주는구만 뭐하냐? 영화 찍냐?"

아래위가 붙은 노란 색의 이소룡 츄리닝을 입은 이소룡 같지도 않은 이

소룡이 쌍절곤을 한 손으로 빙빙 돌리며 야유를 보냈다.

"우와호, 애정 영화 한 편 찍으면 딱 좋은 그림이야 정말, 눈물 없인 볼 수 없는 장면이었어 우왝 퉤."

"오, 오빠, 어, 어떡해."

심상치 않은 험악한 분위기에 원남의 얼굴빛이 사색이 되어 하얗게 변하면서 테리우스의 등 뒤로 바짝 달라붙었다.

"괘안테이, 가만 있거레이. 그란데 와그라능교?"

무서워 떨고 있는 원남의 어깨를 감싸 안고 둑 위로 올라서며 테리우스가 방어 자세를 취했다. 험한 밑바닥에서 살아온 테리우스에겐 이런 일쯤은 겁먹을 상황이 아니었다. 테리우스는 벌써 상황과 판단을 끝낸 상태였다.

"엇쭈, 요 씹새 빠개는 것 좀 봐라."

파스하고 사돈을 맺었는지 얼굴이며 목과 손목에 파스를 더덕더덕 붙인 신신파스가 험상궂은 얼굴을 만들어 기선 제압을 해왔다.

"쓰발 짜식, 그래도 깔치 앞에선 기죽기 싫다 이거지?"

얼굴 전체가 여드름으로 뒤 덥히고 얼굴색까지 빨간 것이 마치 멍게 껍데기를 연상케 하는 멍게가 거들먹거리며 거들었다.

"헤이, 팔자 좋은 씹새들 너희들 같이 부모 잘 만나 고생 안 하고 사는 놈들 보면 배지가 꼴린단 말이야. 우린 가난해서 점심도 굶었단 말이야. 이 무슨 비극이냔 말이야. 길게 얘기하기 싫탄 말야. 그러니깐 불우한 이웃 돕는 마음으로 있는 대로 아끼지 말고 좋은 일 좀 하란 말이야."

드디어 본성을 드러낸 험악해진 이소룡이 협박과 공갈을 섞어가며 치사하게 금품을 요구했다.

"보소, 우리가 언제 본 적이 있능교. 뭔 돈을 달라능교."

테리우스가 계속 방어자세를 취하면서 단호하게 거절하자,

"아, 아녜요, 잠깐만요. 오빠 가만있어. 자, 여, 여기 있어요 이게 전부예

요."

원남은 새파랗게 질린 얼굴로 손지갑에 들어있던 돈을 동전까지 다 털어 내밀었다.

"에게, 이게 뭐야 니기미 라면값도 안 되잖아?"

투덜대며 머뭇거리던 이소룡의 시선이 내밀고 있는 원남의 손을 쳐다보는 순간 음흉한 눈빛으로 바뀌면서 한 발 더 다가섰다.

"오호, 노랭이를 끼셨네! 이봐, 이쁜 학생. 나 효도 한 번 할 수 있는 기회를 주지 않겠어? 울 엄니 평생소원이 금반지 한 번 껴보시는 게 소원이시거든 응?"

이소룡의 눈짓에 신신파스와 멍게도 원남이 곁으로 한발씩 더 다가섰다.

"어머머, 이, 이건 정말 안돼요. 그리고 남의 것을 빼앗은 걸 가지고 효도 하는 법이 어딨어요."

"어허, 니기미 씨발 세상이 도둑놈투성이인데 다 뺏고, 뺏기고 속고, 속이며 사는 거지 뭐 별거 있어? 저 국회의사당 앞에 가서 안 그런 양반놈들 있으면 나와 보라고 해봐. 몇 놈이나 나오나 엉? 야! 그리고 우리가 거지냐? 쌍!"

게 거품을 잔뜩 물은 치사한 이소룡이 원남이가 내밀던 잔돈을 손바닥으로 내려치자 지폐 몇 장과 동전들이 사방으로 흩어졌다.

"잠깐, 딸아는 건들지 마소. 그리고 당신들 뭐 하자고 그라능교? 당신들 지금 삥 칠라고 그라는데 이거 노상강도라는 거 아능교?"

계속 방어 자세만 취하고 있던 테리우스가 공격 자세로 바꾸면서 위험 있는 목소리로 크게 질러댔다.

"이 새끼, 주접 싸고 있네."

순간, 치사한 이소룡의 쌍절곤 하나가 테리우스의 머리 쪽으로 날아들었다. 그러나 한 박자 빠르게 테리우스의 왼팔이 상단 막기 자세로 쌍절곤을 막으면서 오른손은 손칼을 만들어 찌르기 공격으로 정확하게 치사

한 이소룡의 명치끝 급소를 강하게 찔렀다. 그러자 '욱'하는 외마디 비명과 함께 치사한 이소룡의 얼굴이 심하게 일그러지며 그 자리에 폭삭 주저앉고 말았다.

"원남아, 니는 퍼뜩 뚝 위로 올라가레이 퍼뜩!"

테리우스의 목소리가 다급해졌다. 원남이를 등 떠밀어 올려보낸 후 다가서는 신신파스와 멍게를 위에서 내려다보는 위치로 빠르게 바꿔 섰다.

"아니, 이 씨발놈이 뒈질려구 환장을 했나. 너 이리와 씹새야."

얼굴이 더 벌게진 멍게가 씩씩거리며 주머니에서 반짝거리는 물건을 꺼내어서 펴는데 날이 시퍼런 이발소용 면도칼이었다. '아차' 주춤거리며 한 발짝 뒤로 물러서던 테리우스가 거리를 재는 모양이었다. 왼발을 슬쩍 올렸다 내리며 발차기 공격으로 방어 자세를 취하는 것 같더니 '와호'하는 기합 소리와 함께 테리우스의 몸이 공중으로 가볍게 차올랐다. 그 순간 공중 돌려차기로 서너 발자국 밑에서 시퍼런 면도칼을 휘두르던 멍게의 주걱턱을 강하게 걷어차자 '억'하는 소릴 내지르며 뚝 밑으로 굴렀다.

"아니, 뭐 이런 새끼가 다 있어."

당황하며 달려드는 신신파스도 다시 한 번 테리우스의 돌려차기에 파스가 붙어 있는 턱을 정통으로 걷어차이고는 담장에 매달려있던 썩은 호박이 떨어져 굴러가듯이 뚝 밑으로 데굴데굴 굴렀다. 정말 눈 깜짝할 순간이었다. 험악한 인상에 흉기까지 휘두르는 사내놈 셋을 간단하게 무릎을 꿇린 것이다. 테리우스가 부산에 있었을 때 자기방어를 위해 쌓아온 운동 실력은 합기도 도장에서 부사범을 시킬 정도로 남보다 눈에 띄게 특출했었다. 급소를 맞은 이소룡이 아직도 회복이 안 되는지 배를 움켜쥐고 엎어져 있었다.

테리우스가 한심해진 이소룡에게 다가서며 의미 있게 한마디 던졌다.

"봐라, 내도 말 좀 씹어볼까? 니 그 옷 입고 이런 짓 하지 마레.이 진짜 이소룡은 정의에 싸나이 아이가? 그 옷 더럽히지 말고 정신 차리라. 뭐꼬 잔돈 몇 푼에 칼질 들이나 해대고. 마 쪽팔리지도 안트나— 그리고 내는 느그들이 생각하는 그런 부잣집 아가 아니데이. 내 나와바리가 어덴 줄 아나? 내도 재건대 있다 아이가. 내 같은 놈도 열심히 사는데 니들 서울 놈들이 뭐꼬 쪽팔리게. 다음부터는 치사하게 살지 말고 제대로 쫌 살거레이 알긋나?"

테리우스가 한심해진 이소룡의 등을 두세 번 세게 두드려 주었다. 아마 급소를 맞은 통증을 조금은 풀어주기 위해서인 것 같았다. 순식간에 벌어진 일이었다. 정말 이소룡 영화에서나 볼 수 있는 장면을 뚝 위에서 가슴 졸이며 내려다보고 있던 원남은 입이 벌어져 다물지 못하고 서 있었다.

"그놈들, 결국 임자 한 번 제대로 만났구만 만났어, 여짓것 아이스크림 처먹구 돈 한 번 낸 적이 없다니까."

저만큼 떨어져 구경하던 아이스크림 아줌마가 고소하다는 표정으로 말했다.

"오빠, 괜찮아? 응 빨리 가자 빨리. 나 무섭단 말이야 응?"

손을 털며 올라온 테리우스의 팔을 잡아당기며 울상이 된 원남은 떨리는 목소리로 말했다.

"괘안타 고마, 니는 괘안나? 치사한 자슥들 까불구 있어. 어데 칼 들고 설쳐 대고 말이야."

"나는 괜찮아 오빠, 제발 빨리 가자 저 사람들 쫓아오면 어떡해."

"괘안테이, 급소만 골라 찾기 땜에 빨리 일 나지는 몬 한다. 걱정 하지 마레이."

테리우스의 순하고 착한 모습 속에서 험난한 세파를 헤치며 살아가야 하는 한 마리 외로운 살쾡이처럼 파랗게 내뿜는 눈빛이 소름이 돋도록 강렬하게 내비쳤다.

테리우스가 원남이의 손에 이끌려 여의도 순복음 교회 앞에서 버스를 탔다. 버스는 교회에서 나온 사람들로 이미 만원이었다. 겨우 창가 쪽으로 매달려 숨통을 트일 수가 있었다. 버스가 국회의사당 앞을 지나가고 있었다. 국회의사당 정문 앞에는 전경들이 두꺼운 옷에 방탄 헬멧을 쓴 채로 이순신 장군 동상처럼 움직이지도 않고 서 있었다.

"그래, 이소룡 말이 맞데이. 도둑놈하고 사기꾼들은 이 안에 다 있다 아이가. 증말로 아닌 알량한 양반들이 몇 명이나 나오겠노. 그래놓고 밤나 즈그들끼리 편 갈라가 서로 잘났다꼬 싸워대고 말이데이."

국회의사당을 바라보며 테리우스가 뜬금없이 말하자 원남은 깜짝 놀라 테리우스의 입을 얼른 막았다.

"쉿! 오빠, 미쳤어? 지금 무슨 큰일 날 소리 하는 거야?"

"와, 내가 틀린 말했드나. 맞다 아이가. 도둑놈하고 사기꾸운… 으흡-."

"알았어! 알았으니까 제발 조용히 좀 하고 가자구요."

애가 닳은 원남은 아예 두 손으로 테리우스의 입을 틀어막고 오만상을 찌푸려 가며 애걸했다. 버스 안 사람들도 소리 나는 쪽으로 시선이 몰렸지만, 빙그레 웃으며 말없이 동요하는 눈빛이었다.

만원 버스는 찜통처럼 더웠다. 창문이 다 열려 있는데도 사람들의 열기에 막혀 소용이 없었다. 한참을 시달리다 많은 버스가 복잡하게 얽혀있는 영등포 역전 정류장에 도착해서야 둘이도 겨우 사람들을 비집고 내릴 수가 있었다.

"어휴, 더워서 죽는 줄 알았어. 오빠, 오빠 괜찮아?"

"짐 진 것도 아닌데 뭐가 그레 덥겠노. 그란데 그 교회는 뭘 노무 사람이 그레만노 와, 억수로 만트만. 십일조로 천 원씩만 낸다 케도 우화! 앞으로 그 교회는 떼부자 되겠데이 와."

테리우스가 긴 장발 머리를 쓸어 올리며 엉뚱한 계산을 하는 바람에 원남은 어이없다는 표정을 지었다.

"엉터리 오빠야, 도대체 무슨 계산을 하는 거야. 교회가 무슨 장사를 하는 곳이야? 그리고 아까 사람 많은 데에서 도대체 그런 소릴 왜 하는 거야? 하여간 가끔 엉뚱한 소리 하는 데는 선수라니까."

둘이는 신길동으로 가는 버스를 타기 위해 횡단보도를 건넜다. 160번 상마운수가 난곡, 등촌동이란 이름표를 걸어놓고 달려오자 우르르 사람들이 몰려들었다. 그래도 이번 버스는 빈자리가 많았다. 원남은 맨 뒷자리를 찾아 앉았다. 뒤따라 오른 테리우스는 멋쩍은지 중간쯤에서 손잡이를 잡은 채 그냥 서 있었다. 버스가 출발하자 창밖을 내다보던 시선들이 테리우스에게 몰렸다. 특히 원남이 또래의 여자애들이 소곤대며 쳐다보았다.

"어머, 진짜 잘 생겼다. 얘, 너무 멋있지 않니?"

"어쩜, 테리우스 같다."

원남은 속으로 비웃었다 '이 바보들아 테리우스 같다가 아니라 진짜 테리우스란 말이야.' 눈 밑에 주근깨가 까뭇하게 박혀있는 양 갈래머리의 안내양도 테리우스를 곁눈질로 힐끔거렸다. 원남은 테리우스에게 집중되는 시선이 왠지 자랑스러웠다. 괜히 자신의 어깨가 으쓱해지는 기분이 들었다. 그러나 자기 또래 여자애들의 계속되는 시선에는 은근히 질투가 났다. 쳐다보고 있는 것조차 행여 닳지나 않을까 아까운 마음이 들었다. 그저 아무도 볼 수 없게 꽁꽁 감추어 놓고 혼자만 보고 싶은 그런 심정이었다. '왜들 그렇게 넘보실까. 임자는 따로 있는데, 야 이 멍청이들아! 그 테리우스가 바로 내 오빠란 말이야.' 하고 소리치고 싶었다. 버스가 오비 맥주 회사 앞의 언덕길을 힘겹게 올라가고 있었다. 양 갈래머리 안내양이 테리우스를 인식해선지 딴에는 예쁘게 특유의 코맹맹이 소리를 냈다.

"학교 앞, 내리시일 분 아안게에쇼웅."

"내려요."

원남은 큰소리로 대답하더니 흔들리는 버스를 핑계 삼아 테리우스에게 다가가서 보란 듯이 팔에 매달렸다.

"어머, 어쩜 쟤 좀 봐. 기집애, 내숭 떨고 뒤에 있었잖아."

또래 애들의 부러워 못 살아 복장 터트리는 소리를 들으며 둘이는 통쾌한 마음으로 버스에서 내렸다.

"오빠, 오늘 너무너무 즐거웠어. 다음 일요일 12시에 이 집에서 기다릴게. 나와 줄 거지 응?"

원남은 파리제과점을 가리키며 다시 헤어져야 하는 아쉬움에 갑자기 숙연해지기 시작했다. 무언가 말을 할 듯 망설이던 테리우스가 그냥 말없이 돌아서더니 빙긋이 웃으며 손을 흔들었다.

"오빠, 꼬옥 나와야 돼."

등지고 가는 테리우스를 아쉬운 마음에 다시 한 번 다짐의 소리를 질러보지만 문방구 앞에 허수아비처럼 서 있는 입간판이 테리우스의 뒷모습을 가리는 바람에 원남이의 안타까운 마음만 더 하게 했다.

콩나물

해 한 번 못 보고 어둠 속에 묻혀 자라
노랗게 쉰 머리 내밀고 기다리다
'아들 놈 국 끄리 줄라 그란께 오백원어치만'
등 굽은 할매 하소연에 한 움큼 머리 뽑혀
검은 봉지 뒤집어쓰고 길 떠나네
힘든 걸음 다 달은 곳 '어이구' 햇빛도 안 드는
지하 단칸방 세상풍파 못 이기고 홀아비 된
못난 자식 밤새 퍼마신 술 쓰린 속 풀어주랴
같이 팔려온 두부와 노란 냄비 들어앉아
늙은 노모 속 끓이듯 부글부글 끓고 있네.

살맛 나는 세상

테리우스와 헤어지고 난 후 원남이의 지루한 나날이 시작되었다. 그러나 한편으론 행복했다. 지루한 날이 지나가고 일요일이 돌아오면 보고 싶은 사람을 다시 만날 수 있다는 희망이 있기 때문이었다.

'그래, 공부나 열심히 하자.'

머리 어지러운 수학 문제도 자존심 다 버리고 언니들한테 매달려 확실하게 해결했다.

'그래, 어른들 말씀도 잘 듣고 심부름도 잘하자.'

엄마의 콩나물이나 두부 심부름도 창피를 무릅쓰고 짜증 한 번 안내고 부리나케 뛰어다녔다. 물론 언니들의 세탁소 심부름도 무보수로 다녔다.

'그래, 형제간에 의좋게 살아가자.'

고집부리며 우겨대는 은주 언니의 어거지도 웃으면서 받아 주고, 항상 이겨 먹으려는 동생 태현이도 왕자님처럼 잘 받들어 모셨다.

'그래, 모든 걸 다 버리고 마음을 비우자.'

모든 걸 내려놓고 비웠더니 둔했던 몸까지 새털처럼 한결 가벼워졌다. 머지않아 몸에서 부처님의 사리라도 쏟아져 나올 것만 같았다. 그러나 가면 갈수록 이상하게 변해가는 은주 언니와의 사이는 서서히 멀어지기 시작했다. 한방을 쓰고 있다는 이유로 원남이의 일거수일투족을 무언가 단서

102

를 잡으려는 강력계 형사처럼 날카로운 눈초리로 보고 있었기 때문이었다.

"너 요즘, 정말 이상해졌어. 냄새가 나. 수상해. 냄새가 나도 아주 지독하게 난단 말이야. 애들처럼 비행기나 날리더니 저번 일요일 아침에는 옷이란 옷은 다 꺼내놓고 요란을 다 떨고 얼마나 땡볕에 싸돌았기에 얼굴은 벌겋게 태우고 무릎이 다 까져서 들어왔는데도 콧노래나 흥얼거리고, 너, 요즘 아주 살 맛 나는 세상인가 본데 좋게 말할 때 이실직고 하시는 게 만수무강에 도움이 된다는 걸 알아라. 알겠느냐?"

얄미웠다. 조영남 안경 속의 눈을 가늘게 만들어 째려보면서 콜롬보 형사의 목소리를 흉내 내며 예리하게 파고들었다. 원남이도 은주 언니의 유도 신문에 말려들지 않으려면 억지웃음을 만들어서라도 변명할 수밖에 없었다.

"도대체, 뭘 말하라는 거야? 그날도 그랬잖아. 친구들 만났었다고, 그래서 여의도 광장에 가서 자전거 배우려다 넘어져서 다친 거라고. 내 참 별걸 다 의심 하고 난리야."

여의도 광장에 가서 자전거 배운 것까지는 이실직고 한 건 맞는데,- 원남은 이제는 거짓말까지 스스럼없이 내뱉고 있는 자신이 조금은 비굴해진 것 같은 생각도 들었지만 어쩔 수가 없었다. 만약 은주 언니가 모든 사실을 알고 모두에게 까발리는 날에는-? 생각하고 싶지도 않았다 상상조차도 하기 싫었다. 그러나 자신을 의심의 눈초리로 파고들며 날카로운 손톱을 세우고 마녀처럼 다가오고 있는 은주 언니가 야속하고 얄미울 뿐이었다. 학교에서도 또 한 명의 의심녀가 눈에 쌍불을 켜고 달려들었다. 궁금증으로 앓다 못해 의심병까지 얻어 때와 장소를 가리지 않고, 퍼부어 대는 여우 같은 미선이가 자신을 이해하지 못하는 것이 원망스럽기까지 했다.

"야, 이 기집애야. 그날 내가 너희 집에 전화했었단 말이야. 은주 언니가 친구 만나러 나갔다고 그러더라. 그러면, 네가 나 말고 만날 친구가 또 누가 있냐? 어디 숨겨둔 친구라도 있단 말이냐? 뻔히 알고 있는 번데기 뻔 잔데 왜 그래? 너 정말 끝까지 비밀 만들어 친구 하나 죽는 꼴 봐야 속 시원 하겠냐? 친구야 말해다오. 응? 나랑 같이 가서 맞춘 반지의 주인공 이 누구인지 오오, 제발 말 좀 해다오."

"얘가, 왜 이렇게 소릴 지르고 야단이야. 제발 조용히 좀 해라 애들이 다 쳐다보잖니."

원남은 곧 숨이 넘어갈 것같이 깔딱거리고 있는 미선이를 다독여 놓고 는 조용하게 말을 이어 갔다.

"미선아, 너 나 믿지? 널 속이거나 감출 생각은 조금도 없어. 다만 아직 은 말할 시기가 아니라서 그럴 뿐이야. 그러니까 날 믿고 조금만 더 기다 려 주지 않겠니?"

원남은 미선이의 어깨에 손을 얹고 나지막이 소곤대듯 말하면서 아주 예쁘게 눈 때꼰이를 만들어 애절한 눈빛으로 바라보았다.

"기다려 주지 않겠니? 에라 이 뼹이나 먹어라. 어휴, 저년 눈빛 좀 봐 봐. 살어 살어 못살어. 저년 땜에 내가 제 명에 못 산다니까 뭐가 그렇게 말 못할 비밀이 많은 거니 응?"

미선이가 주특기인 무성 영화의 변사 같은 목소리로 책상을 두드리고 가슴을 쥐어짜가며 명연기를 펼치기 시작했다.

"오, 그래라 그래 말하기 싫음 그만두라고 부부지간에도 감추고 싶은 비밀이 있는 법이거늘 하물며 나처럼 쭉정이 같은 친구에겐 말하고 싶지 않다는데 내 어이 그 심정 몰라주고 캐물을쏘냐. 아, 내 기다리마 네 마 음의 문이 활짝 열려 그 반지의 주인공이 누구인가? 만천하에 까발릴 그 날까지- 야, 이년아 근데 점심에 네가 빵 좀 사라 알았지?"

신중하고 멋있게 잘 나가다가 끝에 가서 엉뚱하게 변해버린 대사에 미 선이에게 시선을 보내고 있던 애들이 까르르 발을 구르며 한바탕 뒤집어 지고 말았다.

원남이가 대담해졌다. 이제는 경호원이었던 미선이 없이 혼자서도 고춧말 고갯길을 당당하게 지나다녔다. 키 낮은 양철집 담장 밑에 해바라기는 변함없는 지조로 해님 바라기를 하고 있고, 병약해 보이던 상자 속에 토끼가 활기차게 깡충 뛰며 반겨 주었다. 흘러내리던 팬티를 입고 있던 꼬맹이 녀석이 아직도 누런 코를 훌쩍거리며 굴러가는 터진 공을 쫓아가고 있었다. 골목 중간쯤 공동 수돗가에는 수다 떠는 아줌마들이 자리를 잡고 앉아 빨래하고 있고, 변함없이 나래비 서 있는 물통들이 비좁은 골목길을 비켜가게 만들었다. 골목 끄트머리 만홧가게 앞에는 못난이 삼총사들이 박자도 안 맞는 기타 반주에 발음도 엉망인 팝송을 부르느라 입 고생을 시키고 있었다. 원남이가 가볍게 눈인사를 보내고 지나칠 때면,

"예뻐, 도림동에서 제일 예뻐. 미스 코리아 깜이야"

못난이들의 싫지 않은 야유가 뒤통수를 간지럽혔다.

고춧말 고개 내리막 길가엔 정신 나간 코스모스가 때 이른 꽃망울을 활짝 터트려놓고 멋쩍은 듯 바람이 건드는 대로 어색한 춤사위로 몸을 흔들고, 장승처럼 버티고 서 있는 미루나무의 매미 사단이 변함없는 구혼가를 열창하고 있었다.

파출소 옆의 순댓국집에선 태수 삼촌의 술에 젖은 희망가 소리가 흘러나오고 오랜만에 아나파 약국 아줌마가 한가롭게 책 읽는 모습을 볼 수가 있었다. 항상 예쁜 옷만 입고 뽐내며 서 있던 고은 양장점의 마네킹이 얄미웠는데 오늘따라 예뻐 보이는 건 왜 그럴까? 그건 아마도 보고 싶은 사람, 그리고 만날 수 있는 사람이 있다는 행복감에 젖어있는 원남이가 밝고 아름다운 마음의 눈으로 세상을 바라보고 있기 때문일 것이다.

원남이네 집 대문에 매달려 있는 편지함에 편지봉투가 머리를 내밀고 눈치만 보고 있었다. '사진 동봉' 누가 볼세라 편지봉투를 얼른 책가방 안에 집어넣었다. 방에 들어와 문을 잠그고 조심스럽게 봉투를 열었다. 사진 속엔 원남과 테리우스가 여의도 광장에 나란히 서서 행복한 모습으

로 환하게 웃고 있었다. 원남은 일기장 속에 사진을 꼭꼭 숨겼다. 지금 간직하고 있는 행복한 마음까지 잃어버리지 않도록 같이 숨겨놓고 싶었다. 하루, 하루, 똑같은 일상이지만 그래도 마냥 행복했다. 부스스 눈을 뜨고 아침이 밝아오면 즐겁고 행복한 하루가 시작되기 때문이었다. 미닫이 문을 두드리며 깨우는 엄마보다 먼저 일어나 아침 햇살이 쏟아져 들어오는 창문을 활짝 열고 바라다보면, 저 멀리 드넓은 벌판 끝으로 동양화처럼 펼쳐져 우뚝 솟아 있는 관악산이 있다는 것이 자랑스러웠다. 쓰레기로 매립되어가는 십자강의 시커멓게 썩은 물도, 관악산 위로 찬란하게 떠오른 태양 빛을 받아 보석처럼 아름답게 반짝이고 있었다. 높다랗게 우뚝 서 있는 벽돌 공장의 굴뚝도 파리의 에펠탑보다 더 장엄하게 보였다. 호박밭 옆의 천막 교회 지붕 위로 쏟아져 내리는 아침 햇살이 거룩하고 아름다운 성지를 가리키고 있는 것 같았다. 요란하게 울려대며 올라오는 구청 청소차의 새마을 노래도 즐거운 마음으로 따라 불렀다.

학교생활도 마냥 즐거웠다. 수학 시간 라이방 선생님의 빙빙 돌려 풀어주는 수학 공식도 너그럽게 이해하며 들어 주었고, 체육 시간엔 나훈아 선생님이 토끼뜀을 시켜도 웃으면서 뛰었다. 실컷 땀 흘린 후 수돗가로 달려가 수도꼭지 입에 물고 벌컥대며 마시는 물맛도 가슴까지 시원했다.

원남은 생각했다. 세상사 모든 일은 마음먹기에 달린 거라고. 하나하나 모든 것이 원남이에겐 은주 언니의 말 그대로 진짜 살맛 나는 세상이었다.

미성년자 관람불가

　그렇게 애태우며 기다리던 일요일 아침이 돌아왔다. 테리우스를 만난다는 설렘에 창밖으로 보이는 별들을 세며 밤새워 뒤척이다가 새벽 동이 틀 무렵에서야 겨우 잠이 들었다. 깊이 잠들면 안 되는데 꿈결 속에서도 늦을까 걱정하다 그만 까무룩 넘어가고 말았다. 비몽사몽 다리 위를 헤매다가 퉁, 퉁, 퉁. 엄마가 문을 두드리며 깨우는 소리에 화들짝 잠이 깨었다. 허겁지겁 일어나 시계를 보니 9시 30분. 다행이다 싶어 안도의 한숨을 길게 불었다. 그러나 아직도 한밤중인 은주 언니는 계속 코 피리를 불어가며 길고 긴 오작교를 건너가고 있었다. '그래 언니야 도와줄테니 계속 자라구' 은주 언니는 가끔 다리를 건너는 꿈을 꾼다고 했다. 그 다리는 얼마나 긴지 아무리 가도 끝이 안 보여 밤새 건너다 깼다고 했다. 사방으로 까치가 날고 있는 걸로 보아 오작교가 분명해 조만간 좋은 일이 생길 것 같다고 선무당 같은 꿈 풀이까지 했었다. '그래, 건너가라구. 끝까지 깨지 말고 건너가 좋은 사람 좀 만나 보라구.' 나지막이 혼자서 궁시렁대며 며칠 전부터 생각했던 일을 그대로 실행하리라 마음속으로 다짐했다. 자신을 어리게만 보고 있는 테리우스를 깜짝 변신을 시도해 놀라게 해주고 싶었다. 옷장 속에 걸려있는 옷 중에서 저번에 은주 언니가 보고 놀랐던 파격적인 의상을 선택하기로 했다. 검정 바탕에 해바라기 꽃무늬가 박혀있는 판타롱 바지와 목선이 가슴까지 깊게 파인 하얀색의 반팔 티셔츠를 차곡차곡 잘 접어서 책과 책 사이에 끼워 넣고 예쁜 쇼핑백에 담았다. 물론 엄마가 쓰다 남은 립스틱과 아이펜슬도 챙겼다. 조금은 더 자랐지만, 단발머리를 커버할 땡땡이 무늬의 파란 머플러도 잘 접어서 쇼핑백에 담았다. 은주 언니가 한 번 뒤척거렸다 '언니, 계속 건너란 말이야.' 조심조심 발꿈치를 들어가며 생쥐처럼 움직였다. 평상시 용돈에는 인색했던 엄마가 오늘따라 인심을 듬뿍 쓰셨다. 그동안 공부도 잘하고 심부름도 잘 해주었다는 칭찬까지 아끼지 않고 해주셨다. 오늘은 뭔가 좋은 일이 한 아름 생길 것만 같았다. 은주 언니의 계속되는 오작교 다리 밟기에 원남이가 드디어 쇼핑백을 들고 무사히 대문을 나설 수가 있었다.

테리우스를 만난다는 부푼 마음에 발걸음도 한결 가벼워졌다. 오랜만에 아나파 약국 아줌마가 한가한 모습으로 덧니를 들어내며 웃고 있었다. 고은 양장점 쇼윈도에 자신의 모습이 비치자 원남은 걸음을 멈추었다. 잠시 후 변신할 자신의 모습을 상상하며 슬쩍 포즈를 취해 보았다. 웃으며 서 있던 마네킹이 질투심에 입을 삐죽거렸다. 저만큼 순댓국집 연탄 화덕 위의 양은 솥에서 연기처럼 하얀 김이 펄펄 오르고 있는 것이 보였다. 원남은 지나가며 혹시나 하고 곁눈질로 훔쳐보았다. 어제 태수 삼촌이 과음했는지 문 발이 올려진 순댓국집 안에는 서너 명의 국밥 손님들만 앉아 있었다. 막걸리 사발 앞에 놓고 앉아있던 태수 삼촌의 모습이 눈에 선했다. 오늘은 고춧말 고개 쪽으로 가지 않아도 되었다. 도림 1동 사무소를 지나 약속 시각보다 1시간 일찍 파리제과점으로 들어섰다. 물론 이 시간에 나와 있을 리 없는 테리우스를 혹시나 하는 마음으로 가게 안을 한 번빙 둘러보게 했다. 먼젓번에 앉았던 우신국민학교 정문이 건너다보이는 창가에 자리를 잡았다. 선풍기가 돌고 있는 앞자리에는 휴가 나온 군인 아저씨와 애인으로 보이는 아가씨가 뜨거운 눈빛을 나누며 앉아 있었다. 원남은 슬며시 일어나 쇼핑백을 들고 화장실로 향했다. 조용히 그리고 준비된 솜씨로 화장실 벽 거울을 보며 변신을 하기 시작했다. 그동안 마음 졸이며 그렸다가 지우길 얼마나 했던가 원남은 연습한 대로 능숙하게 자신의 얼굴을 바꿔가기 시작했다. 세상에, 입술에 립스틱 좀 바르고 아이라인 좀 그렸다고 얼굴이 이렇게 달라 보일 수가 있단 말인가? 원남은 자신이 보아도 너무나 예쁘게 변해버린 모습에 흡족한 미소를 지었다. 이번엔 땡땡이 무늬의 머플러를 말아 머리를 뒤로 넘기고 밴드를 해보았다. 원남의 잘 생긴 이마가 훤히 드러나자 성숙해 보이는 모습으로 또 변했다. 이제는 옷만 갈아입으면 된다. 화장실 안으로 들어갔다. 멜빵 달린 원피스를 벗어 던지고 과감하게 돌발적인 해바라기 꽃무늬의 판타롱 바지를 입었다. 엉덩이 쪽이 너무 달라붙는 것 같았다. 커 보이는 엉덩이가 조금은 원망스러웠다. 남방을 벗고 목선이 깊게 파인 티셔츠를 입었다. 티셔츠도 몸에 달라붙자 원남의 큰 가슴이 툭 불거져 나왔다. 깜짝 놀라 양어깨를 움츠리자 어째 폼이 이상했다. '아니야.' 다시 당당하게 어깨를 활짝 폈다. 누가 들어오는 소리가 들리자 얼른 줄을 당겨 물 내리는 소리를 냈다. 벗어 두었던 옷을 잘 접어 쇼핑백에 담아 들고 살며시 화장실에서 나와 벽 거울 앞에 서 보았다. 좀 전에 중학생 아이가 대학생 아가씨로 변해 있었다. 정말 화려한 변신이었다. 뒤돌아보고 옆으로 서서 보아도 별들의 고향에 나오는 경아는 아닌 것 같았다. 갑작스레 변해 보이는 모습에 놀란 은주 언니가 그냥 나온 대로 한 말이었을 거라고 편한 대로 혼자 생각해 버렸다.

"아줌마, 이것 좀 보관해 주실래요? 입던 옷하고 책이거든요. 이따가 다시 들러 찾아갈게요."

쇼핑백을 내밀자 가냘픈 주인아줌마가 갑자기 변해버린 원남이 모습에 의아해진 눈빛으로 쳐다보았다. 애인과 눈싸움을 하고 있던 군인 아저씨의 넋 빠진 시선도 원남이를 따라가자 앞에 앉아있는 아가씨가 이맛살을 찌푸렸다. 원남은 창밖을 내다보며 시계를 보았다. 11시 50분 약속 시간까지 10분 남았다. 조개껍질 모양의 조그만 손거울을 꺼내 입술과 아이라인을 다시 한 번 예쁘게 매만졌다. 그때, 누군가 제과점 문을 열고 들어섰다. 일주일 동안 꿈속에서만 애태우며 만났던 테리우스였다. '오빠' 하마터면 부를 뻔했다. 목에까지 올라온 소리를 꿀꺽 내려보내고 시침 뚝, 모르는 척, 능청스럽게 창밖만 내다보며 곁눈질로 슬쩍 흘겨보았다. 테리우스가 가게 안을 휭하니 한 바퀴 둘러보고는 바보같이 군인 아저씨 뒷자리에 철퍼덕 앉았다. 원남은 테리우스 쪽으로 고개를 돌려 웃으면서 계속 쳐다보았다. 테리우스와 언뜻 눈이 마주쳤는데도 그냥 스쳐 버리며 엉뚱하게 제과점 입구만 쳐다보고 있었다. '아니, 저렇게 몰라볼 수가 있나?' 답답해하면서도 자신의 변신 성공에 은근히 기뻤다. 다시 노골적으로 웃으며 시선을 보내자 그때서야 스치던 테리우스의 눈길이 멈췄다. 무심히 쳐다보던 새까만 눈이 점점 더 커지더니 하얗게 입까지 벌려가며 천천히 다가왔다.

"우화, 우예 된기고 내사마 전혀 몰랐데이. 우찌된 가스나가 낼 보고 저래 웃어 샀나 했데이. 우와."

테리우스의 입이 메기입처럼 커지더니 좀처럼 다물지 못하고 계속 '우와' 소리만 연발했다.

"오빠, 그렇게 몰라본단 말이야? 섭섭하다. 아무리 화장 좀 했다고 바로 코앞에 있는데도 몰라보다니."

내심 속으로는 좋으면서도 달라져 보이는 자신을 신비스러운 눈빛으로 바라보고 있는 테리우스에게 귀여운 투정을 부렸다.

"보레이, 니가 암만 그레 변해도 내 눈에는 그냥 이쁜 알라로만 보인데이."

테리우스가 달라져 보이는 원남이를 핀잔주듯 말하면서도 사랑스러워하는 표정이 역력했다.

또다시 주인아줌마가 네모난 얼음을 빙수 기계 위에 올려놓고 가냘픈 팔로 힘겹게 돌려가며 하얀 눈가루를 만들어 냈다. 역시 학교 앞 신호등 색깔과 똑같은 색소가 알록달록하게 뿌려져 있는 빙수 그릇을 들고 조심스럽게 다가왔다.

"맛있게 드세요."

둘이도 빙수 그릇을 앞에 놓고 서로의 눈길을 떼지 않으려는 뜨거운 눈싸움을 하기 시작했다. 서로의 눈동자 속으로 자신들의 모습을 들여보내고 싶어 안달하며 한참 동안 뜨겁게 바라보고 있었다. 그렇게 서로 지기 싫어 계속되는 뜨거운 눈빛 속에 떨어져 내린 불똥이 기다리다 지쳐버린 빙수 사발을 다 녹여 버렸다.

"오빠, 우리 오늘은 영화 보러 갔으면 좋겠다. 영화 보러 가자 응? 내가 구경시켜줄게. 응?"

조그만 티스푼으로 다행히 살아남은 빙수를 한 스푼 떠서는 테리우스의 입에다 넣어주며 엄마표 립스틱으로 빨갛게 무장한 입술로 주문을 걸어 테리우스의 혼을 빼놓고 있었다.

"저기, 있잖아. 경신 극장에서 '별들의 고향' 하는데 정말 재밌대."

"우와 그게 언제쩍 영화인데 아직도 한단 말이고? 그라고 그건 성인 영화데 학생이 어뜩해 들어간다고 그라노."

"오빤, 참 오빠 지금도 내가 학생으로 보여? 걱정하지 마! 우리 친구들도 사복 입고 미성년자 관람 불가인데도 다 들어가 봤다더라. 뭐. 그리고 이 극장은 삼류라 그런 것 안 따지고 대충 넘어간대."

원남이가 이제는 겁도 없이 친구들을 팔아가며 미성년자 관람 불가의 턱을 넘어가려고 애를 쓰고 있었다.

"허기야, 내도 극장구경 헌 지가 억수로 오래 됐데이. 별로 조아도 안 하지만 형님 따라가 구경했던 게 언젠지 기억도 안 난데이."

가능성이 보이자 원남이가 달려들어 바짝 고삐를 당겼다.

"오빠, 가자 응? 나 그 영화 꼭 보고 싶었단 말이야. 우리 친구들도 몇 명 봤는데 정말 슬프고 재밌대. 흥, 흥, 가자 오빠 응?"

"그래, 가자. 간만에 한 푸로 땡겨 보제이. 그란데 원남이 니 증말 괘안 치?"

"아휴, 오빠 걱정마세용. 내가 책임질게. 가기만 하란 말이야. 자 빨리 일어 나세용."

원남은 신이 나서 콧노래까지 흥얼거리며 앞장서 나가자 무슨 생각을 하고 있었는지 군인 아저씨의 아쉬운 시선이 원남이를 따라잡았다. 밖으로 나온 두 사람의 머리 위로 7월의 뜨거운 태양이 따갑게 내리쬐며 심통을 잔뜩 부렸다.

* * * *

극장 앞에는 꽤나 많은 사람이 줄지어 있었다. 입장권을 사 들고 테리우스의 뒤에 바짝 붙어 눈치를 살피자, 극장 입구에 버티고 서 있는 어깨가 떡 벌어진 아저씨가 오히려 원남의 머리를 쳐다보더니 다 알고 있다는 듯이 웃으며 무사히 입장시켜 주었다. 극장은 일요일이라 대만원이었다. 일류 개봉관에서 상영한 영화들이 전국을 돌고 돌다가 다 낡고 끊어지면 만신창이가 될 수밖에 없었다. 그러다 겨우 추슬러서 다시 상경해 동시상영이란 이름으로 케케묵은 외국 영화 한 편과 동반자가 되어 헐값에 돌아가야 하는 운명의 영화들이 모이는 변두리 삼류극장이었다. 무대 위 양옆에서 대형 선풍기 두 대가 곧 날아오를 것 같이 굉음을 내지르며 연신 바람을 뿜어내고 있었다. 그러나 사람들의 열기가 선풍기를 되돌아 나오는 바람에 후텁지근한 온풍기로 변해 버렸다. 더구나 '금연'이라는 빨간 등이 눈알을 부라리며 지켜보고 있는데도 그새를 못 참고 뿜어대는 담배 연기는 기침이 터지도록 연약한 목구멍까지 괴롭혔다. 다 낡은 조명등 불빛이 내리는 극장 안에는 아직도 어린 티가 가시지 않은 소년들이 네모난 상자 속에 먹거리를 담아 멜빵을 묶어 가슴 밑으로 받쳐 들고는 '껌이나, 캬라

메르 있어요. 심심풀이 오징어나 땅콩 있어요.' 하며 처량한 모습으로 나지막하게 소리치며 극장 안 좁은 통로를 헤집고 다녔다. 관객들의 인내심도 정말 대단했다. 그렇게 푹푹 삶는 열탕 속에서도 오징어 다리 입에 물고 풍선껌을 터트려가며 오로지 필름이 돌아가기만 기다리고 있었다.

"여기요."

원남은 불에 살짝 구운 거라며 내미는 소년에게 오징어 한 마리를 사서는 몸통과 다리를 분리해 부드러운 몸통은 테리우스 손에 쥐어 주었다. 다리보단 몸통이 더 맛있을 것 같았지만–

"오빠, 나는 다리가 더 맛있더라."

테리우스가 몸통을 쭉 찢어 한 줄 입에다 물고 질겅대자 원남은 딱딱한 다리를 하나 뜯어 입에 물곤 오물거렸다. 잠시 후 얼마나 혹사했기에 비가 줄줄 내리는 화면 속에서 징징 울어대는 소리를 내며, 명보 사진관, 이태리 안경점, 보금당 금방, 미라노 양복점, 성심 약국, 하다못해 동네 갈비탕 집까지 나오는 광고가 계속되더니, 소화제, 영양제, 가루비누, 화장품 선전을 끝으로 '모두 다 일어나 주십시오' 하는 화면과 함께 극장 안 가득 애국가가 울려 퍼졌다. 이때 낮술 한 잔 얼큰한 관람객 한사람이 트로트 풍으로 애국가를 따라 부르는 바람에 엄숙했던 극장 안은 온통 웃음바다로 변해 버렸다. 때 지난 문화 뉴스와 예고편 몇 편이 계속되고 본영화가 시작되기까지는 시간이 한참 흘렀다. 드디어 신성일과 안인숙이라는 두 주인공의 이름이 떠오르면서 '별들의 고향'이 커다랗게 화면에 자리를 잡았다. 원남은 지루하게 기다렸던 만큼 눈 한번 깜박이지 않고 화면 속으로 빠져들고 있었다. 모두 여주인공의 깜찍스런 연기엔 웃으면서 박수를 쳤고 안타까운 장면에선 아쉬운 탄식의 소리를 질러댔다. 그러나 친구들의 입소문으로만 들었던 두 남녀 주인공이 알몸으로 사랑을 나누는 장면에선 결국엔 원남은 고개를 떨구고 말았다. 얼굴이 화끈거리고 괜히 어색해지자 눈치를 보고 있던 테리우스가 슬며시 원남이의 손을 꼬옥 잡앗다. 고개를 숙이고 있던 원남은 흠칫 놀래서 동그랗게 뜬 큰 눈으로 쳐다보는데 빨간 자두처럼 예쁜 입에는 씹고 있던 오징어 다리가 물려 있었다. 테리우스는 지금 화면 속의 여 주인공보다 오징어 다리 입에 물고 동그랗게 뜬 눈으로 바라보고 있는 원남이가 훨씬 더 예쁘다고 생각했다. 원남이가 두어 번 손을 빼려고 움직였다가 다시 바뀐 화면 속으로 시선을 돌렸다. 보드랍고 따뜻했다. 테리우스는 생전 처음으로 사랑의 감정을 느꼈다. 지금 잡고 있는 이 손이 동생처럼 생각했던 어린 손이 아니라 누나 같은, 아니, 엄마 손 같은 그런 따뜻함을 느낄 수가 있었다. 이렇게 가냘프고 여린 손에서 어떻게 그런 강한 사랑의 느낌이 배어 나오는지 다시 한 번 바라보곤 사랑스러워 잡은 손에 꼬옥 힘을 주었다. 원남의 옆모습 속에서 어떻게 생겼는지 알 수 없는 엄마의 모습이 겹쳐지며 떠올랐다간 다시 사라져 버렸다. 원남의 어깨가 가볍게 흔들리고 있었다. 화면 속의 여주인공인 경아가 하얀 눈밭을 거닐며 한 움큼의 수면제를 삼키고는 서서히 죽어가고 있었다.

난 그런거 몰라요 / 아무것도 몰라요--

별들의 고향 테마곡이 애잔하게 흘러나오고, 원남의 눈에선 눈물이 흘렀다. 테리우스가 어깨를 감싸주며 토닥거리자 코를 훌쩍대며 눈물을 훔쳤다.

따르르르르릉! 밝은 불이 켜지면서 영화의 종료를 알리는 벨 소리가 길게 이어지자 사람들이 우르르 한꺼번에 일어났다.

"에헤이, 씨부럴 하여간에 짜식들이 국산은 주인공을 꼭 죽이더라고 그거 둘이서 잘 먹고 잘사는 거로 끝나면 어디가 덧나나? 꼭 죽여요. 죽여. 에이 지기미."

여주인공의 안타까운 죽음이 아쉬웠던지 한 아저씨가 친구에게 푸념을 터트렸다. 사람들이 조금씩 빠져나가고 통로가 열리자 아까 그 소년들이 "심심풀이 오징어나 땅콩 있어요." 하고 앵무새처럼 반복하며 분주히 사람들 사이를 헤치며 돌아다녔다. 또 얼마나 기다렸을까 두 번째 상영된 영화는 포스터가 몇 달 전에도 골목 담벼락에 비를 맞아가며 계속 붙어 있었던 서부영화였다. 예상했던 대로 화면은 계속 비가 내렸고 그나마 볼 만한 장면이 나올 때만 필름이 끊어졌다. 이제는 일상이 되어버린 영사기 기술자가 필름을 이을 동안 그새를 못 참고 극장 안 여기저기서 휘파람을 불어가며 소리를 질러댔다.

"야잇, 니기미 똥통에 갖다 버리던지 씨발, 돈 도루 내놔라."

처음엔 한두 사람이 소리를 지르다가 군중 심리가 발동하자, 한꺼번에 단체로 야유를 퍼부어댔다. 그렇게 극장 안은 삽시간에 난장판으로 변했다가 다시 필름이 돌아가면 조용해지는 그런 상황이 반복되었다.

"오빠, 나 너무 답답해. 우리 그냥 나가자. 응?"

"그래, 알았데이 나가자. 고마 나 따라 나오거레이."

앞장서 나가는 테리우스의 등 뒤를 꼭 붙잡고 행여 놓칠세라 바짝 붙어서 출구까지 꽉 메어있는 사람들을 헤치고 겨우 극장을 빠져나왔다.

"어휴, 이제야 살 것 같네! 오빠 나 죽는 줄 알았어. 오빠 우리 바로 뒤에 앉은 아저씨는 술을 얼마나 먹고 들어왔는지 술 냄새 마늘 냄새 땜에 숨을 못 쉬겠더라 어휴, 극장에 오면서 술을 먹고 오는 사람이 어딨어."

원남은 어지간히 참고 있었던 모양이었다. 계속 숨을 후후 내뱉으며 엄살을 부렸다. 경신극장 매표소 앞에는 아직도 많은 사람이 줄지어 있었다. 개봉관이나 일류극장에서 못 본 사람들이 뒤늦게나마 입소문을 듣고 찾아온 것 같았다.

"오빠, 덥다 빨리 가자."

파란 하늘에는 아직도 식지 않은 그 태양이 따가운 빛을 쏟아 내리며 얄밉게 심술을 부리고 있었다.

음악다방과 장발 단속

　조그만 손지갑을 머리 위로 올려보지만, 심술 맞은 태양이 내리는 따가운 빛을 가리기엔 너무나 빈약했다. 그래도 둘이는 걸었다. 아무리 더워도 마냥 좋았다. 영등포구청 앞을 지나 시장 쪽으로 향했다.

　"오빠, 배고프지? 오빠 순대 좋아해? 우리 순대 먹으러 갈까?"

　"니 순대 좋아하나? 그라믄 가제이."

　마침 테리우스도 배고팠던 참이었는데 눈치 빠른 원남이가 알아차렸던 모양이었다. 영보극장 옆에 있는 순대 골목으로 가자며 자연스럽게 팔짱을 꼈다. 저만큼 골목으로 들어서기도 전에 입구에서부터 고기 삶는 냄새가 구수하게 풍겨 나왔다 가게마다 놓여있는 탁자 위에는 잘생긴 돼지 머리들이 활짝 웃는 낮으로 손님들을 반기고 있었다. 앞치마를 두른 인심 좋게 생기신 할머니가 푸짐하게 썰어 담아주는 순대가 먹음직스럽게 보였다. 배가 많이 고팠었던지 삼 인분을 게 눈 감추듯 뚝딱 먹어 치웠다.

　"오빠, 우리 저번엔 친구 셋이 왔었는데 글쎄, 순대 육 인분에다 김밥을 일곱 줄이나 먹었다. 우리 친구 미선이라는 애는 혼자서 오 인분도 먹을 수 있대. 걔는 언젠가 내기를 했었는데 짜장면도 곱빼기를 세 그릇씩이나 먹는 애야."

　원남은 배가 불러 정신이 나간 모양이었다. 흥이 되는지 자랑이 되는지 애꿎은 친구들을 팔아가며 조개껍질 모양의 손거울을 보다가 엄마표 립스틱을 입술에 살짝 발랐다. 그런 모습을 보고 있는 테리우스의 눈에는 모든 것이 마냥 사랑스럽게만 보일 뿐이었다.

둘이는 순대 집에서 나와 영등포 로터리 쪽으로 계속 걸었다. 일요일이라 거리는 상점 앞 길목마다 많은 사람으로 붐볐다. 대형 전자제품 상가 안에는 미제 컬러텔레비전이 켜 있어 흑백만 보던 사람들이 신기하다는 눈으로 볼 수 있게 발목을 잡고 있었다. 예쁜 옷이 걸려있는 양장점 앞으로 원남이보다 더 넓은 판타롱을 입은 아가씨들이 무게를 잡고 서서 쇼윈도에 비춰 보며 지나갔다. 원남이도 지나가며 슬쩍 비친 모습을 보다가 깜짝 놀랐다. 큰 언니가 비쳤기 때문이었다. 다신 한 번 비춰보자 큰 언니와 똑 닮은 자신이 비쳤다. 지나가던 남자들이 힐끗힐끗 원남이를 훔쳐보았다.

거리에는 수많은 간판이 저마다 자리를 잡아 나 좀 보고 가라고 안간힘을 써가며 건물에 매달려 있었다. 그중에 특이하게 생긴 간판 하나가 눈에 띄었다. 통기타 모형의 음악다방 간판이었다. 다방 입구에 걸려있는 스피커에선 낮게 깔은 DJ의 목소리와 팝송이 흘러나오고 있었다. 정장 차림의 멋쟁이 남자들이 다방 안으로 들어가자, 어여쁜 아가씨들도 다방 입구를 기웃거렸다.

"오빠, 음악다방 들어가 봤어? 나 구경하고 싶은데 우리 들어가 보면 안 될까 응?"

원남의 호기심이 또다시 발동을 걸기 시작했다.

"우리 친구들도 오빠들 따라서 들어가 보았다는데 그렇게 좋더래. 듣고 싶은 음악 신청하면 DJ 아저씨가 이름도 불러주고 음악도 틀어 준다더라."

원남은 또다시 친구들을 팔아가며 테리우스에게 매달렸다.

"우와, 니는 우째 궁금한 게 그리 많노. 그레 들어가고 싶나? 그라믄 우얄끼고. 들어가 봐야지."

"이햐, 오빠 고마워. 오빠, 저 다방으로 들어가자. 나 꼭 한번 들어가 보고 싶었거든."

가끔 친구들과 어울려 시내에 나왔다가 쾅쾅 울려 나오는 음악 소리에 걸음을 멈추었던 곳. 친구들이 오빠들 따라 들어가 보았다고 자랑하던 곳. 바로 영등포에서 제일 유명한 음악다방인 상아탑이었다.

"오빠가 먼저 들어가. 나는 뒤따라 들어갈게."

테리우스가 긴 머리를 쓸어 올리며 문을 열고 들어가자 원남이도 뒤따라 들어갔다.

"예, 대단히 감사합니다. 오늘도 우리 음악의 전당인 상아탑을 찾아주신 여러분께 감사를 드리면서 DJ 한용빈 인사드립니다."

2부를 진행할 DJ가 멋지게 인사를 올렸다. 희미한 조명 속에 꽉 차있는 담배 연기가 초반부터 목을 찔렀다. 원남은 헛기침하며 두리번거리자 저쪽에서 짧은 미니스커트의 레지 언니가 오라고 손짓했다. 자리가 없다며 합석을 시켜 주었다. 얼룩 모자를 쓴 해병대 아저씨들이었다. 어지간히 퍼마셨는지 얼굴이 뻘게 가지고 연신 줄담배에 욕을 달고 있었다.

"씨발, 우리가 신청한 건 언제 틀어 주는 거야? 쓰발 짜식 왜 안 틀어 엉?"

들고 있는 옆 찻잔이 DJ 박스 쪽으로 날아갈 것만 같아 불안했지만, 테리우스는 별로 신경 쓰는 것 같지가 않았다. 다방 안에는 앉을 자리가 없었다. DJ 박스 앞에는 여자들만 빙 둘러앉아 유리 상자 속에 갇혀 있는 DJ를 선망의 눈빛으로 바라보고 있었다. 빨간 조명 밑에 깻잎 머리 아가씨는 한 손은 턱을 고인 채 아리랑 성냥 통을 쏟아 놓고 한 개비씩 탑을 쌓아 올리며 있는 대로 청승을 떨고 있었다. 건너편 구석 자리에서 파마 머리의 여자가 담배를 피우는 모습이 원남의 눈에 들어왔다.

"오빠, 오빠, 저기 저 여자 담배 피우는 것 좀 봐."

"뭐라꼬?"

사방에서 크게 울려대는 음악 소리 때문에 바로 옆에서 말하는 소리도 묻혀 버렸다. 원남은 손짓으로 테리우스를 불러 가까이 귀에 대고 소리쳤다.

"오빠가, 제일 멋있다구요."

테리우스가 손가락으로 귀를 후비며 빙긋이 웃었다.

"예, 감사합니다. 다음 신청곡은 이번에 어렵게 휴가를 나오신 해병대 아저씨들이 친구와 함께 듣고 싶다면서 청해주신 곡입니다. 탐 존스가 불러 줍니다. 프라우드 메리."

"우와호! 니기미, 인제야 나오네."

모자를 삐딱하게 돌려쓴 해병대 아저씨들이 신청곡이 나오자 함성을 지르며 앉은 채로 춤을 추기 시작했다. 원남이도 신청곡을 적어 건네주었다. 레지언니가 DJ 박스 밑에 조그맣게 뚫린 구멍으로 신청곡이 적힌 메모지를 연신 밀어 넣었다. 거북한 표정으로 앉아있던 테리우스가 화장실 좀 갔다 온다며 좁은 통로를 따라 걸어가자 여자들의 시선이 테리우스에게로 몰렸다. 뒤에서 보고 있던 원남은 또 속으로 외쳤다.

'아하, 왜들 이러시나 신경들 끄세요, 임자는 여기 있단 말이야' 여자들의 틈바구니를 비집고 당당하게 돌아오는 테리우스가 너무너무 자랑스러웠다. 아까 그 골초 아가씨가 고개를 숙이며 담배에 또 불을 붙였다. 귓속이 멍할 정도로 쾅쾅 울리던 음악이 잔잔하게 가라앉으며 DJ가 다음 순서의 멘트를 은은하게 흘려주었다.

"지금 이 순간도 지나가면 어차피 과거로 흘러가는 것 지나간 과거에 지우치지 말고 다가올 미래에 희망을 품고 우리 함께 힘차게 달려나가요. 예, 감사합니다. 도림동에서 오신 정원남 씨가 민식 오빠에게 꼭 하고 싶었던 말을 노래로 전하고 싶다며 신청한 곡입니다. 자, 이장희가 불러줍니다 '나 그대에게 모두 드리리- 네, 예, 카운터 전화 왔습니다. 개봉동에서 오신 주현숙 씨?"

능글능글한 DJ가 멘트 끝에는 전화 안내 방송까지 이어 가면서 원남의 메모지 사연을 배경 음악까지 깔아놓고 볼륨을 올렸다 내렸다 바란스를 맞춰가며 멋지게 소개해 주었다. 웅성대던 실내가 조용 해 지면서 원남이의 신청곡이 흘러나왔다.

나 그대에게 드릴 말 있네 / 오늘 밤 문득 드릴 말 있네
나 그대에게 모두 드리리 / 터질 것 같은 이내 사랑을
그댈 위해서라면 나는 못할 게 없네 / 별을 따다가 그대 두 손에
가득 드리리 / 나 그대에게 모두 드리리 / 터질 것 같은 이내 사랑을

조용히 흐르는 음악에 심취해 사랑이 가득 담긴 그윽한 눈빛으로 바라보고 있는 테리우스를 원남이도 두 손을 모아 기도하는 소녀가 되어 뜨거운 눈빛으로 마주 보고 있었다.

그때였다. 조용한 분위기를 깨트리는 왁자지껄한 소리와 함께 다방 입구 쪽이 소란해지며 경찰들이 들이닥쳤다.

"일어나지 말고 그대로들 앉아 있어 야잇! 쨔샤, 가만있으랬잖아! 어이! 토끼는 놈들 놓치지 말고 다잡아!"

정복을 입은 경찰관 둘이는 양쪽 입구를 막고 있고 짧은 스포츠머리의 사복형사가 뱀처럼 찢어진 눈을 날카롭게 번득이며 잡아먹을 듯이 악을 썼다. 장발 단속이었다. 갑자기 들이닥친 위급한 상황에 여기저기서 난리들이 났다. 급하니까 화장실이라도 숨겠다고 우르르 한꺼번에 몰리는 바람에 탁자가 넘어가고, 찻잔 깨지는 소리에 여자들은 꺄악, 비명을 질러대고, 어떤 사람은 급한 나머지 탁자 밑을 기어 다니는 한심한 꼴을 연출하기도 했다. 그야말로 평화로웠던 상아탑이 짭새들의 출연으로 난장탑이 되어 버렸다.

"예, 죄송합니다. 장내가 잠시 소란해진 점 다시 한 번 사과 말씀 전해 드립니다."

뒤늦게 상황 파학을 한 DJ가 음악을 꺼버리고 조명도 밝게 바꿨다. 조용한 다방 안에는 음악에 묻혔던 소리가 살아나며 더욱 더 술렁이기 시작했다.

"오빠, 흐흥 어쩜 좋아 어떡해."

"원남이, 니 단디 들으레이 지금부터 니는 나를 절대로 모르는 사람이데이. 그라고 형사가 나이 물어보면 무조건 스무 살 이라꼬 우기거레이. 주민등록증은 잊어뿐졌다 카고 언니 주민등록번호라도 대란 말이다. 별거 아니니까 침착하게 하거레이."

전혀 예상치 못했던 일이 벌어져 처음 접하는 상황에 울상이 되어 떨고 있는 원남이를 다독여 놓고는 테리우스가 벌떡 일어나 당당하게 걸어나갔다. 찬물을 끼얹은 듯이 조용해진 다방 안에는 서로의 눈치만 살피고 있는데 앞에서는 뱀눈 형사가 머리카락이 귀가 덥히고 뒷목만 가려도 인정사정 볼 것 없이 무조건 찍어내며 오고 있었다.

"야, 너 청카바 입은 놈 나와. 으음, 너 파란 티 이 새낀 기집애야 뭐야 나왓!"

입에 걸레를 물고 있는지 열통 터지게 지껄이며 얄밉게 찍어냈다. 뱀눈한테 찍힌 사람들은,

"에이, 씨발 겨우 길렀더니 또 걸렸네."

"니기미, 이 정도두 걸리면 대한민국 남자들 거의 다 걸린다구. 에이 재수 없어."

하면서, 힘없는 항변을 토해내며 끌려나갔다. 그러나 자기 발로 걸어 나오는 테리우스를 발견한 뱀눈 형사의 눈이 가늘게 찢어졌다.

"오호라, 너는 자수하겠다. 이거지 엄청나게 길구먼."

뱀눈 형사의 날카로운 눈초리가 테리우스의 긴 머리를 쳐다보자, 지지 않고 째려보던 테리우스가 마치 일본 형사에게 잡혀가면서도 굽히지 않는 독립군처럼 큰소리로 외쳤다.

"보소, 내가 무슨 강도짓이라도 했단 말인교. 자수를 하게. 집에 가서 당신 아들도 머리나 단속하소."

"뭐, 뭐라구? 이 새끼 봐라? 알았어. 당장 나갓!"

자랑스러웠다. 원남은 테리우스가 정말 대견하고 자랑스러웠다. 화장실로 숨지도 않았고 탁자 밑을 기지도 않았다. 지금 저 상황에서도 비겁하지 않고 당당할 수 있는 용기가 정말 자랑스러웠다. 그러나 날카로운 눈을 번뜩이며 점점 다가오고 있는 뱀눈 형사가 마치 전설의 고향에 나오는 저승사자처럼 보였다.

"너희들 주민등록증 내놔봐. 뭘 꾸물대? 어서 내놔 보라니까?"

"저, 저기 이, 잃어버렸는데요."

조금은 긴 듯한 단발머리에 빨간 티를 입은 한 여자애가 당황스러운 표정으로 말하자,

"으흠, 그래 그럼 주민등록번호 대봐. 만약 틀리면 사기죄로 형사입건될 줄 알아라."

뱀눈 형사가 되지도 않는 엄포까지 놓았다.

"아저씨, 흐흑 한 번만 봐주세요. 네? 용서해 주세요. 네? 으흐흐흑."

어물어물 버벅거리던 빨간 티가 결국 울음을 터트렸다.

"너, 몇 학년이야? 너 미성년자지? 빨리 나갓!"

딸 아이 같은 여자애의 통사정에도 뱀눈 형사가 눈 하나 깜짝 않고 매몰차게 밀어냈다. 기가 막혔다. 어쩌면 저렇게 냉정할까? 피도 눈물도 없는 사람 같았다. 원남은 정말 억울했다. 도대체 우리가 무슨 죄가 있단 말인가 강도짓을 했나? 도둑질을 했나? 그저 했다면 사랑하는 사람과 좋아하는 음악 들으면서 그것도 술도 아닌 커피 한잔 마신 것뿐인데 왜? 봐달라고 해야 하는지 무얼 용서해 달라며 빌어야 하는지 아무리 생각해봐도 정말 억울했다. '뭐 야, 정말 이런 말도 안 되는 세상이 다 있어?' 원남은 결단을 내렸다. 어차피 들킬 운명이라면 비굴하게 비느니 차라리 떳떳

하게 테리우스 뒤를 따르리라 마음먹었다. 원남은 일어섰다. 비장한 눈빛이 해병대 아저씨들을 눌렀다. 너무도 당당하게 걸어 나오는 원남이를 아래위로 훑어 보던 뱀눈 형사의 눈길이 머리에서 멈췄다.

"야하, 위장술이 아주 뛰어 나누만. 프로급이야. 그런데 너두 자수하겠다 이거냐?"

뱀눈 형사가 테리우스에게 했던 말을 똑같이 했다. 그러자 원남이도 똑같이 큰 소리로 말했다.

"내가 강도짓이라도 했어요? 자수하게. 아저씨도 집에 가서 아들 머리나 자르세요."

"뭐, 뭐야? 하 요 말하는 싸가지 봐라. 아까 그 새끼 하고 똑같네. 어이구 너도 니 부모 속깨나 썩이겠다. 주둥아리 닥치구 빨리 나가라."

뱀눈 형사가 한심하다는 듯이 등을 밀어내며 뱀눈이 되어 째려보았다.

"우린, 해당 사항 없죠? 니기미 씨발 언제 한번 마음 놓고 머리 길러보나. 우리 제대 할 때 쯤이면 그런 세상 올려나 어쩔려나."

해병대 아저씨들이 일부러 모자를 벗어 짧은 머리를 보여주며 이죽거리더니 입구에 서 있는 경찰관들을 째려보며 나가 버렸다.

상아탑 다방 앞 도로변에는 말로만 듣던 닭장 차가 문을 열어놓고 대기하고 있었다. 창문이 나 있는 곳엔 철사로 엮은 굵은 철망이 닭장처럼 막혀 있어 그렇게 말하는 것 같았다. 장발로 찍힌 남자들과 주민등록증이 없는 여자애들이 마치 팔려가는 닭처럼 잔뜩 웅크린 채 눈만 껌벅이며 불안에 떨고 있었다.

"우예된기고? 괘안나?"

원남이가 경찰 손에 이끌려 차에 올라타자 구석에 있던 테리우스가 다가왔다.

"흐응, 괜찮아 오빠. 그냥 어차피 속여 봐야 들킬 텐데 비겁한 것 같아서 나도 오빠처럼 말하고 떳떳하게 걸어 나왔어."

원남의 당당한 목소리에 주눅이 들어있던 여자애들이 대단하다는 표정으로 바라보았다.

"그런데 오빠 어떻게 하면 좋아 괜히 나 때문에… 다방에 가잔 말만 안 했어도… 오빠 정말 미안해."

원남은 너무 미안해 눈시울을 붉혔다.

"괘안타. 나야 괘안테이. 경찰서 가서 머리만 짜르면 훈방으로 나온데이. 작년에도 한번 안 걸렸드나. 그란데 니가 문제구마. 경찰이 느그 집에 연락 할테고 보호자가 찾아와야 내보내 줄낀데. 우화, 미치겠다 우야믄 존노."

닭장 차가 덜컹거리며 움직이기 시작했다. 영등포 역전 로터리를 돌아 10분도 지나지 않아 경찰서 앞마당으로 들어섰다. '철크럭' 열쇠로 잠긴 닭장 차의 뒷문을 열고 한 사람씩 내리게 했다. 머리에 손을 얹게 하고 여자 남자 따로 구분해 대기실로 들여보냈다.

"오빠, 어떡해 어쩌면 좋아."

원남은 손을 모아가며 애처로운 눈빛으로 바라보았다. 그러나 아무것도 해줄 수 없는 테리우스는 까맣게 속만 타들어 갈 뿐이었다.

"미얀테이, 그냥 호기심에 구경 한번 할라꼬 들어갔었다고 말 하거레이."

난감한 표정의 테리우스도 그냥 미안하다는 말만 하고 있을 뿐이었다. 둘이도 아쉬워하며 잡고 있던 손을 놓고 떨어져야만 했다. 울상이 된 원남은 결국 눈물을 보이고야 말았다. 자꾸만 뒤돌아보며 여자 대기실로 들어가는 원남이를 안쓰러워 볼 수가 없었다. 대기실은 다른 파출소에서 잡혀 온 장발족들로 발 디딜 틈도 없이 꽉 차 있었다. 대대적인 장발 단속 비상령이 내렸기 때문이었다. 형사 아저씨 서넛이 가위를 들고 뭐가 그렇게 좋은지 낄낄대며 한 번에 몇 사람씩 불러내 긴 나무의자에 앉혀 놓고 머리를 자르기 시작했다.

"아하, 가만 좀 있어 봐. 그렇게 움직이면 더 보기 싫게 짤린단 말이야."

그 와중에도 어떻게 하던 흉하지 않게 잘리려고 안타까운 몸부림을 쳐 댔다. 음흉하게 생긴 대머리 형사는 머리를 자르며 무슨 쾌감이라도 느끼는지 눈빛까지 이상했다. 드디어 테리우스 차례가 돌아왔다.

"마, 바리깡 없능교? 시원하게 마 빡빡 밀어주소. 기르면 잡아오고 또 기를만하면 잡아오고, 마 아예 팍 밀어 뿌소."

울분을 터뜨리는 테리우스의 목소리가 조사계 대기실을 쩡쩡 울렸다.

"어허, 이 자식 봐라. 그래 알았다."

대머리 형사가 그 이상한 눈빛을 날리면서 테리우스의 머리를 이빨 빠진 가위로 다 뜯어 놓았다.

"나머지는 집에 가서 잘러라."

자신의 한을 풀었는지 손을 털어가며 회심의 미소를 지었다. 털 빠진 닭 머리가 되어버린 테리우스도 다른 사람들과 함께 각서를 쓰고 나서야 훈방 조치로 경찰서 조사계를 빠져나올 수가 있었다.

밖에는 어느새 짙은 어둠이 깔렸고, 추적추적 비까지 내리고 있었다. 분식집 처마 끝으로 떨어져 내리는 빗방울을 하나, 둘 세어가면서 머리도 마음대로 기를 수 없는 세상을 원망하며 원남이가 무사히 나오기만을 기다리고 있었다.

* * * *

"어느 학교 다니지? 몇 학년인데? 야! 니네집 전화 없냐? 얘 좀 봐라. 빨리 말 못 하겠어?"

아무 말도 못 하고 있는 원남이를 내려다보며 답답한지 덩치가 남산만한 형사 아저씨가 목소리를 높였다.

"너 임마, 집에 빨리 연락해서 부모님이 오셔야 나갈 수가 있단 말이야. 너, 말 안 하고 그러고 있으면 불량 청소년으로 인정하고 그냥 소년원으로 보낼 수밖에 없단 말이야. 알아듣겠어?"

형사와 엄포가 사돈지간을 맺은 모양이었다. 남산 덩치의 형사도 책상을 두드려 가며 되지도 않는 엄포를 놓았다. 졸지에 불량 청소년이 되어버린 원남은 지금 이 상황에선 벗어날 별다른 방법이 없어 그냥 포기해야겠다고 생각했다. 원남은 감춰 두었던 학생증을 슬며시 꺼내 놓았다.

"에게! 뭐야, 중학생이었단 말이야?"

남산 덩치의 형사가 놀란 토끼 눈이 되어 쳐다보자, 정신없이 타자기를 두드리던 옆자리의 대머리 형사도 손을 멈추고 원남이를 쳐다보았다.

"야하! 단발머리만 아니면 대학생이라고 해도 속겠다."

한마디 거들던 대머리 형사의 능글맞은 눈빛이 원남이의 아래위를 힐끔거렸다. 남산 덩치의 형사가 전화 수화기를 집어 들었다.

"집 전화번호가 몇 번이니?"

남산 덩치 형사의 목소리가 다정스러운 척 낮아졌다. 망설이고 있던 원남은 기어들어가는 목소리로 결국 집 전화번호를 대고야 말았다.

"아! 예, 정원남 학생네 집 맞습니까? 아, 네, 여기 영등포 경찰서 조사계에 마성훈 형삽니다. 아, 네, 네, 별일 아니구요. 댁의 따님이 지금 우리 조사계에 있으니까 보호자 분들이 오셔서 데리고 가시라고 전화 드렸습니다. 아, 네. 영등포 경찰서 조사계로 오시면 됩니다."

아! 이젠 끝났다. 하늘이 무너져 내리고 있었다.

"헤이, 빨간 티 이리와. 그 쪽으로 앉아."

남산 덩치의 형사도 능글거리는 눈빛으로 원남이를 쳐다보면서 옆자리로 보내놓고 같은 신세의 빨간 티셔츠를 입은 여자애를 불러 앉혔다.

"어느 학교 다니지? 몇 학년이지? 집 주소는? 전화 있으면 번호 대봐."

남산 덩치형사가 원남이에게 그랬던 것처럼 똑같이 되물어보자, 빨간 티는 미리 준비라도 하고 있었는지 거침없이 술술 불었다. 그래도 그 애는 고 1이나 되었다. 대기실 한쪽 구석에서 쪼그리고 앉아 불안과 초조함으로 시간을 세고 있을 때, 조사계 문을 열고 들어오는 태수 삼촌이 눈에 보이자, 원남의 눈이 번뜩 커졌다. 역시 군복 바지에 점퍼 차림이었다. 뒤이어 엄마가 물이 떨어지는 우산으로 접어들고 걱정이 가득한 얼굴로 들어왔다.

"정원남이라고 조칸데 연락받고 왔습니다. 무슨 일입니까?"

태수 삼촌이 입구에 앉아있는 형사에게 묻자, 뭐라고 설명하는 것 같더니 안으로 들어가라고 손짓했다.

"어, 저기 앉아있네! 짜식, 뭐야 이 바보야. 흐흐."

태수 삼촌은 단박에 알아보고 찾았는데, 엄마는 아직도 찾지 못해 계속 두리번 거렸다. 엄마표 아이라인이 눈물에 범벅이 되고 엄마표 립스틱을 빨갛게 칠한 삐에로 같은 얼굴로 큰 눈만 껌벅이며 울먹이고 있는 원남이를 알아볼 수가 없었던 모양이었다. 섭섭한 마음에 엄마를 부르며 울음을 터뜨리자 그때야 사랑하는 막내딸님의 기가 막힌 모습을 찾아냈다.

"아이구! 이게 누구야. 아이구 하나님 맙소사 이 꼴이 뭐냐 응? 도대체 뭐가 어떻게 된 거라니?"

생전 처음 이상한 모습으로 앉아있는 딸을 본 엄마가 큰일이나 난 것처럼 가슴을 움켜쥐고 절래, 절래, 머리를 흔들었다.

"뭐, 별거 아니구만. 친구들하고 다방에 들어가서 커피 마시다 단속반에 걸렸대. 아마 학생이구 미성년자니까 그랬던가 봐. 아, 저만 할 땐 호기심으로 한 번씩 그럴 수도 있지 뭐."

태수 삼촌이 원남이에게 눈을 찡긋해 보이며 별것 아닌 것처럼 말을 돌렸다. 고마웠다. 태수 삼촌이 정말 고마웠다.

"아무리, 다방에서 커피 좀 마셨다구 잡아 왔겠어? 학생 년이 저 꼬라지 하고 다니니까 잡아왔겠지. 하유, 내가 못 살어 아니 집에서 멀쩡하게 하고 나간 년이 저 꼴 하고 여긴 왜 와서 앉아 있냔 말이야."

엄마가 소리는 지르지 못하고 커지려는 목소리를 꾹꾹 눌러 삭히느라 손으로 가슴만 치고 있었다.

태수 삼촌이 남산 덩치 형사가 내밀은 각서장에 서명을 하고 나서야 불운의 원남이도 엄마의 감시 속에 족쇄 채인 죄수가 되어 한 많은 수사계를 빠져나왔다. 대기실 동기인 빨간 티가 부러운 눈으로 바라보고 있었다. 밖은 어둡고 비가 내리고 있었다. 혹시나 하는 마음에 원남은 사방을 휘둘러보았지만 안타깝게도 아무도 보이지 않았다.

경찰서 정문 앞으로 택시 한 대가 물탕을 튀기며 들어와 멈춰 섰다. 남자 하나가 비를 피해 내리기가 무섭게 꽁지가 빠지라고 경찰서 안으로 냅다 뛰어들어갔다. 태수 삼촌은 여유 있게 앞자리 조수석에 앉았다.

"뭐해, 이년아 꼴도 보기 싫어. 빨리 타란 말이야."

엄마가 원남이의 배신감에 이를 물고 소릴 질렀다. 아마 집에 가면 잡아 죽일 모양이었다. 엄마는 눈도 마주치기 싫은지 고개를 창 쪽으로 돌려 버렸다. 원남이도 빗물에 어려 잘 보이지 않는 창문을 손으로 닦아가며 내다보다가, 눈이 번쩍 커졌다. 있다! 테리우스가 거기 있었다. 분식집 처마 밑에서 지금까지 저렇게 기다렸던 것 같았다. 매정한 택시가 골목길을 빠져나가자 테리우스의 모습이 아쉬움만 가득 남긴 채 까맣게 멀어져 버렸다. '오빠, 미안해. 정말 미안해.' 초라하게 서 있던 모습이 지워지지 않아 안타까운 마음에 가슴이 저려왔다. '다방에 들어가자는 말만 안 했어도 이런 일은 없었을 텐데 나 때문이야 모든 게 다 나 때문이야.' 때늦은 후회와 뭔지 모를 서러움 같은 것이 가슴속에서 치밀어 오르자 자신도 모르게 코를 훌쩍 거렸다.

"이년아, 뭘 잘했다구 훌쩍거려? 학생 년이 경찰서가 다 뭐야 응? 요즘 공부도 잘하구 말도 잘 듣길래 이뻐 했더니 어휴, 정말 요년이 뒷구멍으로 이 지랄하구 다닐려고 연막을 친 거야 연막을, 난 그것도 모르고 속았으니 이년 두고 봐 집에 가서 가만 놔두나."

엄마의 목소리가 커지면서 분을 삭이지 못해 어깨를 들썩이며 가쁜 숨을 몰아쉬었다.

"누나, 아무것도 아닌 일 가지고 괜히 일을 크게 벌이지 말고 그냥 우리끼리만 알고 있는 걸로 합시다. 내년에 고등학교도 들어가야 하는데 괜히 애 기 죽이지 말구 공부나 잘하라고 그냥 눈 감아 줍시다."

최고다. 역시 태수 삼촌밖에 없었다. 남자라면 저 정도 포용력쯤은 가지고 있어야 할 게 아닌가? 오늘따라 태수 삼촌이 더욱더 멋지게 보였다.

"너, 입고 있던 옷은 어쨌어?"

"저기, 음 우신국민학교 앞에 있는… 제과점에… 맡겼어."

"어휴, 내가 못살어. 아니 니 옷이 왜 빵집에 있냐구?"

태수 삼촌의 변호에 다소 가라앉았던 목소리가 다시 커졌다. 조금만 건드려도 곧 터질 것만 같았다.

"아, 그거야 거기다 맡겼겠지 뭐. 아, 좀 조용히 말하슈. 애 간 떨어 지겠수."

"아저씨, 도림동으로 가지 말고 신길동 우신국민학교 앞으로 가주세요."

기사 아저씨가 룸미러 속에 들어있는 엄마와 원남이를 힐끔 올려다보았다. 택시가 신경질 부리듯 물탕을 튀기며 파리제과점 앞에서 멈췄다.

"누나, 우리도 간만에 빙수 한 그릇 먹어 봅시다."

"얘는, 지금 이 판에 빙수가 넘어 가냐?"

"아니, 안 넘어 갈 건 또 뭐 있슈. 누가 죽길 했소? 도망을 갔수? 나 참 그래도 사랑하는 딸내미 아무 탈이 없이 눈앞에 있는 걸 감사하게 생각하슈."

태수 삼촌이 어떻게 던 일이 확대되지 않게 하려고 특별 변호인이 되어주었다.

원남은 변신했던 모습을 다 지우고 화장실 벽 거울 앞에 다시 서 있다. 거울 속에는 슬픈 표정의 소녀 하나가 보였다. 그 위로 초라하게 서 있던 테리우스의 슬픈 모습이 겹쳐져 보인다. '어떻게 잘 갔을까? 다음 약속도 못 했는데 어떻게 만나야 하나?' 태산이 걱정 같은지 걱정이 태산 같은지 엄마와 태수 삼촌은 저만큼 뒷전에 물러나 있었다.

"어이구, 그래. 이쁘다 이뻐. 이제야 원남이 같네. 야, 아까는 영화 배운 줄 알았어 임마. 화장하니까 사람까지 달라 보이더라. 근데 원남인 지금 이 모습이 더 이뻐 최고야 넘버 왕이야 넘버왕. 하하하"

태수 삼촌의 호탕한 너스레에 엄마도 할 수 없이 쓴웃음을 짓고 말았다. 엄마가 그냥 나오기가 미안했던지 잘 먹지도 않는 식빵을 두 개씩이나 샀다. 세 사람은 아무 말 없이 동네로 가는 길목으로 들어섰다. 빗방울이 굵어지며 우산 위로 떨어지는 빗소리만 점점 더 커져 갔다.

＊　＊　＊　＊

"어구야, 우리 공주님이 오늘은 어느 쪽 무릎이 깨지셨나! 요즘 엄청 바쁘시던데 그래 사업은 잘 되시구?"

은주 언니가 빈정대며 시비를 걸어왔다.

"언니, 나 좀 그냥 내버려둬 언니가 자꾸 이러면 나 그냥 창밖으로 뛰어 내릴지도 몰라."

"아니, 애 좀 봐라. 이젠 자살 협박까지? 오늘 뭔 일이 잘 안 됐나 본데 그래 알았다 알았어 그 심정 내가 이해한다. 그런데 말이야 이상해 분명 무슨 일이 벌어지고 있어 냄새가 난단 말이야."

뚱돼지같이 살만 잔뜩 쪄 미련 맞아 보이지만 그건 잘못된 판단이었다. 눈치 하나는 여우같이 빨랐다. 한마디로 돼지 같은 여우였다. 창문 밖에 는 또다시 굵어진 장대비가 하염없이 쏟아져 내리고 있었다.

십자가 별판과 호박밭 그리고 천막교회

스피커에서 '엘리자를 위하여'가 울려 퍼지며 기다리던 점심시간을 알리
자 삼삼오오 짝을 만든 학생들이 매점으로 몰려갔다. 매점 옆의 조그만
나무 의자에 원남이가 청승맞게 혼자 앉아있다. 요즘 계속 혼자다. 귀찮
게 캐물으며 따라붙던 미선이도 포기했는지 아예 눈길도 주지 않고 다른
애들하고만 놀았다. 그러나 섭섭하다거나 야속하다는 생각을 할 겨를이
없다. 기약 없이 헤어진 테리우스 생각으로만 가득 들어 차있는 머릿속에
는 그런 일쯤은 신경 쓸 자리가 없었다. 쏟아지는 비를 피해 분식집 처마
밑에 초라하게 서 있던 테리우스 모습만 눈앞에 아른거릴 뿐이었다. 미선
이가 패거리들과 매점으로 들어가더니 잠시 후 원남이가 좋아하는 크림
빵 두 개와 우유 한 통이 담긴 봉지를 들고 다가와 슬며시 건네주었다.

"자, 먹어. 어쩌면 이게 너에게 주는 마지막 선물이 될지도 모르겠다."

엉뚱한 말을 심각하게 던져놓고 그냥 돌아서는 걸 원남이가 불러 세웠다.

"미선아, 왜 그래? 요즘 왜 말도 안 붙여? 마지막은 또 뭐구?"

"왜 그러냐구? 나 같은 년이 말 붙일 자격이 있냐? 내가 오죽 못나고 친
구라는 믿음이 없으면 친구라는 네가 마음속에 있는 말을 못 하겠냐. 그
러나 나는 원망 안 한다. 내가 못난 년이야 친구에게 아무런 도움도 줄
수 없는 나 같은 년은 그저 죽어야 해. 원남아 그동안 너무 고마웠어― 잘

있어- 안녕.”

미선이가 말릴 겨를도 없이 돌아서서 교실 쪽으로 뛰어가 버렸다. 물론 두 손으로 가린 얼굴은 혀를 날름 내밀은 메롱하는 표정이었다. 역시 고단수인 미선이의 어설픈 연기에 원남이가 또 속아 주었다.

“오, 그래 내 기다릴 줄 알았도다. 너 만약에 오늘도 그냥 갔으면 진짜로 절교하고 한강 물에 뛰어들려고 했단 말이야 이 기집애야.”

“미선아, 떡볶이 먹으러 갈래?”

“알았어 대신 많이 사야 해. 떡볶이 먹어 본 지가 꽤 오래됐거든 한 이틀이나 되려나?”

시도 때도 없는 미선이의 너스레를 들으며 똘이네 분식집으로 들어갔다. 주인아줌마가 떡볶이에다 무슨 마술 가루를 섞었는지 맛이 기가 막혀 분식집은 항상 학생들로 붐볐다. 입 언저리에 뻘건 국물을 묻혀 가면서 무슨 할 말이 그렇게들 많은지 왁자지껄, 조잘조잘 마치 도떼기시장 같았다. 가게 안을 둘러보던 미선이가 팔자 눈썹을 만들더니 한마디 던졌다.

“이것 보세요, 후배 언니들 우리 먹을 땐 조용히 먹자 알았나 앙?”

끝말에는 작은 눈이 커지며 이빨을 물자 떡볶이집은 갑자기 조용해졌다. 학교에서 제법 얼굴이 알려진 미선이의 공갈이 먹힌 것이다.

“그래, 요즘 네 표정이 너무 심각해 보여서 눈치만 보고 있었거든 근데 쟤가 왜? 나한테 말을 안 하고 있을까 한편으론 섭섭했어. 지금까지 나에 대해 믿음이 고것밖에 안 되나 해서, 기집애야 알어?”

“아냐, 그런 건 절대 아냐 내가 너 말고 누가 있겠니 기회를 봐서 말해 주려고 했단 말이야 그런데, 안 좋은 일이 생겨서 그랬어- 사실은… 나 있잖아… 오빠 하나 사귀고 있었거든.”

“알아, 그 정도쯤은 대충 짐작 하고 있었어. 너 반지 맞출 때부터 알아봤어. 나는 혹시나 고춧말 패거리 중에 누군가 하고 생각해 봤는데 아무리 네 눈에 콩깍지가 씌었다 해도 개내들은 아닐 것 같더라고 그래, 그래서?”

미선이가 궁금해 속이 타는지 물 한 컵을 벌컥대며 단숨에 들이켰다. 원남은 주위에 눈치를 살피더니 처음부터 지금까지 있었던 상황을 손짓 발짓을 섞어가며 털어놓기 시작했다. 고촛말 패들에게 봉변을 당할 때 테리우스가 짠, 하고 나타나서 빡빡이를 혼내주고 자기를 구해준 이야기부터, 여의도 광장에서 자전거 가르쳐준 이야기, 치사한 마포 이소룡 패들을 진짜 이소룡처럼 간단하게 물리친 이야기를 할 때쯤엔 원남의 입에도 침이 가득 고였다. 물을 한 모금 마시고 숨을 돌린 후 계속 이야기를 이어갔다. 한 참을 종알대다 '별들의 고향'을 본 이야기에서는 침을 한번 꿀꺽 내려 삼켰다. 그리곤 얼굴도 점점 빨개지면서 목소리까지 작아져 소곤거렸다. 그러다 깜짝 변신하고 영등포 상아탑 다방에 들어가서 신청곡까지 들었다는 대목에서는 미선이가 배가 아파 몸을 비틀었다.

"어머, 어쩜. 기집애 꽤나 좋았겠다."

계속 감탄사를 내뱉으며 정말로 부러워하는 눈치였다. 그러나 경찰들이 들이닥쳐 테리우스가 장발 단속에 걸리고 자신은 미성년자가 유흥업소에 출입한 죄라는 걸 뒤집어쓰고 닭장차를 타고 끌려갔다는 이야기 하자, 미선이가 손뼉을 치고 발까지 굴러가며 까르르 넘어갔다. 건너편 자리에 후배 애들이 '뭐야, 조용하라고 해 놓고 지들이 더 떠들잖아.' 하는 눈치였다.

"그게 다, 외롭고 불쌍한 친구를 따 돌려놓고 너 혼자만 즐거움을 맛본 죄의 대가라는 걸 알아야 해 이 기집애야. 아이고, 고소하다 고소해. 그래서 집안이 발칵 뒤집혔겠네?"

"엄마하고, 삼촌이 와서 각서 쓰고 나왔거든 다행히 태수 삼촌이 변론을 잘 해줘서 그냥 엄마만 알고 있는 선에서 끝나고 말았는데 문제는 상황이 그렇게 되는 바람에 테리우스와 아무런 기약도 없이 헤어졌다는 거야- 어떻게 만날 방법도 없고."

어두운 표정으로 바뀐 원남은 조그만 포크로 애꿎은 떡볶이만 토막토

막 잘라 놓았다.

"아이고, 답답해 아니 집이 어딘데? 어느 학교 다니는데? 고삐리야? 대삐리야? 학교 앞으로 가면 되잖아. 아이고, 바보야 그래 가지고 무슨 연애를 한다고 그러냐? 가자 나랑 가자. 내가 가서 찾아 줄게."

간단한 걸 가지고 뭘 그렇게 고민하냐며 답답해하는 미선이를 바라보다 테리우스가 한강 변에서 심각하게 했던 말이 떠올랐다. '니가 내를 아무리 생각한다 케도 느그 친구들한테 니가 만난 오빠가 넝마주이라꼬 자신 있게 말하지는 몬 한다 아이가?'

"미선아, 내가 만나는 오빠 사실은 재건대에 있는 오빠야. 넝마주이란 말이야 알겠어?"

속이 시원했다. 가슴 한구석에 뭉쳐있던 덩어리가 단번에 풀어 없어지는 그런 느낌이었다.

"야, 이 기집애야 그 말하기가 그렇게 힘들었냐?"

미선이가 원남의 예기치 못한 갑작스러운 고백에도 의외로 덤덤한 표정을 지었다.

"나, 우리 엄마 생선 다라이(함지박)이고 다니며 생선 장사 한다는 거 너한테 이야기했고 우리 반 애들이 다 알아. 우리 아빠 처음엔 쓰레기 니야까(리어커) 끄시다가 지금은 연탄 니야까 끄시는 거 너한테 다 말해 줬어. 나는 하나도 부끄럽지 않았어. 하나도 쪽팔리지 않았다구 알어? 이 기집애야 남 사기해 처먹고 도둑질 하구도 뻔뻔하게 얼굴 내밀고 사는 세상에 얼마나 떳떳하고 자랑스럽냐. 재건대면 어때? 넝마주이면 또 어때? 네가 그렇게 심각하게 고민할 정도로 좋아하는 사람이라면 문제가 될 게 뭐 있냐? 너희 집 부자겠다. 네가 평강공주가 되어 바보 같은 테리우스를 온달 장군으로 만들어 주면 될 게 아니냐?"

미선이가 대견스럽고 고마웠다. 까불고 덜렁대는 친구로만 알았었는데 저렇게 어른스러우리만큼 속이 깊은 구석이 있었다니, 고민했던 자신이 어린애가 되어 버린 것 같았다.

"야, 거기가 어딘데? 찾아가면 될 것 아냐?"

"얘는, 거길 어떻게 찾아 가냐? 무서울 텐데."

"바보야, 무서울 게 뭐가 있어 사랑하는 사람이 있는 곳인데 나 같으면 지옥문이라도 열고 들어가겠다. 가자 내가 같이 가 줄게. 너 그러고 있는 거 보면 내가 복장 터져 못 살겠다. 빨리 가자구. 하여간 네년 때문에 내가 제 명에 못 산다니까."

미선이가 나머지 떡볶이를 포크로 한꺼번에 다 찍어 입안 가득 집어넣었다. 원남이도 테리우스가 하늘만큼 보고 싶은 마음이라 든든한 미선이가 같이 가준다는 말에 막연하나마 기대를 걸어보며 똘이네 분식집을 빠져나왔다. 둘이는 설레는 마음으로 대신 시장 건너편에서 버스를 기다렸다. 정류장은 학교가 끝나는 시간이라 근처의 다른 학교 학생들과 뒤섞여 북새통을 이루었다. 줄을 서고 있다가도 버스가 저만큼 앞에 가서 서는 바람에 기다린 보람도 없이 우르르 몰려가 먼저 타는 사람이 임자였다. 하루에도 몇 번씩 이런 생난리를 쳐가며 통학하는 학생들이 대단하다고 생각했다. 다행히 버스가 둘이 서 있는 곳으로 오는 바람에 고생 안 하고 쉽게 버스에 오를 수가 있었다. 안내양 언니가 버스에 매달려 '오라이 잇'하고 소리를 지르자, 버스 기사 아저씨가 좌측으로 급 핸들을 꺾어 버스 안 사람들을 왼쪽으로 쏠리게 만들어 버스 안에 꽉 차있는 사람들을 추슬렀다. 그 순간 삐져나온 사람들로 절대로 닫지 못할 것 같던 출입문이 안내양 언니가 엉덩이로 사람들을 밀어 넣으며 재빠르게 돌아서자 간단하게 닫혀 버렸다. 팔뚝이 굵고 힘 좀 쓰게 생긴 안내양 언니가 꽤 경륜이 있어 보였다. 가끔은 신참 안내양들이 기사 아저씨와 호흡이 안 맞아 문을 못 닫고 다음 정거장까지 매달려 가는 걸 본 적도 있었다. 또, 매달려가다 떨어져 크게 다쳤다는 이야기를 들었던 적도 있었다. 갑자기 둘째 언니뻘 돼 보이는 안내양 언니가 측은해 보였다. 버스가 우신국민학교 앞

정류장에서 찡겨있던 사람들을 겨우 내려놓았다. 바로 앞에 파리제과점이 보이자, 테리우스와 빙수 먹던 생각이 떠올랐다. 오늘 정말 만날 수 있을까? 보고 싶은 마음이 점점 더 커져갔다. 출입구 쪽에서 서너 명의 학생들이 내리는 바람에 이번에는 안내양 언니가 가볍게 문을 닫았다.

"미선아, 조금만 더 가면 내려야 하니까 우리 앞으로 나가자. 이쪽으로 와."

일부러 안 비켜 주는 남학생들 틈 사이를 애를 쓰며 나가려는 원남이의 콧등엔 땀방울이 동글동글 열려있고, 미선이의 이마에선 땀방울이 너무 익어 줄줄 흘러내렸다. 안내양 언니도 지친 목소리로 소리쳤다.

"수녀원, 내리실 분 안 계쇼오."

"어휴! 내려요!"

원남은 숨넘어가는 소리로 대답하며 비집고 나가 신길동 수녀원 앞에서 내렸다.

"어후 야, 차 타고 통학하는 애들 정말 대단하다 대단해. 나는 두 번만 통학했다간 니 말마따나 제 명에 못 살겠다."

원남은 손수건으로 땀을 닦아가며 엄살을 부렸다.

"야 이 기집애야 하루에 버스를 두 번 세 번씩 갈아타고 다니는 애들도 얼마나 많은 줄 알어? 너 그런 소릴랑, 두 번 다시 입 뻥끗도 하지 말어라 알았냐? 고춧말 고개 넘어다니는 것도 행복한 줄 알란 말이야. 에이고, 너처럼 복에 겨운 년이 뭘 알겠니."

미선이도 땀을 닦으며 구멍가게로 가더니 쭈쭈바를 네 개씩이나 사서는 꼭지를 가위로 잘라 원남이에게 내밀었다. 둘이는 쭈쭈바를 입에 물고 십자강 벌판을 향하여 힘차게 걸어나갔다. 저만큼 앞에서 사각으로 다져진 파지덩이를 차 지붕보다 두 배는 더 높이 실은 트럭이 덜컹대는 비포장 길을 뿌연 먼지를 일으키며 달려오고 있었다. 아마 이 동네 끄트머리쯤에 재건대 막사가 있는 것 같았다.

"미선아, 만약 없으면 어떡하니? 그리고 만나게 되면 무슨 말부터 하지?"

"하이고, 얘는 별걱정을 다 하세요. 그냥 오빠, 보고 싶었어요. 밤이면 밤마다 오빠 생각에 잠 못 이루고 책을 펴면 책 속에서, 밥을 먹을 땐 국 속에서도 오빠의 얼굴이 떠올라 너무너무 보고 싶고 궁금해 이렇게 천 리 먼 길 마다않고 찾아왔어요. 오빠! 흐흑. 하면 되지 뭐 무슨 특별한 대사가 정해진 것도 아닌데 뭘 걱정하냐?"

미선이가 너스레를 떨어가며 또 신파조의 삼류 연기를 해 댔다.

"아유 얘는, 책을 펴면 책 속에서까지는 좋았는데 국 속은 너무 심했다."

"여보세요, 앞에 있는 콩나물이란 기막힌 대사를 빼버린걸 다행인 줄로 아세요."

둘이는 그 말이 그렇게도 우스웠던지 한참 동안 깔깔대며 골목길을 걸어나갔다.

시멘트 블록으로 낮게 쌓은 벽에 슬레이트 지붕으로 덮힌 집들로 다닥다닥 붙어있는 동네를 벗어나자 드디어 파란 벌판이 시원하게 눈에 들어왔다. 원남이가 자신의 방에서 멀리 바라다보던 그 십자강 벌판이 바로 눈앞으로 파랗게 펼쳐져 있었다. 원남은 반대로 자신이 살고있는 동네를 바라다보았다. 일요일 아침이면 '땡강땡강' 하고 울리던 도림동 천주교의 종탑이 멀리 보이고 크라운 맥주 공장 건물 꼭대기의 하얀 조형 탑이 가물가물 눈에 들어왔다. 그러나 처음으로 반대편에서 바라다보고 있는 자신의 동네가 왠지 더 낯설어 보였다.

십자강 웅덩이 매립장 위로 커다란 군용 막사 세 개가 나란히 지어져 있는 게 보였고 옆에는 폐차된 버스 한 대가 놓여 있었다. 둘이는 살금살금 다가가 안쪽을 살피기 시작했다. 넓고 둥근 큰 마당 한구석에는 배구 코트까지 설치해 놓았고 개들을 몇 마리나 키우는지 큰 개집 세 개가 나란히 있었다. 아무렇게나 얼기설기 엮어서 만들어진 나무문 기둥에는, '영등포 재건대 신길1지부'라는 길 다란 나무 현판에 흙탕물이 튀긴 게 말라 붙어있어 재건대가 새건대로 보였다. 둘이서 정신없이 재건대 앞마당을 기웃거리고 있는데 갑자기 등 뒤에서 가쁜 숨을 몰아쉬며 다그치는 아저 씨의 음성이 들려왔다.

"어허, 이런 지저분한 곳에 학생들이 뭘 보실 게 있다고 그렇게 기웃거 리시나."

"엄마얏!"

"에베, 배!"

원남은 엄마야를 부르고 미선이도 크게 놀랐는지 이상한 비명을 지르 며 뒤를 돌아다보았다. 순간, 원남은 또다시 놀라 다리에 힘이 빠져 그냥 주저앉을 것만 같았다. 뒤에 서 있는 사람은 바로 해골 문신 망태였던 것 이었다.

"아이 씨, 아니 아저씨 그렇게 아무 기척도 없이 뒤에서 소릴 지르면 어 떡해요. 사람 간 떨어지게."

역시 미선이다웠다. 미선이는 해골 문신 망태가 하나도 무섭지 않은지 다리까지 흔들었다.

"아니, 누가 소리를 질렀다고 그러냐? 가뜩이나 힘들어 죽겠는데 너희 들이 문을 막고 있으니까 그랬지. 그리고 너희 아무 잘못도 없는데 왜 놀 랬니? 너희들 무슨 잘못 했니?"

"하이고, 아저씨 잘못은 우리같이 선량한 학생이 무슨 잘못이 있겠어 요. 사실은 누구 좀 만나려고 왔거든요? 네가 말해봐라."

"저기요, 장민식 오빠 좀 만나려고 그러는데요. 만날 수 있을까요?"

원남이가 차분하게 목소리를 가다듬어 예쁘게 말했다.

"오호라! 그럼 학생이 도림동 이층집 아가씨로구만."

어떻게 알았는지 해골 문신 망태도 원남이를 알고 있었다. 원남은 조금 전의 놀란 가슴이 해골 문신 망태 아저씨의 인자하고 정감 어린 목소리에 조금씩 안정이 되어갔다. 그리고 그토록 무섭게만 느껴졌던 감정이 몇 마디 대화를 나누는 사이 그동안 자신이 오해하고 있었다는 걸 알게 되었다.

"그런 데 아마 지금 없을걸? 우리 장학생 지금쯤 영등포 학원에서 고시 공부하고 있을 텐데."

"장학생이라뇨? 그게 무슨 말이죠?"

원남은 이제는 해골 문신 망태가 무섭지 않은지 정면으로 눈을 맞추며 물었다. 시커멓게 그을린 얼굴에 흥건하게 흘린 땀을 장갑 낀 손으로 연신 닦아대는 모습이 열심히 일하는 여느 집 아저씨와 다를 바 없이 평범하고 인자하게 보였기 때문이었다.

"아, 그놈이 공부 하나는 잘하거든. 어린 나이에 담배나 피우고 쌈질이나 하는 애들하곤 차원이 다른 애야. 생각이 아주 착하고 건실하지 일도 열심히 잘하고 그래서 우리 대원들이 회의해서 그놈 검정고시 공부하는 데 학비 좀 보태기로 했거든. 마음 놓고 공부하라고 말이야. 허허허."

세상에, 원남과 미선이가 지금까지 생각해왔던 망태 할아버지의 무시무시한 전설이 단번에 와르르 무너지고 있었다.

"아마, 조금 있으면 올 시간이 다 돼가니까 저기 휴게실 버스에 가서 기다려라. 벌판 바람이 바로 들어와 생각보단 시원하거든."

내려놓았던 파지가 수북이 담긴 망태를 힘겹게 다시 짊어메고 들어오라는 손짓을 하며 앞장서 들어갔다.

"얘, 우리 진짜 안으로 들어가서 기다릴까?"

"하이고, 무섭다고 할 때는 언제고 왜 맘이 바뀌셨을까? 알았다 기집애야 나 따라와."

망설이던 둘은 혹시 개라도 뛰어 나올까 봐 살금살금 폐차 버스가 있는 곳으로 살며시 다가갔다. 버스 안에는 의자를 다 떼어내 생각보단 넓었고 깨끗해 보였다. 버스 뒤쪽엔 책장이 있어 수백 권의 책들로 잘 정리가 되어 있었다. 버스 중앙에는 군데군데 때웠지만 비교적 멀쩡한 가죽 소파가 양쪽으로 놓여있고 어디서 주워왔는지 한쪽 귀퉁이가 잘려나갔지만 멀쩡했을 땐 제법 대우를 받았을 법 한 원목 탁자가 가운데를 차지하고 있었다. 활짝 열어놓은 창문으로 파란 십자강 벌판 바람이 바로 들어와 선풍기 바람보다도 더 시원했다. 둘이는 바깥동정을 살피다 책장에서 책을 한 권씩 골라 보았다. 부잣집 책장의 진열품 대열에 꼭 끼어들어 가는 삼국지와 세계문학 전집 같은 책들도 많이 있었다. 그렇게 귀한 책들이었건만 아마 어느 부잣집 주인에게 버림받고 버려졌던 모양이었다.

이때 밖에서 웅성대는 소리가 들려왔다. 맨 앞에 있는 막사 쪽에서 몇 사람이 나오더니 둘이서 숨죽이고 있는 휴게실 쪽으로 다가오고 있었다.

"어떡해, 어떡하면 좋지?"

원남은 또 겁을 내기 시작했다.

"가만있어봐, 아까 그 아저씨도 오니까 괜찮을 거야. 아저씨가 여기서 기다리라고 그랬잖아. 우리가 함부로 들어온 게 아니니까 겁낼 것 없다구."

역시 미선이다웠다. 손가락에 침까지 발라 책장을 넘겨 가며 태연하게 말했다.

"아이구, 이렇게 누추한 곳을 최초로 방문해주신 우리 천사님들에게 하나님의 은총이 내리시길 진심으로 기도 드립니다."

원남이네 동네를 담당하는 털보망태 아저씨가 수박 몇 쪽과 새우깡 봉지가 담긴 쟁반을 받쳐 들고 온화한 미소를 지으며 들어왔다.

"자, 우물 속에서 방금 꺼낸 거니까 시원할 겁니다. 맛있게 드시고 우리 장학생이 올 때까지 마음 푹 놓고 기다리세요. 에, 본인들이 어련히 알아서 잘하겠지만, 지금의 진실된 마음을 변치 말고 앞으로 닥칠 어떠한 역경이라도 두 사람이 힘을 합하여 헤쳐나간다면 결국엔 하나님의 영광과 사랑을 그리고 기쁨과 행복을 모두 주실 겁니다. 언제 어디서나 항상 감사하는 마음으로 기도 드리세요. 허허 허. 그럼 두 분이 말씀 나누시고 편히 쉬세요. 김 형, 우린 나가세 우리가 있으면 불편할 테니까."

털보망태 아저씨가 설교인지 주례사인지 알쏭달쏭한 말을 남기고는 해골 문신 망태 아저씨와 그윽한 미소를 띠면서 내려가 버렸다. 지금까지 무섭게만 생각했던 망태 할아버지의 이미지가 산타 할아버지로 바뀐 것 같은 느낌이었다. 둘이는 설마 이런 곳에서 이런 환대를 받을 줄은 꿈에도 생각하지 못했다. 십자강 벌판의 시원한 바람이 휴게실 안 가득히 채워 놓고는 슬며시 눈치를 살피며 나가 버렸다.

책장을 건성으로 넘기며 연신 창밖을 내다보던 원남의 눈이 갑자기 커지면서 드디어 테리우스가 마당으로 들어오는 것이 보였다. 챙이 긴 빨간 모자를 썼지만, 틀림없이 테리우스였다. 털보망태 아저씨가 손짓으로 버스 휴게실을 가리키는 걸로 보아 원남이가 왔다는 걸 말해주는 것 같았다. 테리우스가 단숨에 휴게실로 뛰어왔다.

"우화, 우예 된기고? 연락도 업시 여긴 우예 알았노. 우와."

휴게실 안에 원남이가 앉아 있다는 게 실감이 안 난다는 듯 테리우스의 하얀 입이 크게 벌어져 언젠가처럼 우화 소리만 연발했다.

"그때, 오빠하고 그냥 그렇게 헤어지고 너무 궁금해서 어떻게 연락할 길도 없고, 우리 집에서 보면 여기가 보이거든 확신은 안 섰지만, 혹시나 여기 오면 만날 수 있지 않을까 싶어서… 참, 미선아 인사해 내가 말한 오빠야 얘는 나하고 제일 친한 친구고."

"장민식이라 캅니데이. 잘 쫌 부탁하입시데이."

테리우스가 챙 이긴 모자를 벗으며 꾸벅 인사를 했다. 장발 단속에 걸려 잘린 머리를 아예 스포츠형으로 짧게 깎아 마치 군대에서 첫 휴가 나온 앳된 군인처럼 보였다.

"아, 예 박미선이라고 합니다."

미선이의 눈이 반짝 빛났다. 테리우스의 행동을 하나하나 유심히 살피며 점수를 매기고 있다. 원남이가 테리우스 자랑을 할 때마다 너무도 궁금했었는데, 검게 그을린 얼굴이지만 이목구비가 뚜렷하고 특히 눈이 크고 맑으며 눈썹이 짙고 콧날이 오똑하고 운동으로 다져진 것 같은 군살 하나 없는 늘씬한 체격 조건이 한마디로 미선이도 최상의 점수를 줄 수 있는 아름다운 눈을 가진 소년이라고 생각했다.

"오빠, 우리 나가자 응?"

밖에는 어디 숨어 있었는지 들어올 땐 안 보이던 송아지만큼 커 보이는 개들이 아까부터 어슬렁거리는 게 마음에 걸려 빨리 이곳에서 벗어나고 싶었다.

"그래, 나가제이. 자, 나갑시데이."

테리우스가 따라붙으려는 개를 쫓으며 앞장서 나가자 둘이도 떨어질세라 바짝붙어 뒤쫓아 나갔다.

"원남아, 그럼 나는 여기서 갈게. 재미있게 놀다 와."

눈치 빠른 미선이가 테리우스와 단둘이 있고 싶어 하는 원남이의 마음을 읽고 있었다.

"와 가능교? 같이 있다 가지."

어색하게 서 있던 테리우스가 멋쩍은 표정을 지었다.

"아, 네 집에 일이 있어서요. 다음 기회에 보죠 뭐. 원남아, 그럼 갈게 안녕."

수녀원 담을 따라 멀어져 가는 미선이의 뒷모습이 어딘가 모르게 쓸쓸해 보였다.

"오빠, 우리 저쪽 십자강 벌판에 있는 천막 교회에 가볼래? 나 우리 집 창가에서 바라볼 때마다 언젠가 꼭 한번 가봐야지, 했거든?"

"천막 교회? 거긴 길이 안 좋아 잘 몬하면 빠질 낀데 우짜 것나 가봐야지. 그란데 니 저번에 우예 됐노."

"어? 응, 그냥 그렇게 끝났지 뭐. 엄마하고 삼촌이 왔었는데 이제는 죽었구나 했거든? 근데 삼촌이 엄마를 잘 설득 시켜서 세 사람의 비밀로만 남기기로 하고 무마됐어. 근데, 그날 오빠도 어떤 가게 앞에 서 있는 걸

봤는데 오빠 맞지? 오빠였었지?"

"그래, 내도 니가 느그들 식구하고 택시 타고 가는 거 봤데이. 허지만 우야겠노 내도 그냥 와 버렸제."

궁금했던 일들을 풀어가며 걷던 두 사람이 어느덧 파란 논이 펼쳐져 있는 논둑길로 접어들었다. 논둑길은 길이 좁아 두 사람이 함께 걸을 수가 없게 되었다.

"오빠, 이런 데 뱀 있잖아. 뱀 나오면 어떡해?"

"괘안테이, 이런데 사는 논 뱀은 독이 없어가 물려도 괘안테이."

"오빠는, 보기만 해도 무서운 데 물리기까지 하면 어쩔려구."

"하이고마, 알았다 내 뒤에 따라 온나. 내가 다 쫓아 줄게."

테리우스가 쉬쉬 입으로 소리 내며 앞장서 걸었다. 그 뒤를 놓칠세라 좁은 논둑길을 넘어질 듯 중심을 잡으며 바짝 뒤쫓아갔다. 원남이가 발걸음을 옮길 때마다 메뚜기 떼들이 후두둑 소릴 내며 날아가는 바람에 겁먹어 크게 뜬 눈이 더 커져버렸다.

"원남아, 니 발밑에- 풀 밟밧데이."

"엄마얏! 어휴 뭐야 오빠, 놀리지 마. 난 뱀이 젤 무섭단 말이야 흥, 흥."

테리우스는 재미있어 웃음보를 터뜨리고, 원남이는 무서워 울음보를 터뜨려가며 좁은 논둑길을 벗어났더니 이번엔 호박밭을 가로지르는 밭고랑 길이 기다리고 있었다. 그래도 밭고랑 길은 교인들이 오가는 발걸음으로 다져져 있어, 이 길이 천국으로 가는 길이라며 단단하게 천막 교회까지 이어져 있었다. 이제는 둘이 걸을 수 있을 만큼 넓어진 밭고랑 길을 따라 다정하게 손을 잡고 웃으면서 걸었다. 드디어 천막 교회가 눈앞에 나타났다. 천막 교회는 바람이 잘 통하도록 천막 밑을 둘둘 말아 올려놓았다. 안쪽에는 기다란 나무의자가 양쪽으로 나란히 놓여있고 맨 앞쪽 중앙에는 조그만 단상이 놓여있었다. 그리고 단상 뒤쪽 벽에는 이곳이 교회라는 걸 증명이라도 하듯 거룩하신 예수님의 십자가가 지붕 위로 새어 들어온 빛을 받으며 성스럽게 걸려 있었다. 교회 안은 아무런 인기척도 없이 그냥 텅 비어 있었다.

"오빠, 우리 잠깐 들어가서 기도하고 가자 응?"

기웃거리던 두 사람이 살며시 손을 잡고 천막 교회 안으로 들어갔다. 둘이는 맨 앞자리에 앉아 한참 동안 말없이 서로를 바라보다 조용히 두 손을 모으고 눈을 감았다. 그리곤 마음속에 간직했던 소원이 이루어지길 간절한 마음속으로 기도를 올렸다. 저만큼 십자강 옆의 포플라 나무숲에서 가끔 울어대는 매미 소리가 교회 안에 흐르는 고요한 적막을 끊어 놓았다. 잠시 후 둘이는 조용히 일어나 천막 교회를 빠져나왔다.

"오빠, 우리 여기 앉아서 쉬었다 가자."

걷어 올려진 천막 옆에 엉성한 솜씨꾼이 만들었는지 잘 다듬어지지 않은 기다란 나무의자 하나가 놓여 있었다.

"오빠, 오빠는 무슨 소원 이뤄지길 기도했어?"

두 사람이 앉아있는 나무의자 바로 앞에 강아지풀이 수북이 돋아 있었다. 원남이가 허리를 굽혀 강아지풀 하나를 꺾어 입에 물었다.

"어흠, 비밀이데이. 그리고 마음속으로 빈 소원은 아무에게도 말하는 게 아이라 카더라."

테리우스도 강아지풀 하나를 꺾어 코 밑에 붙이자 멋진 콧수염이 만들어졌다. 원남이도 같이 붙여 바라보면서 배를 잡고 그 자리에 주저앉았다.

"어머! 오빠, 얘네 좀 봐?"

원남이가 갑자기 강아지풀 숲을 가리켰다. 그곳엔 짝짓기하던 빨간 고추잠자리 한 쌍이 강아지풀 잎사귀 위에 살포시 내려앉아 날아갈래? 말래? 눈치를 보고 있었다.

"오빠, 왜 곤충들은 수컷이 암컷보다 더 작지? 그리고 꼭 암컷 등에 업혀서 짝짓기하더라. 매미도 그렇고 메뚜기도 그렇고 왜 그런 거야 응?"

원남이가 분위기에 맞지도 않는 엉뚱한 질문을 해놓고는 천진난만하게

144

까르르 웃었다. 원남이는 테리우스만 만나면 집에 있을 때와 전혀 다른 행동을 하는 자신을 자신도 이해할 수가 없었다.

"어? 으흠, 그기야 뭐– 어차피 알라들은 엄마들이 다 업어서 안 키웠드나 에, 그러니까 만들 때도 없어서 만드는 거 아이겠나– 어 흠, 흠, 마 내도 잘 모르겠데이."

테리우스가 무슨 생각을 했는지 얼굴까지 빨개지면서 엉뚱한 질문에 말도 안 되는 대답으로 대충 얼버무리고 말았다.

"아이 오빤, 순 엉터리야 무슨 대답이 그래 에잇, 저리 가."

원남이가 엉덩이로 테리우스를 밀어 의자 끝으로 몰았다.

"어, 어, 하지 마레이 아 하, 하지 마라니까."

테리우스가 엉거주춤 엉성하게 밀리며 의자 끝으로 무게가 실리자 원남이가 벌떡 일어나 버렸다. 그러자 테리우스가 꽈당하고 엉덩방아를 찧으며 넘어가 버렸다. 그런 그 모습이 또 그렇게 재미있었던지 손뼉까지 쳐가며 아이처럼 좋아했다. 테리우스도 애들처럼 깔깔대며 좋아라 하는 모습이 귀엽고 사랑스러워 마냥 바라만 보고 있었다.

"오빠, 이젠 그만 가자 응?"

원남은 테리우스의 손을 잡아 일으켜 주고는 엉덩이에 묻은 흙을 엄마처럼 탁탁 털어주었다. 둘이는 또 그렇게 말없이 아까 걸어왔던 밭고랑 길을 따라 걸었다. 저만큼 십자강 웅덩이엔 쓰레기를 잔뜩 실은 차량이 흰 연기를 뿜어내듯 먼지를 일으키며 산더미 같은 쓰레기를 쏟아 내리고 있었다. 밭고랑 길이 끝나자 좁아터진 그 논둑길이 빨리 오라고 이죽대며 기다리고 있었다. 원남이가 눈치를 보며 머뭇거리자 테리우스가 또다시 앞장서 갔다.

"원남아 뱀 조심 하거레이. 언제 티 나올지 모른데이."

테리우스가 뒤를 돌아보며 뱀 눈처럼 찡그려 씨익 웃었다.

"오빠, 왜 그래 하지 마. 정말 무섭단 말이야."

"아얏! 엄마얏!"

빠졌다. 결국, 원남의 한쪽 발이 논두렁에 빠지고야 말았다. 좁은 논둑길을 뱀 나올까 두려워 불안한 마음으로 걷다 보니 중심이 제대로 잡힐 리가 없었다. 한쪽 발에 논 진흙을 잔뜩 묻힌 꼴을 보고 테리우스는 우습다고 낄낄대고, 원남은 울상을 짓고, 십자강 벌판 한복판에서 영원히 잊지 못할 아름다운 그림 한 폭이 그려지고 있는 순간이었다.

"아이 씽, 어떡해 난 몰라 힝, 힝."

"하이 고마, 니 오늘 와 이레 웃겨 쌓노 잉? 아, 참 웃기직이네 괘안테이. 저 동네 있는 우물에 가서 씻끄면 된다 아이가. 하이고 마 가자 퍼뜩 가제이."

다행히 원남의 신발이 운동화가 아니고 학생화 구두였기 때문에 슬레이트집 동네에 있는 공동 우물가에서 펌프 물을 퍼 올려 양말도 빨고 구두도 깨끗이 닦아 말끔하게 처리할 수가 있었다. 빨래하던 아줌마들이 입을 삐죽거리며 달갑지 않다는 표정을 짓자, 눈치를 챈 테리우스가 땀을 뻘뻘 흘려가며 한참 동안 펌프질을 해 물탱크에 하나 가득 채워주자 그때서야 아줌마들의 입이 헤하고 벌어졌다.

"이 정도면 이제 됐능교?"

"아이고, 고마워라. 총각 더운데 고생했으니까 등물이나 한번 하고 가지?"

"그려, 물이 얼음장 맨코로 차거웅게 땀이 쏙 들어갈 껴."

몸빼 바지 하고는 별로 어울리지 않게 새빨간 립스틱으로 유난히 두꺼운 입술을 강조한 아줌마가 테리우스를 바라보며 슬며시 눈웃음을 흘리자, 빠글빠글한 파마머리 아줌마가 맞장구를 치며 벌겋게 잇몸을 들어냈다.

"오빠, 다 됐다. 이젠 가자. 수고들 하세요."

원남은 발을 탁탁 굴러 구두에 물기를 털어내며 이젠 안심이라는 듯 하얗게 웃음꽃을 피웠다.

* * * * *

슬레이트집 동네를 저만큼 뒤로 밀어놓고 수녀원 담을 끼고 돌아 먼지 날리는 비포장 길을 부지런히 걸었다. 벽돌을 잔뜩 실은 트럭이 힘겨운 비명을 가르릉 하고 지르더니 휘청거리며 지나치자 방역차가 소독약을 뿜어내고 지나간 것처럼 뿌연 흙먼지가 앞을 가렸다. 둘이는 입을 막고 손을 휘저으며 무조건 뛰었다. 먼지를 뒤집어쓰지 않으려면 느려터진 트럭보단 앞서야 했다. 저만큼 앞에 버스 정류장이 보였다. 또다시 테리우스와 헤어져야 할 시간이 다가온 것이다. 원남의 마음이 무겁게 가라앉기 시작했다.

"오빠, 돌아오는 일요일에 파리제과점으로 나와 줄 거지? 우리 모레부터 방학이거든?"

원남의 목소리가 시들은 호박꽃처럼 애절하게 떨어졌다.

"원남아, 우리 말이데이- 이제는 말이다-."

테리우스가 말을 제대로 잇지 못하고 머뭇대더니 하늘을 올려다보며 크게 한숨을 내쉬었다.

"오빠, 그냥 아무 말 하지 마."

눈치 없는 버스가 요 때다 싶어 쏜살같이 달려왔다.

"오빠, 기다릴게."

원남은 아쉬워하며 버스에 올랐다.

"오라잇!"

주근깨 안내양이 손바닥으로 문 옆을 탕탕 두드리며 소리를 질렀다. 원남은 얼른 뒷좌석으로 갔다. 테리우스가 힘없이 버스를 바라보며 그렇게 서 있었다. 아무것도 모르는 미련 맞은 버스는 야속하게 달려갔다. 테리우스가 점점 멀어지며 작아져 보이더니 시야에서 완전히 사라져 버렸다. 안타까운 아쉬움만 한 아름 앉고 길가의 가로수만 뒤로 또 뒤로 스치며 지나갔다.

나팔꽃

우물가 담장대신 심어놓은 싸리나무 가지 위에
밀잠자리 한 마리가 앉을까? 말까? 날개 짓을 서두르고
슬레이트 지붕 밑 담장 위에 홀로 피어있는 수세미 꽃이
애처로워, 애처로워 온종일 몸을 비틀며 따라 오른 나팔꽃이
오르다 지친 몸 힘겹게 세워 저녁노을 바라보며 뒤늦은
나팔을 불고 있네.

무너져 내린 마지막 하늘

　방학이다. 모든 기획이 수포로 돌아간 원남이에겐 지루하고 긴 여름이 시작된 것이다. 큰 언니는 부산 해운대로 작은언니는 서해안 만리포로 다들 떠났다. 아마 다음 주쯤에나 장거리 여행을 싫어하는 아빠 때문에 바닷가 여행을 노래하고 있는 애들의 입막음을 하기 위해서라도 기껏해야 인천 송도 해수욕장이나 갈 것 같다는 정보를 엄마가 넌지시 흘렸다. 그러나 도무지 움직이는 걸 싫어하는 몸이 무거워 슬픈 은주 언니에겐 바다, 파도, 갈매기 같은 이야기는 먼 별나라에서나 들려오는 소리였다.

　원남이는 어제 파리제과점에서 두 시간이나 기다렸지만, 테리우스는 결국 나타나지 않았다. 행여 하는 마음으로 수녀원 앞 정류장에서 한 시간 넘도록 기다려도 보았다. 재건대 사람들이 유일하게 드나드는 구멍가게가 바로 옆에 있었기 때문이었다. '왜 안 나왔을까?' 그날 헤어질 때 무언가 말을 할 듯 망설이던 모습이 떠오르자 궁금한 마음은 더 해만 갔다. 어젯밤엔 테리우스 생각에 한숨도 못 자고 꼬박 밤을 지새웠다. 오늘은 기필코 영등포 학원을 찾아가 보리라 마음먹었다. 역시 원남의 영원한 응원군인 미선이의 도움을 청해야만 했다.

　"죄송합니다만 화단 옆방에 사는 미선이 친군데요 잠깐만 바꿔 주시겠어요?"

"누, 누구요? 뭔 빵? 하당 빵?"

안집에 사는 귀가 어두운 할머니가 수화기를 들고 소리를 질렀다. 원남이도 소리 높여 한 말을 서너 번 되풀이하고 나서야 미선이가 전화를 받았다.

"응, 나야 미선아 점심 사줄게. 나올래? 영등포역 앞에서 기다릴게."

"요, 기집 애야 점심이나 먹자고 만나자는 게 아닌 것 같은데? 목소리가 왜 그렇게 가라앉았어 하여간 알았어. 머리만 감으면 되니까 너도 지금 나와 알았지?"

영등포역 앞 횡단보도 건너편에 많은 사람 틈에 섞여 있어도 한눈에 알아볼 수 있는 미선이의 모습이 눈에 들어왔다. 키는 조금 작았지만 통통한 몸매 단발머리가 그런대로 어울리는 둥근 얼굴 쌍꺼풀은 없지만 귀엽게 반짝이는 눈 알맞게 솟은 코밑에 두터운 입술 그리고 인중 옆에 까만 점 하나 '그래, 우리 조상이 뺑덕어멈이다. 왜?' 얼굴 얘기만 나오면 눈에 쌍불을 켜는 미선이지만 원남이에겐 하늘이 내려준 이 세상에 둘도 없는 친구였다. 딴에는 멋 부린 건지 백화점 쇼핑백을 들고 폼 잡으며 건너오고 있었다.

"왜 그래? 얼굴이 핼쑥한 게 어디 앓다 나온 사람처럼 그래 그동안 뭐 했어?"

"어, 그, 그냥 동그라미만 그리면서 보냈지 뭐. 입맛도 없고 잠을 못 자서 그런 가봐. 미선아, 너 참 짬뽕 좋아하지? 우리 저 집으로 가자."

원남은 미선이를 데리고 가족들과 외식할 때 가보았던 진짜 중국인이 경영하는 '만리장성'으로 들어갔다.

"어서 와라 해, 이쁜 학생 왔다 이거."

중국집 주인이 엽차 잔을 쟁반에 받쳐 들고 뚱뚱한 몸을 뒤뚱거리며 오는 모습이 영화나 연속극에서 본 사람과 똑같았다. 중국집 내부 벽 곳곳에는 중국 장수들이 길고 짙은 눈썹과 긴 수염을 휘날리며 서 있는 초상

화가 무서운 눈으로 감시하고 있었다. 입구 옆에 자리 잡은 계산대에는 뒤뚱거리는 주인하곤 전혀 어울릴 것 같지 않은 중국의 전통적인 미인형으로 생긴 부인이 드나드는 손님들에게 연신 허리 굽혀 마중하고 있었다. 아마, 가난한 농가 집의 딸로 태어나 어쩔 수 없이 굶주림에 허덕이고 있는 친정집 식구들을 위해 고집스럽고 욕심 많게 생긴 저 중국집 주인에게 팔려 왔을 것 같은, 나름 짤막한 단편 소설을 떠올리게 하는 정말 잘생긴 미인이었다. 그 부인 뒤에 있는 진열대 위로 수십 가지 모양의 중국민속 술병들이 마치 청자나 백자처럼 저마다 뽐을 내며 가지런히 놓여 있었다. 맛있는 냄새가 풍겨 나오는 주방 쪽에선 면을 뽑느라 밀가루 반죽을 쳐대는 소리가 탕, 탕, 울려 나왔다.

"짱뽀이 하나, 우도이 하나."

"얘, 어째 분위기가 이 모양이냐? 주인 얼굴 보니까 짬뽕 맛 되 게 없게 생겼다."

주방에 대고 주문을 하는 주인 목소리에 미선이가 이맛살을 찌푸렸다.

"얘는, 짬뽕을 주인이 만드냐? 주방장이 만들지. 이 집 음식 맛 괜찮아. 저번에 우리 집 외식할 때 언니들도 맛있다고 그랬고, 엄마도 짬뽕 국물은 동네 중국집 하곤 차원이 다르다며 칭찬했다니까."

원남은 엽차를 홀짝거리며 중국집 대변인이라도 된 것처럼 말했다.

"그런데 너 그 오빠 때문에 병난 것 같은데 무슨 일 있었냐? 이번엔 또 무슨 사연이냐고?"

눈치 하나는 기가 막혔다. 원남의 마음을 벌써 다 읽고 있었다.

"하여간, 기집애는 관악산 입구에다 돗자리라도 하나 깔아주랴? 그게 아니고 어제 만나기로 했는데 안 나왔어. 두 시간이나 기다렸는데도ー."

원남의 표정이 침울해지며 기운 빠진 한숨을 길게 불어냈다.

"그 오빠, 그렇게 약속해놓고 흐지부지하게 놀 사람 같지는 않아 보이던데? 얘, 아마 무슨 사정이 있었겠지."

미선이의 말하는 투로 보아 테리우스의 첫인상에 후하게 점수를 준 것 같았다.

"허기야, 그날 내가 일방적으로 약속했지 확답은 못 들었거든? 뭔가 말하려는 것 같았는데, 안 좋은 말 같아서 지레짐작하고 막아 버렸어. 그러고 있는데 마침 버스가 오는 바람에 그냥 타 버렸단 말이야. 제발, 아무일 없으면 좋으련만- 그래서 오늘 학원에 한번 찾아가 보려고 그냥 먼발치에서 보기만 해도 안심 하겠는데-."

미선이는 원남이의 애끓는 소리에도 동요되지 않고 비장한 눈빛으로 바라보았다.

"자, 맛이 있게 먹어 해라 이거."

중국집 주인이 뒤뚱거리는 걸음에도 짬뽕과 우동을 국물 한 방울 엎지르지 않고 용케도 탁자 위에 내려놓았다.

"원남아, 내가 친구로서 말하는데 너 솔직히 한번 말해봐라. 네가 테리우스라고 부르는 그 오빠를 정말 오빠처럼만 생각하는 거야? 아니면 또 다른 감정을 갖고 있는 거야?

미선이가 나무젓가락을 반으로 갈라 양손 바닥 사이에 넣고 방정맞게 비벼대면서도 표정만은 진지했다.

"글쎄, 지금 당장 무어라 표현할 수 없지만 솔직한 심정으로는 둘 다인 것 같아. 너도 알다시피 우리 집안에 내 위로는 남자가 없잖니? 내가 제일 부러워하며 불러 보고 싶었던 소리가 오빠라는 소리였거든? 정말이지 테리우스 오빠 만나서 처음으로 오빠 소리해 본 거란 말이야. 진심으로 말하지만 정말 이 감정 잃고 싶지 않아 미선아."

원남은 미선이만큼은 자신의 이런 안타까운 마음을 이해할 수 있을 거라고 믿고 싶었다.

"그래, 네 맘 이해는 한다마는 내가 보기엔 너 혼자 일방통행으로 가고 있는 것 같아서-."

미선이가 염려스러운 눈빛으로 말꼬리를 흐렸다.

"네가, 보기엔 그렇게 보였니? 그렇게 느꼈어?"

원남의 표정이 갑자기 울상으로 굳어졌다.

"얘, 일단 이거나 먹자 면 다 불어 터지겠다."

미선이가 짬뽕을 크게 한 젓가락 집어 후루룩 소릴 내며 입에 넣더니 짬뽕을 그릇째 들고 국물까지 후, 후. 불어가며 마셨다.

"캬하! 국물 맛이 띵호와 짬뽕 맛이 띵호와 이야. 졸업식 때도 오고 고등학교 입학식 때도 오고 이담에 결혼해서 애들하고도 꼭 와야지."

미선이는 먹는 것까지 유난을 떨었다. 원남이가 겨우 우동을 몇 젓가락 뜨는 사이에 그 뜨겁고 매운 짬뽕 한 그릇을 국물까지 다 비우고는 원남의 남은 우동을 넘보고 있었다.

"아, 얼큰한 짬뽕을 먹으면 담백한 우동이 먹고 싶고, 우동을 넘기면 짬뽕이 유혹하고. 아, 중국집 만리장성에서 선택해야만 하는 이 절박한 심정을 탕수육은 알고 있기에 펄펄 끓는 가마솥으로 몸을 던져야만 했단 말인가? 음식 앞에만 서면 굳은 절개가 왜 이렇게 흔들리는지 아, 박미선의 마음을 과연 그 누가 알아준단 말인가?"

시도 때도 없는 미선이의 삼류연기에 뒤뚱대는 주인과 예쁜 부인이 넋이 나간 표정으로 바라보고 있었다. 결국, 원남의 우동 그릇에 반을 비우고서야 삼류연기가 끝이 났다. 그리움에 지쳐있는 친구의 마음을 읽고 일부러 푼수 짓을 떨고 있다는 것쯤은 원남이도 잘 알고 있었다.

"미선아, 푼수 짓은 그만 떨고, 아까 네가 말한 것 네가 보기에도 내가 지금 일방통행하는 것 같니 응? 솔직히 말해 줄래?"

"그래, 네 마음은 아니라고 부정하고 싶겠지만, 친구인 내가 냉정하게 판단했을 땐 그 오빠가 의도적으로 너를 피하고 있는 것 같아. 그러니 만약 오늘 만나게 되면 확실하게 물어봐. 너 생각해봐라. 하루 이틀도 아니고 그렇게 애간장이 다 녹아내리고 가슴이 저리도록 쓰리고 아파서 어디 그래서야 어떻게 살겠니? 진짜 그러다간 제 명에 못 살고 병들어 죽겠다. 그러나 더 중요한 건 그 오빠의 현실적인 환경이 문제라는 거야. 니네 부모나 네 주위에 사람들이 이해해줄 수 있는 환경 즉 재건대가 아닌 다른 환경에서 만나기 전에는 가족이나 주위 사람들에게 이해시키기는 힘들 것 같아. 그리고 그걸 알고 있는 그 오빠도 어쩔 수 없이 피하는 것 같고. 단정 지을 수는 없지만 내 생각엔 그런 것 같애."

미선이가 어른처럼 속 깊게 생각하며 말하고 있는 뜻을 부정하고 싶지는 않았다. 그러나 현실을 바라보며 진실 된 얘기를 해주고 있는 친구가 지금은 왜 이렇게 야속하고 미워 보이는지 원남이 자신도 이해할 수가 없었다. 그저 모든 걸 인정하고 싶지 않아 아니야, 아니야, 하는 소리를 속으로만 되뇔 뿐이었다.

"자리 가라 이거, 다음에 또 와라. 이거."

뒤뚱거리는 주인의 배웅을 받으며 밖으로 나온 미선이가,

"아, 배부르다 이거, 집에 가서 낮잠이나 자면 띵호와다 이거."

하면서, 금방 중국집 주인 흉내를 냈다. 아마 한동안은 써먹을게 분명했다. 둘이는 물밀 듯이 밀어닥치는 많은 인파 속에 휩쓸려 역 앞 횡단보도를 다시 건너갔다.

영등포 학원가 골목 한 모퉁이에 풀이 죽어 축쳐진 모습으로 원남이가 외롭게 서 있다.

"어휴 애, 청승 떨지 말고 조금만 기다리고 있어 봐. 내가 가서 알아보고 올 테니까 알았지?"

미선이가 많은 학원생으로 붐비는 학원 건물 안으로 거침없이 들어갔다. 언제 보아도 믿음직스러운 친구, 영원히 잊지 못할 친구라고 생각했다. 잠시 후 미선이가 밝은 표정으로 걸어 나왔다. 남자 학원생들이 쳐다보자, 두꺼울 것만 같았던 미선이 얼굴도 별수 없이 빨갛게 달아올랐다.

"어우야, 뭘 봐 아이 씨 쪽팔려."

빨갛게 달아오른 얼굴로 혀를 날름 내밀며 오는 모습이 아이처럼 귀여웠다.

"원남아, 교무과에서 알아봤는데 고입 검정 반은 오후 한 시 반부터 시작한대. 그러니까 조금 있으면 곧 오겠네! 그러니 이젠 속 좀 그만 끓여라."

학원가 골목에는 많은 사람이 오고 갔다 그 모퉁이에는 오뎅이나 떡볶이 같은 먹거리를 파는 리어카들이 줄지어 늘어 서 있고, 그 앞에는 그걸 사 먹으려는 사람들로 북적거렸다. 눈치를 보며 군침을 흘리고 있던 미선이가 결국 오뎅 꼬치를 들고야 말았다.

"아휴, 얘 네 뱃속에는 아무래도 음식 주머니가 따로 있는 모양이다. 짬뽕 먹고 돌아선지가 얼마나 됐다고 또 오뎅이냐? 하기야 짜장면 곱빼기도 세 그릇이나 먹는 애니까 오죽하겠냐만. 그래 먹어라. 실컷 먹어라."

원남의 잔소리가 열리면서 지갑도 따라 열렸다. 역 앞 횡단보도 쪽을 주시하던 원남의 눈이 갑자기 커졌다. 테리우스의 모습이 눈에 들어온 모양이었다.

"얘, 얘, 미선아 온다. 저기 온다. 빨간 모자 쓰고 흰 티셔츠 입은 사람."

"어디? 어디 있는데? 어, 아하!"

미선이의 작은 눈이 그때야 커졌다. 테리우스였다. 한쪽 어깨에 스포츠 가방을 메고 당당하게 걸어오는 폼이 여느 부잣집 대학생처럼 보였다.

"저기요, 안녕하세요? 또 만났네요."

미선이가 테리우스 옆으로 바짝 따라붙으며 인사를 했다.

"예? 아하! 예, 예. 우예 된 긴지-."

갑작스러운 미선이 출연에 테리우스가 당황해 하며 우스꽝스러운 표정을 지었다.

"원남아, 빨리 와. 저기요, 원남이가 엄청 좋아하나 봐요. 잘 좀 해주세요. 그럼 재밌게 노세요. 원남아, 나 먼저 갈게 나중에 연락해 간다."

둘만이 같이 있게 해주려고 잠시 엑스트라 역할만 해주고는 또 퇴장해

버렸다.

"우화, 저 아는 정신 없데이. 근데 우예 된기고? 우째 알았노? 하여간에 마 찾는 데는 귀신이구마 와."

테리우스가 어색하게 만들어진 미소를 지으며 또 우화 소리만 연발했다.

"저번에 오빠 찾아갔을 때 오빠랑 같이 일하는 해골 문신 아저씨가 말해줬어– 그런데 오빠, 어떻게 된 거야? 무슨 일 있었던 거야?"

원남이도 조금은 어색하지만 귀여운 표정을 만들어 초조한 마음 감춰가며 조심히 물었다.

"그게 아니고, 말이데이– 일단 마 저리 가제이."

학원 옆 골목길을 가리켰다. 자신의 표정을 살피는 원남이를 의식하며 말없이 걷던 테리우스가 후미진 골목 끝에서 걸음을 멈췄다. 살짝 내려쓴 모자챙 사이로 한참 동안 바라보던 테리우스가 참담한 눈빛으로 나지막이 입을 열었다.

"원남아, 니 단디 들으레이– 니도 낼 좋아 하제? 내도 니를 정말로 좋아 한데이. 내, 지금까지 혼자 살아오면서 니 같이 이쁜 동생한테 오빠라는 소리 들어보긴 생전 처음 아이가. 그동안 얼매나 고맙고 행복했는지 고마 꿈만 같았데이. 그란데 내가 항상 마음에 걸리는 게 저번에도 말했지만 느그 가족이나 주변 사람들이 우리가 만나는 걸 알게 되면 그 사람들이 어떤 시선으로 바라볼는지 그리고 니가 나 때문에 피해를 당할 걸 생각해 보니까 내가 잘못하고 있다는 생각이 드는 기라. 사랑하는 내 동생이 나 때문에 그라문 되겠나 싶은 기라."

세상에 미선이하고 둘이 짜고 하는 이야기 같았다. 어쩌면 이렇게 같을 수가 있을까?

"그래서, 안 나왔던 거야? 그럼 어떻게 할려구 응?

원남은 그다음 대답이 무엇이라는 걸 알 것 같으면서도 확인하고 싶었다. 아니, 생각하는 답보다는 다른 희망적인 답이 나오길 기대하고 싶었다. 테리우스에게 가까이 다가서려는 원남의 눈빛이 점점 더 애절하게 흐려졌다.

"그래가, 곰곰이 생각해 봤드마 나 자신도 그렇고 니를 생각해서도 그렇고 내가 떳떳하게 나설 수 있을 때까지는 우리 이제 고만 만나자고 말할라꼬 했었던 기라. 그라고, 니도 내년에 고등학교 갈라면 열심히 공부도 해야 할끼고 여러모로 내는 니한테 도움이 안 되는 놈 인기라― 그러니까… 그냥 마 다 잊어 뿔고 공부나 열심히 하거레이."

혹시나 하고 기대했지만, 테리우스 입에선 예상대로 절망적인 답이 흘러나왔다.

'아냐, 오빠 그게 아니야 나, 오빠 만나서 공부도 더 열심히 했고 부모님 말씀도 더 잘 듣고 하루하루가 즐겁고 행복했었단 말이야. 그러니깐 오빠는 나한테 도움이 안 되는 게 아니라 희망을 주고 행복을 준 사람이란 말이야. 오빠! 오빠! 오빠!' 영등포 학원 앞이 다 떠나가도록 소리치고 싶었다. 아니 이 세상 사람들이 다 듣도록 큰소리로 외쳐보고 싶었다. 하지만,― 하지만 외치고 싶은 말은 엉켜버린 실타래처럼 우물우물 말 못 하고 그냥 입속에서만 맴돌고 있을 뿐이었다.

"그러니까 내 맘 알긋제? 늦었데이 내 그만 들어가야 한데이― 조심해 가레이."

테리우스가 짤막한 몇 마디를 남겨 놓고 두어 번 등을 두드려 주고는 학원건물 안으로 그렇게 사라져 버렸다. 뒤 한번 돌아보지 않고 가는 테리우스의 뒷모습이 너무나 야속하고 원망스러웠다. 원남은 한참 동안을 그냥 그렇게 멍하니 서 있었다. 지금 이 순간 하늘이 노래 지면서 또다시 무너져 내리고 있었다.

"이봐요, 아가씨 비켜요. 비켜 왜 남의 자릴 막고 있어?"

뒤늦게 나온 과일 장사 아저씨가 어제 마신 술이 덜 깼는지 퉁퉁 부은 얼굴로 심통 맞게 리어카를 원남이에게 들이밀었다. 그때야 흠칫 놀라 정신을 가다듬고 미선이가 건너간 횡단보도를 바라보며 힘없이 걸었다. 역 앞으로 건너가는 횡단보도에는 바쁘게 서두르는 많은 사람이 빨간 불이 켜지면 하나, 둘 모였다가 다시 파란불이 켜지면 우, 하고 한꺼번에 몰려서 건너가고 건너편에서도 와, 하고 건너오는 상황이 반복됐다. '우습다. 이 신호등은 하루에 몇 번이나 깜박일까? 여기 횡단보도를 하루에 몇 명이나 건너갈까?' 원남은 제정신이 아니었다. 허탈한 마음으로 신호등을 바라보던 원남은 문득 파리제과점에서 테리우스와 함께 먹던 빙수가 떠올랐다. 하얀 얼음가루 위에 신호등 색깔과 똑같은 색소가 뿌려져 있는 빙수를 테리우스의 하얀 입에 떠 넣어주던 생각이 났다. 또다시 신호등이 파란불을 켜자 모여 있던 많은 사람이 우르르 몰려 건너갔다. 원남이 혼자만 신호등 밑에 그냥 서 있었다. 맞은편에서 건너온 사람들이 원남을 힐끔거리며 지나갔다. 신호등 색깔이 빨강, 노랑, 파랑으로 수없이 바뀌길 반복했지만, 원남은 그냥 그 자리에 그렇게 서 있었다. 갑자기 사람들이 당황하며 뛰기 시작했다. 머리 위로 빗방울이 툭, 툭. 떨어지기 시작하더니 삽시간에 굵은 물줄기로 변해 끊이지 않고 쏟아져 내렸다. 지나가는 자동차의 와이퍼들도 안녕 바이~ 바이 정신없이 바쁘게 움직였다. 그래, 맞다! 맞어. 영화에서도 그랬고 소설책에서도 그랬다. 꼭 이럴 땐 비가 내렸다. 그것도 억수같이 쏟아져 내리는 비 그리고 주인공은 한없이 쏟아지는 빗줄기 속에서 약국을 찾아다니며 수면제를 사 모았다. 그리고는 어느 조용한 바닷가나 아니면 아무도 없는 산속에서 한 움큼의 수면제를 먹고 조용히 눈을 감았다. 원남은 테리우스와 보았던 별들의 고향이 떠올라 피식, 웃고 말았다. 그때, 갑자기 원남의 머리 위로 우산이 가려지면서 우산을 때리는 빗물 소리가 요란하게 들렸다.

"애야, 너 집 나왔지? 갈 데 없니? 취직시켜줄까?"

나이 지긋한 아저씨가 만들어 낸 인자한 목소리와 말투로 뱀처럼 가증스러운 혓바닥을 놀려대며 말을 걸어왔다. 우산도 없이 한참 동안을 횡단보도 앞에 서 있는 원남을 아마 가출 소녀쯤으로 보았던 모양이었다. 구원의 파란 등이 빨리 뛰라며 불을 켰다. 원남은 두말없이 뛰었다. 사람들 속을 헤치고 부딪치며 뒤도 안 돌아보고 뛰었다. 버스정류장을 지나치도록 계속 뛰었다. 속옷까지 젖어 들은 모습으로 이제는 버스 탈 용기도 없었다. 숨이 턱까지 차도록 뛰다 지쳐 가쁜 숨을 고르며 그냥 걸었다. 우산을 쓴 남자들이 샛눈을 뜨고 원남을 힐끔거렸다. 신경 쓰고 싶지 않았다. 지금 자신의 꼴이 어떨지는 안 보아도 잘 알 것 같았다. 그래도 지금은 그냥 이렇게 걷고 싶었다. 머리 위로 떨어지는 비를 맞는 느낌도 괜찮다고 생각했다. 가끔 바람에 밀려 눈 속으로 파고드는 얄미운 비만 뺀다면. 원남의 젖은 얼굴이 힘없이 숙어지고 있었다. 얼굴을 적시는 비 때문만은 아닌 것 같았다. 어깨까지 들썩이는 걸로 보아 소리만 안 낼 뿐이지 울고 있었다. 흐르는 눈물을 빗물이 가려주니 정말 다행이었다.

여인숙과 여관 간판들이 비를 맞아가며 즐비하게 늘어서 있는 역전 옆의 담 길로 들어서자 쏟아져 내리는 빗물이 흙탕이 되어 지저분하게 질척거렸다. 짐을 잔뜩 실은 용달차가 털털대며 다가오더니 사정없이 흙탕을 튀기고 지나갔다. 피하고 싶은 생각도 없었지만, 원망하고 싶지도 않았다. 그때 또다시 원남의 머리 위로 우산이 가려졌다.

"얘, 청승 떨지 말고 이거라도 쓰고 가거라."

화장을 짙게 한 큰 언니 뻘 되어 보이는 여자가 두어 군데 구멍 난 비닐우산을 내밀었다. 매니큐어가 빨갛게 칠해진 손톱이 눈앞으로 가까이 다가왔다.

"괜찮아요, 이미 다 맞아 버렸는데요."

원남은 사양하며 피해 가려고 하자,

"야 이, 바보야 비를 가리라는 게 아니야 너 지금 울고 있잖아. 너의 그 모습을 가리란 말이야"

빨간 손톱이 비닐우산을 원남의 손에 꼭 쥐어 주었다.

"고마워요."

원남은 어쩔 수 없이 우산을 받아 들었다. 그리곤 기가 막혔다. 오늘은 선한 가면을 쓴 어떤 낯선 사람들이 우산을 씌워주며 가까이 다가온다. 오늘은 모든 사람들이 자신만 빼놓고 다 짠 것 같았다. 테리우스와 미선이도 그랬고, 모두 모여서 비웃으며 보고 있었던 것 같았다.

"울보야, 힘들면 203호로 찾아오너라."

뒤에서 빨간 손톱의 목소리가 고양이처럼 야옹 대며 들려왔다. 원남이가 언니들하고 영등포 시내에 나왔다가 그냥 걸어가자고 해서 몇 번인가 지나가 보았던 곳 짙은 화장을 한 여자들이 키 낮은 지붕 밑 골목 입구마다 담배 연기를 뿜어내며 서 있던 곳 남자들만 지나가면 뭘 잘해주는지 잘해주겠다며 매달리던 곳 바로 역전 옆 사창가 담 길을 지나가고 있었다. 원남은 걸음을 빨리했다. 테리우스에게 예쁘게 보이려고 입고 나온 하얀색 면바지가 흙탕 무늬로 기가 막혔다. 우산 사이로 보이는 지붕이 낮은 어느 집 문 앞에는 원남이 또래의 소녀 하나가 초점을 잃은 눈빛과 수영장에서나 볼 수 있는 옷차림으로 힘없이 서 있는 게 보였다. 문짝 위에 108호라는 숫자가 보였고 처마 끝으로 떨어지는 빗물을 손으로 받았다. 버리길 반복하며, 꽃처럼 빨간 입에서는 희뿌연 담배 연기를 쏟아지는 빗속으로 길게 뿜어내고 있었다. 원남의 걸음이 한층 더 빨라졌다. 크라운 맥주 공장 정문을 지나 담장 길을 따라서 부지런히 걸었다. 비닐우산 위로 떨어지는 빗소리도 이제는 아주 작아졌다. 조금 전 그 소녀의 모습이 자꾸만 떠올랐다. 그 소녀가 그런 곳에 서 있기까지는 아마도 많은 사연이 있을 것만 같았다. 또 별들의 고향에 나오는 경아가 생각났다. 저만큼 동네 입구에서 포니 택시가 심술 맞게 흙탕을 튀기며 달려왔다. 이번엔 우산으로 가려 보지만 하얀 면바지는 이미 흙탕 무늬로 얼룩이가 되어 있었다. '봉사와 질서' 도림 2동 파출소 현관 옆에 매달려있는 나무 현판이 힘에 겨운지 비에 젖은 눈물을 흘리고 있었다.

"어이구, 이게 누구신가? 사랑하는 우리 조카님 아니신가? 그래 어디 갔다 오시는가? 허, 허, 허."

깜짝 놀라 돌아보니 태수 삼촌이었다. 벌써 얼굴에 술기운이 벌겋게 많이 올라있었다.

"어머, 삼촌. 응 친구 만나고 오는 길인데 저쪽 뒷길이 어찌나 질은지 신발이 다 빠졌어."

"하, 하, 하. 조카님 그래서 여기가 비가 오나 눈이 오나 마누라 없인 살아도 장화 없인 못 산다는 영등포가 아닌 진등포가 아니겠소. 하, 하, 하."

태수 삼촌이 취하긴 많이 취한 것 같았다. 미선이하고 비슷한 삼류 연기를 다 하다니 전투복 바지와 점퍼가 흥건히 젖은 걸 보니 비 좋아하는 삼촌이 빗속을 어지간히 헤집고 다닌 게 분명했다.

"삼촌, 나 먼저 올라갈게. 술 좀 많이 먹지 마! 얼굴 보니까, 이젠 그만 먹어도 되겠네."

"아하, 걱정을 마시게 나 술 많이 안 먹었어. 그냥 빗물에 취했을 뿐이니까 응 그래그래 올라가라 올라가." 비틀거리며 순댓국집으로 걸어가는 폼이 아마 통금 전까지는 버티려고 그러는 것 같았다.

아나파 약국 앞에는 몇몇 사람들이 서성이고 있었다. 아마 약 지을 순서를 기다리는 모양이었다. 약국 안에는 약 지러 온 사람들로 항상 붐볐다. 원남은 약국 아줌마가 무슨 특별한 비방을 감추고 있을 것 같았다. 유난히 삐져나온 덧니와 콧등이 굽은 매부리코가 빗자루를 타고 다니며 요술을 부리는 마녀를 연상케 했다. 어쩌면 아나파 약국 아줌마가 아무도 모르게 요술을 부릴지도 모른다고 생각했다.

고은 양장점의 마네킹이 오늘따라 슬픈 표정으로 원남을 바라보았다. 원남이네 집 앞에 아빠가 타고 다니는 까만 승용차가 비를 맞으며 우중충하게 서 있는 게 보였다.

'이 시간에 들어오실 아빠가 아닌데 웬일이지? 무슨 일이 있나?'

원남은 발걸음을 서둘렀다. 일 층에 사는 세탁소집 아저씨가 큰 키를 구부려 흙탕이 튀긴 유리창을 닦고 있었다.

"엄마, 원남이 들어왔어."

현관문을 열고 들어서자 은주 언니가 기다리고 있었던 것처럼 곁눈질해가며 소리를 질렀다.

"아니, 이 꼴이 이게 뭐냐? 어디 진창에 굴렀다 왔냐? 바지가 왜 그런다니?"

부엌에서 나오던 엄마가 원남이를 보더니 어이가 없다는 표정으로 방으로 빨리 들어가라며 손짓했다.

허기야, 속옷까지 젖을 정도로 비를 맞았으니 오죽했으랴. 더구나 하얀 면바지는 차가 지날 때마다 무방비 상태에서 튀기는 흙탕물을 고스란히 다 맞았으니 몰골이 말이 아닐 것은 뻔했다.

"뭐야? 누가 왔다구?"

안방에서 낌새를 차리고 나온 아빠가 원남이를 내려다보더니,

"에라, 이 미친년아 나가 죽어라. 죽어."

하면서, 맨발로 수돗가까지 뛰쳐 내려와 솥뚜껑 같은 큰 손으로 원남이의 뺨을 사정없이 때렸다.

아무 영문도 모른 채 원남은 눈에 파란 불이 터지는 걸 느끼면서 그냥 힘없이 쓰러지고 말았다. 얼굴이 벌겋게 혈압이 오를 대로 오른 아빠는 수도꼭지에 길게 끼어있던 고무호스를 빼내더니 원남의 온몸을 사정없이 두들겨 팼다. 비에 젖어 몸에 달라붙어 있는 얇은 티셔츠 위로 고무호스가 날아 감기는 소리가 비명소리와 한데 뒤섞여 소름이 끼치도록 자지러지게 울려 퍼졌다.

"아이고! 여보! 제발 좀 참으세요 그러다 애 잡겠어요. 일단 말로 하세요. 응 제발 좀, 참으세요 제발 좀!"

엄마가 아빠의 팔을 잡고 매달려 보지만 이성을 잃어버린 아빠의 힘을

당할 수가 없어 결국은 바짓가랑이에 매달려 질질 끌려다녔다.

"아빠, 그만 하세요. 제발 좀 참으세요."

심각해진 사태에 어쩔 줄 몰라 당황하며 서 있던 은주 언니까지 합세해 말리자 그때야 아빠의 매질이 멈췄다.

"야이, 이년아 니가 지금 도대체 몇 학년이야? 조그만 년이 뭘 안다고 연애질이야 엉? 더군다나 허구 많은 놈 중에 그래, 남자 새끼가 없어서 양아치 새끼 하고 연애를 해? 에라이, 죽일 년아 나가 죽어라!"

다시 아빠의 혈압이 터질 것 같이 오르자, 수돗가의 물통을 통째로 들어 올려 원남이 머리 위로 들어부었다.

"아이고! 여보, 제발 좀 참아요. 그러다 당신 쓰러지겠어요. 제발, 제발 좀요. 일단 조금만 진정하고 말로 합시다요. 네?"

엄마가 두 손을 싹싹 빌어가면서 아빠의 혈압을 낮추느라 여념이 없었다. 그래, 그렇구나! 그랬어. 아빠의 저런 모습을 처음 본 원남은 영문을 몰라 황당했지만, 인제야 어떻게 된 상황인지를 판단할 수가 있었다.

그동안 도수 높은 안경 너머로 원남의 행동을 못마땅하게 생각하며 의심의 눈초리로 감시를 해오던 은주 언니가 어떻게 알았는지 몰라도 고자질한 게 틀림없었다. 짰다 짰어. 오늘 세상 모든 사람이 자신만 빼놓고 짠 것이 틀림없었다. 그렇지 않고서야 오늘 모든 일이 왜 이렇게 엉망으로 돌아간단 말인가 이럴 수가 없어, 정말 이럴 수가 없어 설마 했던 은주 언니의 배신이 너무너무 원망스러웠다.

이제는 아프다는 느낌마저 들지 않았다. 아니 아프다는 생각할 겨를도 없이 맞았기 때문에 눈물조차도 나오지 않았다. 정신이 몽롱 하고 온몸이 화끈거리며 허공으로 붕 뜨는 것 같아 몸의 중심을 잡을 수가 없었다. 그나마 애를 쓰며 남아있던 마지막 하늘마저 쩡! 하고 허무하게 무너져 내리고 있었다.

"너 이년! 내 눈앞에 보이지 말고 나가 죽어! 알았어 엉? 어이구, 어이구,

어디서 저런 년이 생겨서 속을 썩이나 썩이길. 내 원 참 어휴.”

아빠가 자신의 목 뒤를 주먹으로 치면서 머리를 흔들더니 비틀대며 마루에 눕고 말았다.

“은주야! 빨리 약국에 전화해! 이년아, 빨리 씻고 들어가 옷이나 갈아입고 있어 이 죽일 년아, 도대체 너 자꾸 왜 이러는 거야 응? 너 에미 죽는 꼴 보고 싶어 그래 응? 하여간 너 나중에 두고 봐 죽을 줄 알어.”

엄마가 우왕좌왕 안쓰럽게 흔들리고 있었다.

대충 씻고 방에 들어온 원남은 책상 서랍 속 깊이 숨겨 두었던 일기장과 사진이 없어진 걸 보고, 믿었던 은주 언니의 배신을 재확인할 수가 있었다.

계단을 바삐 뛰어 올라오는 소리가 들리고, 현관문이 열리면서 아나파 약국 아줌마가 가방을 들고 들어왔다. 가방에서 혈압계를 꺼내 혈압을 재고 주사를 놓으며 한바탕 법석을 떨고는 혈압이 올라간 것뿐이니 안심해도 된다며 조용히 쉬게 하라고 했다. 한숨 돌린 아나파 약국 아줌마가 덧니를 들어내며 히죽이 웃으면서 마루에 걸터앉아 비탄에 빠진 엄마를 다독이며 건져주고 있었다. 하늘도 놀랐는지 번쩍번쩍 두어 번 경기를 일으키더니 눈물 같은 빗물이 유리창에 머릴 박으며 하염없이 흘러내리기 시작했다.

* * * *

“애들 삼촌 불러와. 내가 오란다고 해. 빨리 불러 오란 말이야.”

“왜요, 이 밤중에 그 앤 불러서 어쩔려구요 애는 내가 타이를테니 당신은 그냥 제발 좀 참으세요 네?”

엄마의 애걸하는 소리와. 다시 격앙된 아빠의 목소리가 마당을 건너 들려왔다.

"글쎄, 불러오라면 불러 왓!"

아빠의 불호령이 벼락을 치고,

"아, 알았어요, 아이고 참 어쩌려고 저러시나 저러시길."

엄마의 목소리가 꼬릴 내리며 수그러들었다.

"퉁,퉁,퉁. 은주야! 빨리 좀 나와 봐."

엄마가 미닫이 문을 세게 두드리며 언니를 다급히 불러냈다.

"너 우산 쓰고 파출소 옆에 있는 순댓국집에 태수 삼촌 있나 찾아봐 니 아빠가 삼촌 찾아오라고 난리가 났어."

"어휴, 이 빗속에 어디가 있는 줄 알고 찾아오라고 난리야."

"글쎄, 그러니까 가보라잖아. 이년아."

"알았어, 알았다구."

엄마와 은주 언니가 소리죽여 실랑이하는 소리가 알강달강 들리더니 언니가 나간 모양이었다. 철 대문이 신경질 부리는 소릴 내며 쾅, 하고 닫혔다. 아빠가 태수 삼촌을 왜 찾으실까? 순간 불길한 예감이 머리를 스쳤다. 안돼, 안돼, 절대로 안 돼. 오빠에게 무슨 일이 생겨선 정말 안 돼. 그 오빤 아무 잘못이 없단 말이야. 모두 다 내가 저지른 거야. 내가 시작한 거라구. 원남은 무슨 일이 터질 것만 같은 불길한 생각이 자꾸 떠올라 가슴이 조여 왔다. 안절부절 불안한 마음으로 청각을 곤두세우고 있는 원남의 귀에 '투닥, 투두닥. 두어 사람이 바쁘게 계단을 밟으며 올라오는 소리가 들려왔다.

"아빠! 태수 삼촌 오셨어요."

"매형, 저 왔습니다."

은주 언니의 목소리와 태수 삼촌의 목소리가 차례로 들려왔다. 원남이가 얼른 미닫이 문을 살짝 열고 한 눈만 빼꼼히 내밀었다. 비에 젖은 태수 삼촌이 군화를 벗고 안방으로 들어가고 방금 들어온 은주 언니만 마루에 걸터앉아 수심에 젖어 한숨만 불고 서 있는 엄마를 안타까운 표정으로 바라보고 있었다.

"도대체, 뭐 하고 다니는 거야? 조카가 이런 자식하고 어울려 다니는 줄도 모르고 말이야 엉? 이렇게 사진 찍을 정도면 동네에도 여러 번 얼쩡거렸을 텐데 말이야 응? 매일 동네에서 죽치고 있으면서 이런 것 하나 처리하지 못하고 말이야 뭐야 응?"

원남이가 귀를 쫑끗 세우고 양손까지 모아 붙여 안테나를 만들어 봤지만, 안방에서 새어 나온 작은 소리는 쏟아지는 빗소리 놈에게 중간에서 잡혀먹히고 큰 소리만 겨우 살아 건너왔다.

"예, 넷! 죄송합니다, 할 말 없습니다."

천하의 태수 삼촌도 호랑이 같은 아빠 앞에선 고양이 앞에 쥐 꼴이었다. 매형과 처남 제 간을 떠나서 아빠가 육이오 참전 용사에다 해병대 한참 선배 아니, 해병대 조상님이나 다름없기 때문이었다.

"예! 네! 네! 알겠습니다. 네! 제가 알아서 처리하겠습니다."

군대식으로 절도 있게 끊어지는 대답으로 아빠의 혈압을 내려주고 나온 태수 삼촌이 심통한 표정으로 마루에 걸터앉았다.

"하여간, 이 집은 별것도 아닌 걸 가지고 큰일 만드는 데는 뭐 있구만. 애가 사진 한번 찍은 걸 가지고 이런 생난리를 치고 야단이니 그러니 애는 또 얼마나 놀랐겠어."

태수 삼촌이 사시사철 신고 다니는 자크가 달린 미제군화를 탁탁 털어 신으며 투덜거렸다.

"얘야, 괜히 일 저지르지 마라. 응? 나 이러다. 정말 제 명에 못 산다 못 살아."

태수 삼촌의 성격을 너무 잘 아는 엄마가 또 걱정되는지, 참담한 표정을 지어 보였다.

"아, 글쎄 알았수다. 걱정하지 말구 빨리 링게루나 한 병 주슈."

엄마가 연속으로 한숨 소리를 내며 부엌에서 재고정리 된 양주 한 병을 건네주자 금방 화색이 변하면서 무슨 꿀단지 챙기듯 점퍼 자크를 내리더니 가슴에 넣고 벌떡 일어났다.

"누님, 나 가겠쉬다. 은주야, 원남인 뭐하고 있냐?"

"엎드려서 이불 뒤집어쓰고 근신하겠지. 뭐."

은주 언니가 퉁명스럽게 복어 배 마냥 입을 잔뜩 부풀렸다.

"녀석, 마음고생 좀 하겠구만."

"얘, 얘. 그냥 놔두고 이 우산이라도 쓰고 가거라."

원남의 방을 기웃거리는 태수 삼촌에게 엄마가 살 부러진 우산을 내밀었다.

"내가 죄진 것 있수 가리고 살게. 아직 동네에선 비 맞고 죽은 놈 못 봤수다. 걱정 말고 계슈. 자, 그럼 나는 물러갑니다."

아무리 비가 와도 관심 없는 태수 삼촌이 양주병만 소중한 듯 가슴에 꼭 안고 쏟아지는 빗속으로 멀어져 갔다. 어쩌다 이 지경이 되었을까? 그냥 이렇게 허무하게 끝나고 마는 걸까? 앞으로 어떻게 해야 할까? 아무런 답이 없다. 그렇게 한 여름밤의 장맛비는 그칠 줄 모르고 밤새도록 추적추적 내리고 있었다.

그곳

여인숙과 여관 간판이 비를 맞으며 즐비하게 늘어서 있던 곳
질펀한 골목길을 포니택시가 흙탕을 튀기며 얄밉게
달려가던 곳
키 낮은 지붕 밑에 화장을 짙게 한 여인들이 담배연기를
뿜어내며 서 있던 곳
남자들만 지나가면 뭘 잘해주는지 잘해주겠다며
악착같이 매달리던 곳
소설 속 주인공처럼 사연이 많을 것 같은 어느 소녀가
슬픈 눈망울로 바라보던 곳
이모 같은 누나에게 끌려들어가 동정을 재물로
천국을 경험했던 곳
지금도 남아있는 영등포 역전 옆 담 길로
지나가던 추억이 있는 곳 그곳

한여름 장마철 날씨는 변덕스럽게 변해버린 은주 언니 같았다. 어제부터 새벽까지 퍼붓던 비란 놈도 오늘은 마음이 변했는지 뒷전으로 물러앉고, 인계받은 햇님이 따가운 햇볕만 소리 없이 내리고 있었다.

장대비에 시달리던 고추들도 이제 겨우 한숨 돌려 한가로이 늘어져 있는 고춧말 고갯길에 태수 삼촌의 모습이 보였다. 목 뒤로 흘러내리는 땀을 연신 옷소매로 훔치며 언덕길을 힘겹게 올라오고 있었다. 고갯길 옆 미루나무의 매미 사단도 그동안 빗속에서 울지 못한 한풀이라도 하듯 단체로 맴맴 거리며 소란들을 떨어댔다. 고춧말 만홧가게 앞에는 못난이 삼총사들이 미루나무 그늘 아래서 변함없는 베짱이 팔자 노름에 빠져, 기타를 퉁기고 드럼을 쳐가며 보컬 그룹 흉내를 내느라 허송세월만 보내고 있었다.

애니 꼴라리 에가루 펭키소우 / 이요 피요 소면 에나 울리먼

울리 불리 울리 불리 / 울리 불리 울리 불리

와지나 와지나 와지나 와우!

발음도 엉망인 팝송을 나불대느라 입 고생을 시켜가며 개 다리 춤에 한참 흥이 나 있던 빡빡이가 땀 범벅이 되어 올라오는 태수 삼촌을 발견했다.

"아니, 저 형님이 웬일이지? 또 누굴 잡으려고 나타나셨나."

빡빡이가 개다리춤을 멈추며 교련복에 쉬쉬거렸다. 교련복이 한참 신이 나 있던 기타 장단을 뚝 끊어 버리자 분유 깡통과 미제 버터 깡통을 엎어 놓고 신 나게 두드리던 꺽다리가 뒤늦게 태수 삼촌을 보고는 당혹한 표정을 지으며 벌떡 일어나 다리를 후들대며 떨었다.

"형님! 안녕하셨습니까?"

빡빡이와 교련복 그리고 꺽다리의 허리가 새우등처럼 굽혀지며 태수 삼촌에게 인사를 올렸다.

"응, 그래 이노무 자식들 완전히 베짱이 팔자구만 허유 더워, 야 임마 너희들도 이리 들어와 봐."

태수 삼촌이 만홧가게 안으로 들어가면서 손짓으로 불렀다.

"필승!"

태수 삼촌이 해병대 대선배인 만홧가게 주인에게 경례를 올렸다.

"필승!"

휠체어에 앉은 채로 경례를 받는 자세가 귀신도 때려잡는다는 기백이 아직도 그대로 남아 있었다.

열 평 남짓한 가게 안에는 벽 쪽으로 진열대를 붙여 만화를 올려놓고 고무줄이 엉성하게 잡아주는 역할을 했다. 아이들이 만화책을 꺼내려다 고무줄을 끊어뜨리는 날에는 아이들 머리 위로 책 벼락이 떨어질 정도로 허술하게 매달려있었다. 주인 앞에 책상 위에는 조그만 선풍기 하나가 힘겨운 소리를 내며 돌아가고 있었고, 정면으로 보이는 선반 위에는 전축형 텔레비전이 보물처럼 모셔져 있었다. 주인이 내려다보고 있는 감시의 눈길 속에는 먹거리가 담긴 조그만 상자들이 삼강 하드통과 나란히 놓여 있었다.

"선배님, 한잔하시죠?"

태수 삼촌이 어제저녁 원남이네 집에서 누님에게 하사받은 양주병을 꺼

170

내 놓았다.

"어이구야, 하! 이거 비싼 술 아냐? 이거 호강하면 입술 부르틀 텐데."

술이라면 일가견이 있는 만홧가게 주인이 입맛을 다셔가며 좋아하는 표정이 역력했다. 태수 삼촌이 라면땅 몇 봉지와 오징어 다리를 가져왔다. 삼강 하드 통 위에 신문지를 깔고 라면땅 봉지를 뜯어서 신문지 상위에 쏟아 놓았다. 구석에서 부스럭거리며 뒤적이던 만홧가게 주인이 우리 집은 작은 잔이 없다며 밥사발을 들고 왔다.

"세상에 막걸리도 아니고 양주를 무슨 사발에다 따라 마시냐."

뒤에서 나란히 어깨를 맞대고 멀쭉이 쳐다보던 빡빡이가 입을 삐죽이며 구시렁거렸다.

"어 참, 너희들은 저쪽에 가서 앉아있어."

태수 삼촌이 못난이들에게 오징어 다리를 던져 주며 구석 자리를 가리켰다.

"네! 예! 넷!"

주정뱅이네 집 강아지가 주인의 발길질이 무서워 눈치 보듯 못난이들이 비실거리며 구석 자리로 갔다.

"드시죠, 선배님. 해병! 건배!"

드디어 역전의 용사였던 두 해병이 아예 양주 한 병을 밥사발에 똑같이 나누어 따라 들고 사발 잔을 부딪히며 건배를 외쳤다. 만홧가게 주인도 만만치 않았다. 태수 삼촌이 그 독한 양주를 단번에 비우자 주인도 한 번에 마셔 버리고는 막걸리를 마셔버린 할아버지처럼 입맛을 다시며 손으로 입술을 쓰윽 문질렀다.

"선배님, 혹시 이놈 어디서 본적 없습니까?"

태수 삼촌이 설탕물을 마신 사람처럼 캬, 하는 소리도 없이 라면땅만 한 움큼 집어 입에 넣으며 사진 한 장을 꺼내 놓았다.

"글쎄, 가만있자 어디서 본 것 같기도 하구 글쎄. 그런데 그놈 참 잘

생겼다. 그런데 이놈이 누군가?"

책상 위에 놓여있던 돋보기를 집어쓰고는 멀리 봤다 가까이 봤다 코끝에 걸린 돋보기 속으로 치켜뜬 주인아저씨의 두 눈이 가운데로 몰려 사팔 눈이 되자, 못난이들이 웃음을 참느라 끅끅대며 몸을 비틀었다.

"아! 예, 내 조카 오빤지 애인인지 모르겠는데 하여간 이놈 때문에 우리 누님 집안이 초상집이 됐습니다. 그런데 문제는 이놈이 재건대에 있는 놈이랍니다. 그래서 혹시 선배님이 이 동네에서 보신 적이 없나 해서 말입니다."

태수 삼촌이 다시 라면땅을 한주먹 집어 입에 털어 넣는데 구석 자리에 앉아 오징어 다리를 나누어 씹으며 귀를 기울이던 못난이들이 동시에 벌떡 일어나 태수 삼촌 옆으로 다가왔다.

"형님, 어디 좀 봐요."

재건대 라는 말에 내심 집히는 게 있는 빡빡이가 사진을 집어 들었다.

"어? 이 새끼 그때 그 양아치 새끼 아니야?"

"어디? 어디 좀 보자."

교련복과 꺽다리가 궁금증이 치밀어 머리를 비벼대며 파고들었다.

"어? 맞네! 그래 맞다! 그놈이야."

교련복의 손으로 건너간 사진 속에는 원남이와 테리우스가 KBS 방송국을 뒷배경으로 활짝 웃고 있었다.

"야! 이노무 새끼들아, 그럼 너희 이놈을 알고 있었단 말이야?

태수 삼촌의 눈빛이 갑자기 푸른빛으로 매섭게 변하면서 엉뚱한 분풀이가 못난이들에게 터질 판이었다.

"아, 예 저, 저. 사실은 저번에 제가 원남이에게 장난쳤을 때 그때 이놈이 지가 무슨 흑기사라도 된 것처럼 나서는 바람에 싸운 적이 있었습니다. 아, 그때 아저씨가 말리지만 않았어도 그냥 끝나는 건데–."

"아하! 그랬었구나! 그러니까 결국 따지고 보면 발단은 네놈들 때문에 시작이 된 거로구만 야잇! 이노무 새끼들 일루 왓!"

태수 삼촌이 벌떡 일어나 못난이들의 눈에서도 파란 불이 터지도록 돌아가며 귓방망이를 번쩍번쩍 올려붙였다. 못난이들은 아얏, 소리도 못 지르고 어리벙벙 휘청 비틀 고개만 발밑으로 처박았다.

"이노무 새끼들아 너희들 때문에 분란이 일어났으니까 너희가 책임져! 우리 누님 집안이 이놈 때문에 초상집이 됐으니까 빨리 나가서 잡아 오든지 아니면 두 번 다시 동네에 얼씬도 못 하게 작살을 내놓든지 하란 말이야 앙? 이 병신 같은 새끼들아 그래 양아치 새끼가 동네 여학생 꼬셔 가는데 눈만 멀뚱멀뚱 뜨고 있었냐? 베짱이 새끼마냥 기타나 치고 있으면 제일이냐? 이 멍청한 자식들아, 빨리 나가서 잡아오던지 빨리 찾아봐! 빨리 나가지 못해?"

태수 삼촌이 눈에 쌍불을 켜고 호통을 치자 꼬리 잘린 생쥐처럼 오금도 못 편 채 슬금슬금 눈치를 보며 만홧가게를 빠져나갔다.

"에잇, 니기미 된통 터졌잖아 왜? 우리한테 지랄이야 지랄이."

빡빡이가 미루나무에 기댄 채 뻘개진 뺨을 문지르며 달랑 한 개비 남은 담배에 불을 붙이자,

"완 땅!"하고, 턱을 주무르던 교련복이 잽싸게 소리를 질렀다.

"에이, 씨발 또 늦었네 그래 툿 땅이다."

어눌한 표정으로 턱을 만지던 꺽다리가 투덜거렸다.

"칫, 씨발 요놈의 양아치 새끼를 어떻게 잡아 죽이지? 칫 원남이도 별게 아닌 게 콧대만 세우더만 겨우 재건대 새끼야? 칫 에이 니기미 칫."

빡빡이가 다른 것보다 원남이에 대한 실망이 더 컸던 모양이었다. 허공에 대고 애꿎은 침만 연신 쏘아댔다.

"그 자식, 도림 1동 동사무소 근처로 잘 다니더라구."

빡빡이가 피우던 담배를 물려받으며 교련복이 그쪽에서 몇 번 봤다고 나서자,

"야! 야, 고만 빨아라. 휠 타밖에 안 남겠다."

교련복이 쉬지 않고 빨아대는 짤막해진 꽁초를 뺐으며 꺽다리도 그쪽에서 본 적이 있다고 맞장구를 쳤다.

"칫. 이 새끼 잡히기만 해봐라. 가만 놔두나 보자 죽었어 쌍! 칫."

빡빡이가 이를 갈며 길 옆의 미루나무를 걷어차자, 영문도 모르고 구혼가를 맴맴 부르던 매미들이 '괜히 지랄이야.' 소리를 뚝 그쳐 버렸다.

* * * *

양철집 지붕 위를 뜨겁게 달구던 태양이 크라운맥주 건물 조형 탑 뒤로 힘겹게 넘어갈 즈음 그림자를 길게 늘어뜨리며 도림 1동 동사무소 골목길을 건들 걸음으로 누비고 다니는 패거리들이 눈에 띄었다.

못난이 패들이 어디서 불러왔는지 덩치 큰 친구들 서너 명과 합세해 떼거리로 몰려다니며 골목길을 뒤지고 있었다.

"에잇! 니기미 칫 아예 재건대를 덮쳐 버릴까? 칫"

빡빡이가 기다란 각목을 어깨에 걸치며 다리를 흔들었다.

"야, 거기도 떼거리로 몰리면 엄청나게 무섭대. 그래서 재건대들은 애저녁에 건들질 못한다고 하더라."

겁 많은 꺽다리가 부엉이처럼 크게 뜬 눈을 껌뻑거렸다.

"야, 야. 우리 쪽수 가지고는 어림도 없어 그래도 왕년에 한가락 하던 사람들도 꽤 많이 모여 있다는데 한판 붙으려면 아마 삼사십 명은 있어야 할걸?"

교련복이 어디서 주워들은 정보를 나름대로 분석까지 해가며 어설프게 답을 내렸다. 어둔하게 생긴 덩치들까지 합세한 못난이 패거리들이 어슴푸레 어둠이 찾아드는 좁은 골목길에 나래비 서서 담배를 꼰아물고 침을 쏘며 다리를 흔들고 있을 때였다. 원수는 외나무다리에서 만난다고 했고 호랑이도 제 말 하면 온다고 그랬던가? 저만큼 골목 끝에서 무거운 망태를 짊어 멘 테리우스가 가뿐 숨을 몰아쉬며 걸어오고 있었다.

"야! 온다! 와! 저놈이잖아. 그때 그 새끼."

눈 큰 껑다리가 이번엔 제일 먼저 발견하곤 호들갑을 떨어 댔다.

"어? 어디? 오, 그래 맞구만 칫 새끼 잘 걸렸어 칫."

빡빡이가 눈빛에 칼날을 세우며 이를 갈았다.

"헤이, 흑기사 망탯님 똥 닦은 종이 좀 많이 주웠나? 칫."

빡빡이가 각목을 땅에 짚고 다리를 흔들며 테리우스의 앞을 가로막았
다. 심상치 않은 낌새를 차린 테리우스가 그냥 지나치려 하자,

"야 이 씨발 양아치야 칫. 저번에 만화방 꼰대 땜에 승부 못 낸 것 오늘
내자구 엉? 칫."

빡빡이가 흙 묻은 운동화 발로 테리우스의 정강이를 툭툭 걷어차며 슬
슬 약을 올렸다.

"와 이라노, 나 느그들 하고 싸울 시간 없데이 그만 비키거레이."

"야 이, 새끼야 넝마주이 주제에 부잣집 딸래미 꼬셔 낼 시간은 있고 우
리하고 놀 시간은 없단 말이냐?"

순간 빡빡이가 들고 있던 각목이 크게 원을 그리며 테리우스의 어깨를
내리쳤다. 억, 하는 소리와 함께 짊어 멘 망태를 떨어뜨리며 테리우스가
중심을 잃고 휘청거렸다. 여러 명에게 에워싸여 위협을 느끼며 방어 자세
를 취하려는데 빡빡이가 생각지도 않은 충격적인 말을 퍼부었다.

"너 같은 양아치 새끼 때문에 원남이네 집이 초상집이 되고 그 바람에
씨발, 우리만 작살나게 깨졌단 말이야 째꺄! 알어 앙?"

약세를 본 빡빡이가 휘청거리는 테리우스를 발길로 걷어차자 힘없이
쿵, 나가떨어졌다.

"자, 자, 잠깐만 원남이네가 우예 됐다꼬? 초상집이라꼬? 원남이가 우
예 됐나 말이다."

영등포 학원 앞에서 그냥 그렇게 보내놓고 항상 마음에 걸려 괴로웠는

데 원남이네가 자신 때문에 잘못됐다고 하니 더욱더 마음이 찢어질 듯이 아프고 괴로웠다.

"야이, 씨발놈아, 몰라서 묻냐? 너 같으면 귀한 니 딸래미가 양아치 새끼 하고 연애질이나 하고 있다면 가만 놔두겠냐? 새꺄 앙?"

빡빡이의 한 맺힌 발길질이 다시 시작되고 덩치들의 주먹과 발길질도 합세하자 겁 많아 보였던 꺽다리까지 주먹을 휘둘렀다. 각목이 날아들고 주먹과 발길이 둔탁한 소리를 내며 테리우스가 고통스러워 움직일 때마다 사정없이 온몸으로 파고들었다. 그러나 테리우스는 무방비 상태로 무차별 구타를 당하면서도 전혀 대항하지 않았다. 마음만 먹는다면 한강 변 둑에서 마포 이소룡 패들과 싸웠을 때처럼 공격하는 상대를 방어하며 급소만 골라 치명타를 먹인다면 아무리 덩치들이라도 저런 비곗살 몇 명쯤은 어렵지 않게 눕힐 수가 있었다. 하지만 그럴 수가 없는 것이 행여 원남이에게 조금이라도 피해가 가지 않을까 걱정이 돼서였다. '그래, 그랬었구나, 대장님 말씀이 맞았어.' 결국엔 항상 마음속으로 우려했던 일이 벌어지고 만 것이다. 원남이가 지금쯤 얼마나 마음고생을 하고 있을까? 생각하면 할수록 어쩔 수 없는 괴로움에 안타까운 가슴만 갈가리 찢어졌다. 누군가가 휘두르는 각목이 정통으로 뒷머리를 때리자 머릿속을 온통 뒤집어 놓은 것처럼 핑하니 어지러웠다. 테리우스가 걷어차이고 밟히면서도 아무런 반응이 없자 그때야 매질이 멈췄다.

"야! 그만해라 죽겠다."

꺽다리가 겁먹은 큰 눈을 거북이처럼 껌벅였다.

"쌔끼, 기절했나 본데? 칫."

빡빡이가 씩씩대며 침을 뱉었다.

"야, 야. 가자 씨발 토껴!"

부러진 각목을 남의 집 담장 너머로 집어 던지며 다급해진 교련복이 소리쳤다. 아무런 움직임 없이 엎어져 있는 테리우스의 희미한 의식 속에서

'후다닥 툭탁' 여러 명이 다급히 달아나는 소리가 아련하게 멀어져 갔다.

* * * *

희미하게 파란 벌판이 보이는 것 같았다. 들릴 듯 말 듯 천막교회의 종
소리도 울리는 것 같더니 저만큼 앞에서 원남이가 울먹이고 있다. 안타
까운 마음에 아무리 다가서려 해도 발걸음이 떨어지질 않는다. 제발 울지
말라고 소리치고 싶어도 입속에서만 맴돌 뿐이다. 손짓이라도 하고 싶지
만, 그나마도 움직이지 못해 애만 태울 뿐이다. 애처로운 얼굴로 눈물짓
던 원남이마저 점점 빠르게 멀어지더니 금방 시야에서 사라져 버렸다. 애
타는 마음에 몸부림을 쳐보지만, 전혀 움직일 수 없는 돌덩이가 되어 깜
깜한 절벽으로 아득하게 떨어져 내려갔다. 잴 수 없는 시간이 흘러갔다.
까만 어둠 속에서 한줄기 밝은 빛이 쏟아져 내렸다. 그 빛은 점점 퍼지며
하얗게 밝아지기 시작했다. 테리우스가 눈부셔 찌푸린 채로 고개를 돌렸
다. 천장에 매달려 있는 조그만 형광등이 애처롭게 내려다보고 있었다.
얼핏 옆을 보니 덜컹거리는 유리창엔 어느새 어두워진 밤이 까맣게 물들
어있고, 창문 앞에 서 있는 이름 모를 나무의 이파리들이 마치 괴물들의
손짓처럼 나불거리고 있었다. 저린 팔을 내려다보니 팔뚝에 주삿바늘이
꽂혀 있었다. 머리 위에 거꾸로 매달린 링거병 밑으로 한 방울 두 방울 안
쓰럽게 떨어지는 약물 방울이 가느다란 호스를 타고 내려와 테리우스의
몸속으로 스며들었다. 눈알이 빠지는 것처럼 아프고 뜨기조차 힘들었다.
무거운 몸을 뒤척여 보았다. 옆구리 한쪽이 바늘로 찌르는 것처럼 통증이
왔다. 아마 갈비뼈에 금이라도 간 것 같았다. 허탈한 마음에 울컥 올라온
설움을 삼켜 버렸다. 빡빡이의 발길질과 덩치들의 주먹질까지는 생각이
나는데 눈을 치켜뜬 교련복이 각목을 휘두른 후부터는 기억이 없다. 아
마 기절했던 모양이었다.

문을 두드리는 소리가 나더니 해골 문신 망태와 털보망태가 조심스럽게 문을 열고 들어왔다.

"어이구, 이제야 깨어났구나! 그래 어떻게 된 거야? 주위 사람들한테 물어봐도 당채 누가 봤다고 하는 사람이 있어야지 아무도 모른다니 답답할 노릇이지 그래, 도대체 어떻게 된 거냐 응?"

인자한 털보망태가 근심으로 가득 찬 얼굴로 물었다.

"아, 뭐, 그냥… 별거 아임니더. 그냥 마 그레 됐심니데이."

"야이, 이놈아 별것 아닌 게 그 모양이냐? 너 내가 그리로 안 지나갔으면 어떻게 된 줄이나 알아? 마침 내가 그쪽으로 지나갔기에 망정이지 어휴, 그래 이게 무슨 꼴이냐 죽일 놈들 같으니라구." 영일동 담당인 해골 문신 망태가 무심히 지나치다 다행히 테리우스를 발견하고는 병원까지 업고 온 모양이었다. 걱정스러운 눈빛으로 내려다보는 모습이 피를 나눈 친형제보다 더 뜨거워 보였다.

기분 나쁘도록 삐걱 소리가 길게 나는 병실 문이 열리면서 이번엔 재건대 대장이 역시 안쓰러운 표정을 지으면서 들어왔다.

"아, 됐다. 괜찮아 그냥 누워 있어라."

억지로라도 일어나 보려고 하는 테리우스를 말리며 창문을 열어놓곤 담배를 꺼내 물었다. 칙, 칙. 성냥을 그어대는 소리가 두어 번 나더니 불붙은 유황 냄새가 조그만 병실 안으로 금새 퍼졌다. 대장이 쓸쓸한 뒷모습을 보이며 긴 한숨 소리와 함께 뿜어낸 담배 연기가 근심을 가득담아 창밖으로 날아갔다. 엉망으로 누워있는 테리우스가 보기 싫어서였을까? 돌아보지도 않고 창밖만 응시하며 말하는 대장의 목소리가 조용하고 낮았지만 근엄하게 들려왔다.

"그래, 내가 뭐라고 했냐? 결국엔 상처만 남는다고 그랬지? 지금 현 세상이 그런 거야. 너희 둘만 좋다고 다 되는 그런 세상이 아니란 말이다. 길게 말하지 않겠다. 부산 지구대에 비둘기 날렸으니까 그냥 다 잊어버리고 몸 추스르는 대로 부산으로 내려가라. 네가 진심으로 그 동생을 생각한다면 주위에서 얼쩡거리지 말고 눈에 안 띄게 떠나 주는 게 현명한 거야. 너보다 십수 년 더 산 인생 선배로서 해 주는 말이라고 생각해라! 그리고 그 동생 내년엔 고등학교도 들어가야 한다며? 그러니까 빨리 잊고 공부에 몰두할 수 있도록 네가 도와줘야지. 혹시 인연이 된다면 이 다음에라도 만날 수 있는 거니까 너도 열심히 공부해서 떳떳하게 나설 수 있는 사람이 되어야 할 게 아니겠냐? 내 말 알겠지? 경상도 사나이라면 그까짓 것 하며 잊어버리는 거야. 물론 한동안은 마음고생 좀 하겠지만-."

역시, 여러 사람을 다스리는 대장님다웠다. 어쩌면 처음부터 이렇게 되리라는 걸 내다보고 있었던 것 같았다. 대장님 말대로 원남이 곁을 떠나야만 한다면? 그 길만이 원남이를 위하는 길이라면? 선택의 여지가 없었다. 그 길을 택해야만 하리라. 그러나- 저번 날 학원에 찾아왔을 때에도 정말 찢어질 것 같은 마음을 숨겨가며 나름대로는 냉정하게 말해놓고 얼마나 가슴을 치며 후회했던가 '그냥, 지금 이대로 갈 데까지 가봐?' 어리석은 생각을 해 본 적도 있었다. 하지만 종달새처럼 종알대며 천진난만한 아이처럼 깔깔대던 원남이의 모습을 먼발치에서나마 볼 수 있다는 것만으로도 행복했었는데 이제는 떠나야만 한다니- 아! 떠나야만 한다니.

광화문의 눈물

하늘도 놀라 통곡하던 그 어느 날
십만 시위대들 벌떼처럼 몰려들어
철통같이 막혀버린 차벽을 허물려고
복면 쓰고 각목 들고 앞장 서서 나서네

막으려는 의경들과 몸싸움이 발단되어
아버지뻘 대모꾼들 쇠파이프 휘두르면
아들뻘 의경들은 방패 들고 막아서네
각목이 부러지고 쇠파이프 난무하면
물대포가 물을 뿜고 농민이 쓰러지네
목이 터지라 아우성에 아비규환 따로없네
벌써 잊었는가 동족상잔의 비극을
세상에 이런일이 여기서 벌어지네
이것이 정녕 대한민국 서울의 얼굴인가
오! 하늘이시어

하늘도 화창하게 맑게 개인 그 어느 날
십만 시위대들 구름같이 몰려들어
복면 속에 감췄던 얼굴 환하게 미소지며
철통같이 막혀있던 차벽 대화로 열려지고
각목과 쇠파이프 대신 초코파이 던져주며
아버지뻘 시위대들 피켓 들고 행진 할 때
아들뻘 의경들도 박수치며 화답하네
나랏님도 귀 기울어 국민의 말 들어주면
평화의 비둘기 힘찬 날개 짓 하며 창공을 날아 갈 텐데
언제 한 번 그런 날 오려나 꿈 속에서나 오려나
아! 대한민국이여 지금 어디로 가고 있는가.

마지막 이별

"뭘 좀 먹는 거야?"

퉁명스런 아빠의 목소리가 나지막이 마당을 건너왔다.

"글쎄, 큰일 났어요. 굶어 죽기로 작정을 했는지 애가 통 먹지를 않네요."

엄마의 안쓰러워하는 목소리도 뒤따라 건너왔다.

"이런, 죽일 년. 뭘 잘했다구 아예 물 한 모금도 주지 말어! 아주 죽어 버리라고 그래."

아빠의 속상해하는 소리가 또 건너왔다. 말은 저렇게 하고 있지만, 속 마음은 아니라는 것쯤은 원남이도 잘 알고 있다.

"저놈에 기집애 무슨 일이 있어도 절대 못나가게 하라구. 나, 어쩌면 오늘 못 들어올지도 모르니까 그렇게 알고 있으라구."

"예, 알았어요. 알았다고요."

엄마 아빠가 계단 내려가는 소리, 자가용 시동 거는 소리, 아빠가 탄 차 떠나가는 소리. 엄마가 철 대문 닫는 소리, 엄마가 계단 올라오는 슬리퍼 소리.

"원남아, 죽 좀 써주랴?"

다시, 엄마의 걱정스러운 목소리가 들리더니 문을 열고 들어왔다. 요 며칠 동안 계속 누워 있으면서 청각만 발달시켰나 보다 눈을 감고 소리만

들어도 알 수 있는 판단력이 생겼다. 한심하고 기가 막힐 발견이었다.

"원남아, 너 도대체 왜 그러니 응? 너 정말 굶어 죽으려고 그래 응? 엄마 좀 봐봐 눈 좀 뜨고 엄마 좀 보라니까 응?"

애끊는 엄마의 목소리가 가늘게 떨고 있다. 엄마가 저러는 것 원남이도 처음 본다. 엄마가 무슨 죄가 있을까 모든 게 다 자신의 탓인 것을 이제는 그 누구도 원망하고 싶지도 않았다.

"엄마, 절대 죽지 않을 테니까… 걱정하지 마요. 그냥… 입맛도 없고… 먹고 싶으면 제가 알아서 먹을 테니까… 걱정 마세요."

원남은 들릴 듯 말 듯 꺼져 가는 소리로 엄마의 애타는 속을 뒤집어 놓았다. 이젠 두 눈이 움 펑하니 눈 때꼰이를 안 만들어도 굵은 쌍꺼풀이 만들어져 있었다.

"내가 죽 좀 다시 쒀 올 테니까 조금이라도 먹고 기운 좀 차리거라 응? 어제 쒀 놓은 것도 다 버렸잖니. 그놈 일일랑 어찌 하루아침에 잊을 수가 있겠냐만 어쩌겠냐 은주한테 대충 얘기는 들었다만… 뭐 그 사람들 생각보단 착한 사람들이라고 하더라만… 아무리 그래도 다른 사람들 인식은 몹쓸 사람만 모여 있는 곳이라고들 알고 있잖니. 하여간 뭐든 먹고 기운을 차리자꾸나? 알았지 응?"

엄마가 어떻게 하든 원남의 마음을 달래주려고 무진 애를 쓰고 있었다.

원남이에게 미안해 피하려고 그랬던지 생전 나다니기 싫어하는 은주 언니가 동네 교회에서 모집한다는 일손 달린 농촌 돕기 운동에 자원봉사자로 뽑혀 이박 삼일 예정으로 떠나 버렸다. 지금 아무도 없는 어두운 방 안에는 원남이만 쓸쓸하게 홀로 누워 자꾸만 깊은 곳으로 가라앉고 있는 마음을 떠올리려고 발버둥을 치고 있었다. 은주 언니 책상 위에 사발시계가 곧 터질 것 같은 시한폭탄처럼 째깍거리며 다가오자, 허리띠가 풀려 버린 하얀 커튼이 창문으로 들어오려는 바람에 등 떠밀려 한스러운 살풀이를 날려주고 있었다.

원남은 문득 이 세상 아무도 없는 외딴곳에 혼자 버려진 것 같은 생각이 들었다. 머릿속에서 잘 돌아가던 테이프가 비리빅, 갑자기 이상한 소릴 내며 엉켜 버린다. 차분히 가라앉히려 했던 모든 기억이 엉망으로 뒤집히는 것 같다. 아무렇게나 나 자신을 내동댕이치고 싶어진다. 다시 한 번 힘겹게 돌아눕는다. 파란 벌판이 눈앞으로 다가온다. '울보야, 힘들면 찾아와' 하던 언니 앞에 원남이가 서 있다. 화장을 짙게 한 빨간 손톱이 반색하며 반겨준다. 잠시 후 키 낮은 지붕 밑 골목길에 원남이가 담배 연기를 뿜어내며 서 있다. 허벅지를 훤히 드러낸 짧은 미니스커트를 입고 단발머리는 어느새 파마머리로 변해있다. 짙은 화장 때문에 미소를 잃어버린 얼굴로 담배를 끼고 있는 손가락 끝엔 꽃보다 더 새빨간 매니큐어가 칠해져 있다. 초점 잃은 눈빛으로 마네킹처럼 서 있는 원남이 앞으로 술에 취한 수 많은 남자들이 스쳐 지나간다. 다시 한 번 돌아눕는 원남의 눈가에 이슬이 맺혀있다. 하늘이 울컥대며 울고 있다. 하얗게 눈이 쌓여있는 십자강 벌판을 원남이 혼자 비틀거리며 걸어오고 있다. 저만큼 천막 교회가 눈 속에 파묻혀 간다. 지붕 위 십자가에 예수님이 빨리 오라 손짓한다. 손수건에 싼 수면제를 입에 털어 넣는다. 그리곤 몇 발자국 걷다간 힘없이 쓰러지고 만다. 정신이 몽롱해지며 스르르 잠이 온다. 천막 교회의 종소리가 아련히 들려온다. 희미하게 가족들의 얼굴이 떠오른다. 제일 먼저 엄마가 대성통곡을 하다 지쳐 쓰러지고 만다. 아빠가 아끼던 양주병을 앞에 놓고 꺼이꺼이 울고 있다. 언니들도 울고 있는데 은주 언니의 울음소리가 제일 크게 들린다. 태현이가 발을 동동 구르다 빨개진 얼굴이 눈물 콧물로 범벅되어있다. 미선이가 너무 울어 통통한 얼굴이 호박처럼 부어있다. 나훈아 선생님이 슬픈 표정으로 원남이의 책상 위에 흰 국화꽃 한 송이를 올려놓는다. 반 전체 학생들이 침통한 표정으로 잠시 묵념을 올린다— 후, 후, 후.— 아무 의미도 없는 허탈한 헛웃음이 긴 한숨 소리와 함께 터져 나왔다. 반쯤 열린 창문으로 슬며시 눈치를 보며 들어온 바람이 원남의 얼굴을 스쳐보고는 휭 하니 한 바퀴 돌아 나가버렸다.

* * * *

봉사활동을 떠났던 은주 언니가 햇볕에 그을린 팔뚝을 자랑스럽게 흔들며, 옥수수를 한 자루 둘러메고 사흘 만에 돌아왔다. 생전 처음 좋은 일 한 것 가지고 자랑하느라 정신이 없다. 태풍에 다 쓰러져 버린 고추를 하나하나 일으켜 세워 다시 살려 놓았다는 둥 마을 교회당에 동네 아이들을 모아놓고 일일 선생님 노릇을 한 것이 평생 기억으로 남을 것 같다는 둥 마을 부녀회 아줌마들이 옥수수며 감자를 삶아 내어와 들판에 앉아서 먹는 맛이란 말로 다 표현할 수가 없었다는 둥 입에 거품을 물어가며 덩치에 어울리지 않게 호들갑을 떨고 있었다. 엄마도 무거운 제 몸 하나 간수 하기도 힘들 텐데 장한 일을 했다며 칭찬을 아끼지 않았다. 가끔 터져 나오는 아빠의 웃음소리도 즐거움으로 가득했다. 고무호스로 사정없이 내리치던 험악한 그 모습과는 비교도 안 되는 가증스러운 웃음소리였다. 다른 때 같았으면 원남이도 저 자리에 끼어 한 참 수다를 떨었을 텐데 마치 원남이와는 거리가 먼 사람들이 모여 정답게 담소를 나누고 있는 것처럼 보였다. 그렇다. 어렸을 적에 엄마가 가끔 말 안 들을 때면 너는 미원 다리 밑에서 주워 왔다고 했던 말이 생각났다. 맞다, 나는 미원 다리 밑에서 주워 온 것이 틀림없었다. 그렇지 않고서야 내가 이렇게 굶어 다 죽어 가고 있는데 어쩌면 자기네끼리만 맛있는 옥수수를 먹을 수가 있단 말인가?

마당 건너 마루에서 들려오는 가족들의 웃음소리가 잦아질수록 원남은 지독한 외로움에 빠져들면서 이 세상에 혼자라는 생각으로만 가득 찼다. 가족에 대해 섭섭한 마음이 커지자 또다시 테리우스를 그리는 마음만 더 해갔다. 지금 어디서 무얼 하고 있을까? 불안한 마음은 지울 수 없고,

빙긋이 웃으며 다가오고 있는 모습이 자꾸만 떠올랐다. 떨럭, 떨럭. 마당을 가로질러 오는 둔탁한 슬리퍼 소리가 몸이 무거운 은주 언니 라는 걸 알 수 있었다. 조용히 미닫이문을 열고 들어와 꼼짝 않고 누워있는 원남을 안쓰러운 얼굴로 내려다보며, 넌지시 말을 걸었다.

"옥수수 좀 가져왔는데 먹어 볼래? 아니면 뭐 다른 것 좀 갖다 줄까?"

"……."

"나, 원망하지 말어 지금 당장이야 내가 밉겠지만 세월이 지나면 어쩌면 내가 고마웠다고 생각 할 수도 있을지 모르니까."

'그래, 마음대로 생각해라 말할 기운도 없지만 대답할 가치도 없다. 옥수수나 실컷 먹고 살이나 푹푹, 더 쪄라 이 뚱돼지야.'

원남은 잠깐이었지만 혼자 있었을 때가 편했었는데, 생각해주는 척 말하는 가증스러운 목소리조차도 듣기 싫었다. 귀찮은 생각에 라디오 볼륨을 크게 올려버렸다.

"흥! 그래, 말하기조차 싫다 이거지? 그래도 복잡하고 일이 더 커지기 전에 이 정도쯤에서 끝난 걸 다행으로 생각하란 말이야."

기가 막혔다. 뭐가 복잡하고 무슨 일이 커지는지 일은 자기가 다 저질러 놓고 도대체 무슨 생각으로 저런 말을 하고 있는지 지금의 답답한 심정으로는 그저 배신 때린 은주 언니가 얄미울 뿐이었다.

낮부터 후텁지근하게 푹푹, 삶아 대더니 역시 비가 오려고 그랬나 보다. 창문 밖으로 섬광이 두어 번 번쩍이더니 꽈과광, 하고 벼락 떨어지는 소리가 귀청이 터지도록 울렸다.

"엄마얏!"

책상 앞에 앉아있던 은주 언니가 그 큰 덩치 어디에 그런 민첩함을 숨겨 놓고 살았는지. 마치 다람쥐처럼 잽싸게 침대 위로 몸을 날렸다.

"사람이, 죄 짓고는 못사는 법이야."

원남은 힘겹게 겨우 일어나 작은 목소리로 경고하듯 말해 놓고는, 화장실 거울에 비친 자신의 모습을 보곤 깜짝 놀랐다. 얼굴이 반쯤 가리는 헝클어진 머리, 하얗게 핏기없는 창백한 얼굴, 눈자위가 시커멓게 움푹 팬 하얀 눈, 그리고 입고 있는 하얀 잠옷과 번개와 천둥소리 거기다 추적추적 내리기 시작하는 밤비가 그 무언가와 잘 맞아 떨어졌다. 원남은 허옇게 눈을 흘기며 말없이 노려보고 있는데 때마침 형광등이 두어 번 껌뻑거리며 보조를 맞췄다.

"얘! 어이야, 왜 그래? 이년아 무섭단 말이야 그렇게 쳐다보지 마."

은주 언니의 표정이 정말로 무서워하는 것 같았다.

"너어는 내가 니 도옹생으로 보오이니- 니 도옹생으을 모옷 사알게 구울지 마라아."

원남이가 두 손을 허벌렁 하게 올리고는 떨리는 목소리로 천천히 다가서자,

"하지 마! 하지 말란 말이야!"

하면서, 놀란 토끼 눈이 되더니 결국엔 홑이불을 뒤집어쓰고는 누에처럼 잔뜩 웅크린 채 소리만 질러댔다.

"야 이년아! 정말 귀신같단 말이야!"

살래살래 손사래를 쳐놓고 다시 홑이불을 뒤집어쓰는 어린애 같은 행동이 밉지만, 한편으로는 귀엽다는 생각도 들었다.

올여름은 유난히 비가 많이 오는 것 같았다. 창문을 때리는 빗방울이 점점 더 커지고 있었다. 오늘 밤은 쉽게 잠을 이루기는 어려울 것 같았다. 눈을 감으면 테리우스가 저만큼 앞에서 슬픈 표정으로 바라보고 있다. 안타까운 마음에 소리쳐 보고 싶지만, 그 또한 입속에서 맴돌고 있을 뿐이다. 왜? 저렇게 멀어져만 가는 걸까? 그냥 거기 가만히 서 있으면 내가 따라잡을 텐데, 그런데 다가서려면 또 뒤로 멀어진다-. 원남은 솟구치는 그리움을 달랠 길 없어 가슴 저려오는 애달픈 마음에 힘없는 몸부림만 치고 있었다.

옥상에서 홈통을 타고 흘러내리던 빗물이 중간쯤에서 홈통이 끊어져 버려 곧장 바닥으로 떨어져 내리는 소리가 요란하게 들려왔다. 환청이었을까? 선잠들은 꿈결 속에서 끊어질 듯 이어질 듯 귀에 익은 소리가 쏟아지는 빗소리에 묻혀 희미하게 들려왔다.

'아냐, 그럴 리가 없어 잘 못 들은 거야 지금 이시간에 더구나 이렇게 비가 오는데 그럴 리가 없어.'

그러나 또다시 귀에 익은 그 소리가 들려오자, 겨우 일어설 수 있었던 원남은 그 무언가 알 수 없는 힘에 의해 벌떡 일어나더니 황급히 창가로 다가섰다. '아냐, 내가 잘못 들은 거야 세상에 설마?' 혼자 중얼대며 창문을 활짝 열자, 제발 정신 좀 차려 보라며 바람이 몰고 온 빗물을 얼굴 위로 시원하게 뿌려 주었다. 원남은 자신의 눈을 의심했다. 보고 또 보고 다시 보아도 저게 누구인가? 목공소 앞 키 작은 가로등 밑에 쏟아져 내리는 비를 맞으며 빨간 모자를 쓴 테리우스가 거기 있었다. 기다란 집게를 손바닥에 두드려 차각, 차각, 하는 소릴 내며 그렇게 서 있었다. '오빠, 오빠.' 원남은 목이 메어 입에서 맴도는 소리를 내뱉지는 못하고 붕어처럼 애타는 입만 뻐끔거렸다. '세상에, 이 밤중에 이 빗속을 이렇게 여기까지 찾아오다니, 그동안 참고 있었던 서러움과 마음 졸이며 애태웠던 일, 그리고 지금 당장 테리우스를 만난다는 가슴 설렘 같은 것들이 한꺼번에 터져버리자 급한 마음에 허겁지겁 잡히는 대로 옷을 꺼내 입었다. 은주 언니가 벽 쪽을 보고 누워있었지만 잠 들은 것 같지는 않았다. 설령 깨어있다 해도 그만이었다. 될 대로 되라지. 그냥 콱, 죽어버리면 그만이라고 생각하니까 겁나는 게 없었다. 우산 찾아 쓸 겨를도 없이 허둥대며 계단을 내려 갔다. 바람에 밀려 쾅, 하고 닫기는 철 대문 소리도 쏟아지는 빗소리에 묻혀 버렸다. 원남은 고개를 들어 창문을 올려다보았다. 불은 꺼져 어두웠지만, 분명히 은주 언니가 내려다보고 있었다.

'그래, 이르든지 말든 지 마음대로 해라.' 원남은 지금 아무것도 안 보였다. 오직 가로등 밑에 쓸쓸하게 서 있는 테리우스만 눈에 가득 들어와 한 걸음에 달려갔다.

"어떻게 된 거야 오빠 응? 어머 내 정신 좀 봐 우산도 안 쓰고 나왔네."

뒤늦게 정신을 차린 원남은 두꺼운 겨울 오바를 입고 나온 자신을 쑥스러운 표정으로 내려다보았다.

"오빠, 우선 저쪽으로 가자 응? 빨리."

원남은 테리우스의 팔을 잡아끌고 고은 양장점 골목으로 들어갔다.

"오빠, 정말 어떻게 된 거야 응? 무슨 일 있었어? 이 밤중에 어쩐 일 이냐구요?"

원남은 너무 궁금해 묻고, 묻고, 또 묻고 있었다.

"으응, 그기마… 그냥…… 니가 갑자기 보고 싶어 왔데이."

뒷짐을 지고 벽에 기대서서 어울리지도 않게 대답하는 테리우스의 얼굴을 얼핏 본 순간 악! 원남의 입이 크게 벌어지며 소스라치게 놀라고 말았다. 골목 집 창가로 스며 나오는 불빛에 스쳐 보이는 테리우스의 얼굴이 심하게 일그러져 있었기 때문이었다.

"오빠, 도대체 어떻게 된 거야? 누가 이랬어? 얼마나 아플까… 어쩜 좋아 흑흑"

원남은 울먹이며 테리우스의 모자를 벗겨 보았다. 기가 막히고 가슴이 터질 것 같은 마음에 정말 통곡이라도 하고 싶은 심정이었다. 두 눈가엔 시커멓게 피멍이 들어있고 그 맑고 하얀 눈이 뻘겋게 핏물이 들어있어 차마 똑바로 바라볼 수가 없었다. 입술은 터져 통통 부어있고 찢어 터진 상처 위로 말라붙은 딱정이가 꺼멓게 앉아있어 너무 보기가 애처로워 가슴이 찢어질 것만 같았다. 정말 다시 돌이킬 수만 있다면 처음으로 돌아가 이렇게 고통받지 않게 해줄 수 있을 텐데, 어떻게 해줄 수 없는 안타까운 마음에 가슴만 치고 있을 뿐 이었다.

"괘안타, 정말 괘안테이— 그냥 배구시합하다 넘어졌데이."

괜찮다고 말하고 있는 테리우스의 목소리도 가늘게 떨고 있는 것이 아마 속으론 울고 있는 것 같았다.

　'아! 불쌍한 오빠.' 원남은 자신이 아무리 물어본다고 해도 솔직히 대답해줄 것 같지가 않았다. 그러나 대충 짐작이 갔다. 태수 삼촌의 공작이 틀림없을 것 같았다. 기가 막혔다. 오빠가 무슨 죄가 있단 말인가? 원남은 퉁퉁 부어 딱정이가 앉은 입술을 보며 얼마나 아팠을까 하는 생각을 하다, 갑자기 할머니가 생각이 났다. 아주 어렸을 적에 시골 할머니 집에 놀러 갔을 때 어쩌다 벌레에게 물리기라도 해 '할머니, 나 여기 모기가 물었어.' 하고 팔을 내밀면 발갛게 부어오른 상처 부위를 침을 묻혀 가며 입으로 빨아주던 할머니, 그러고 나면 '호, 다 됐다. 이젠 다 낳았다.'하고 입을 맞춰 주던 할머니, 그러면 정말 다 낳은 것 같았고 빨아주던 그 감촉이 너무 좋아 툭 하면 달려가 또 물었다고 팔을 내밀던 기억이 떠올랐다. 원남은 지금 그때 그 할머니 같은 심정으로 테리우스의 퉁퉁 부어 까맣게 딱정이가 앉아있는 입술을 빨리 나아 아프지 않게 해 주고 싶었다. 미어지는 마음으로 상처 부위를 만져주며 흐느끼던 원남은 테리우스의 얼굴 가까이 다가갔다. 그리곤 까치발을 동동 굴러 테리우스의 입술 위에 자신의 입술을 살며시 포갰다. 테리우스의 슬픈 두 눈이 조용히 감겼다. 원남은 조심스럽게 입을 벌리자 퉁퉁 부은 테리우스의 입술이 한 움큼 들어왔다. 원남은 혀를 내밀어 딱정이가 앉은 상처 부위를 아프지 않게 더듬거리며 침을 묻혔다. 테리우스가 움찔, 몸을 한번 움츠렸다. 비릿하고 시큼한 맛이 느껴졌다. 짧은 순간이었다. 뒷짐 지고 벽에 기대있던 테리우스가 울먹이고 있는 원남의 지친 어깨를 살며시 안아 주었다. 키스? 몸이 구름 위를 걷는 것 같고 짜릿하고 달콤하고 황홀한 느낌 같은 것? 그랬다. 어른들이 표현하는 그런 감정하고는 전혀 아니라고 생각했다. 지금까지도 짓물러 터졌던 자국이 남아있는 그 순간들의 아픈 상처들을 한시라도 빨리 치유해주고 싶은, 마치 어린 새끼의 상처 난 부위를 안쓰러운 마음으로 어미가 혀로 핥아 주듯이 바로 그런 어미 같은 심정에서였다. 처마 끝으로 떨어지는 빗물 방울이 원남의 얼굴 위로 흘러내려 눈물이 되어 떨어졌다. 그나마 골목 집 창가로 스며 나오던 불빛마저 희미하게 숨어버려 안타까움만 더 하게 했다.

비장한 눈빛으로 한참 동안 원남을 바라보던 테리우스가 길게 한숨을 토해내며 단호한 목소리로 말문을 열었다.

"원남아, 니 내 좋아하제? 내도 니를 증말로 좋아 한데이. 그동안 니하고 짧은 시간이었지만 행복했던 순간들을 내 평생 잊지 않고 소중하게 고이 간직 하겠데이. 그라고 내는 부산으로 다시 내려가기로 했데이 그러니까… 저번에도 말했지만 니도 이젠 마, 다 잊어 뿔고 공부나 열심히 하거레이. 우리가 인연이 있다 카면 언젠가 안 만나 지겠나? 원남아, 내는 니를 증말로 믿는데이. 꼭 공부 열심히 해 같고 내년에 맘먹은 고등학교 꼭 들어 가거레이. 응? 알았제?"

테리우스가 가끔씩 말을 끊으며 헛기침을 하는 걸로 보아 아마 어쩌면 터져 버릴 것 같은 마지막 이별의 슬픔을 꾹꾹 눌러 삼키고 있는 것 같았다.

"오빠, 흑흑 어떡해, 흑흑흑."

원남은 무어라 할 말이 없었다. 마지막 이 말을 남기기 위해 늦은 이 밤중에 이 빗속을 이렇게 온 테리우스에게 도대체 무슨 말로 위로를 해줄 수 있단 말인가? 그저 아무 말도 못 하고 엉망이 된 상처뿐인 얼굴을 찢어지는 심정으로 바라보며 소리죽여 흐느끼고만 있을 뿐이었다.

"원남아, 이제 니 얼굴 봤으니까 내는 이제 됐데이. 통금시간 다 돼가니까 인제 그만 가야지 싶다. 그러니 니도 퍼뜩 들어 가 보거레이."

테리우스가 아쉬운 마음을 감추려는 듯 비에 젖은 모자를 푹 눌러 쓰고는 야속하게 퍼부어 대는 비를 맞으며 무심한 골목길을 철벅철벅 발자국 소리만 남겨놓고 그렇게 멀어져 갔다.

190

"원남아! 사랑 한데이!"

저만큼 골목 끄트머리쯤에서 아쉬운 안타까움에 울부짖는 테리우스의 목소리가 다시 한 번 들려왔다. 그리곤 그게 마지막이었다. 테리우스가 사라져 버린 좁은 골목 끝에는 조그만 방범등이 비춰주는 불빛 사이로 무심한 빗줄기만 흩뿌려져 날리고 있었다.

"어허엉!"

참아가며 흐느끼던 설움의 소리가 결국엔 절규하며 울부짖는 통곡이 되어 터져 버렸다.

"어헝 어허헝 오빠아!"

가슴을 도려내는 통곡 소리는 테리우스가 사라져 버린 골목 끝을 바라보며 행여 다시 보이지나 않을까 애절한 마음으로 테리우스를 부르고 있었다. 빗소리만 무심했던 골목 안에 애끓는 울음소리가 울려 퍼지자, 불 꺼진 창문이 열리며 불만으로 가득 찬 술 취한 아저씨가 소리를 질렀다.

"이거 뭐야? 니미 이 밤중에 재수 없게시리 남의 집 창문 앞에서. 응? 초상났어?"

원남은 휘청거리며 빗속을 뛰었다. 골목 안에선 그렇게 순했던 비바람마저 골목길을 벗어 나오자 기다렸다는 듯이 야멸차게 거세지더니 사정없이 온몸으로 파고들었다. 목공소집 얼룩이 놈이 무엇에 놀랐는지 죽어라 자지러지게 짖어댔다. 불 꺼진 진열장 속의 고은 양장점 마네킹이 원남을 바라보며 소리 없이 눈물을 흘렸다. 목공소 앞 키 작은 가로등이 세찬 비바람에 흔들리면서도 원남의 마음을 달래 주려는 듯 어두운 골목길을 하얗게 비춰주고 있었다.

원남이가 정신없이 넋 나간 사람처럼 방안에 들어서자,

"감기 걸릴라. 머리나 말리고 자라."

벽을 보고 누워있는 은주 언니가 무슨 맘에선지 걱정스러운 목소리로 나지막이 말했다.

"그럴 수가 없어, 그럴 수가 없단 말이야 어떻게 사람을 그 지경으로 만들어 놓을 수가 있냔 말이야. 용서 못 해 절대로 용서 안 할 거야."

은주 언니가 뭐라고 말하는 것 같았지만 지금 아무 소리도 안 들린다. 엉망으로 일그러진 테리우스 얼굴을 떠올리며 몸과 마음이 다 젖어버려 그냥 누운 채 북받치는 서러움을 참을 수 없어 흐느끼고만 있을 뿐이었다. 통금을 알리는 사이렌 소리가 오늘따라 숨이 넘어가도록 길게 여운을 남기며 불어댔다. 파출소에서 올라오며 불어대는 방범들의 호루라기 소리도 빗속에 부서져 처량하게 들려왔다. 슬픔에 젖어있는 어둡고 눅눅한 방 안으로, 창문을 흔들고 있는 바람 소리와 유리창에 부딪혀 흘러내리는 빗방울 소리만 간간이 스며들어올 뿐이었다. 원남은 슬픔에 젖은 채 울다 지쳐 깊은 벼랑으로 떨어져 내려가는 몽롱한 의식 속에서도 안타까운 몸부림을 치며 멀리서 손짓하고 있는 테리우스를 부르고 있었다.

탈출

차각, 차각, 아침마다 들었던 귀에 익은 반가운 소리가 몽롱한 꿈결 속에서 희미하게 귓속으로 스며들어와 원남을 흔들었다. '아니야, 아니야.' 반쯤 눈을 감은 채 정신 나간 사람처럼 넘어질 듯 휘청대며 일어나 창문을 활짝 열었다. '어젯밤엔 내가 꿈을 꾸었는지도 몰라 맞어, 꿈을 꾸었던 거야 어젯밤엔 그렇게 비가 많이 왔었는데 지금은 이렇게 멀쩡하게 해가 떠 있잖아?' 그러나 목공소 앞 골목길을 올라오고 있는 사람은 인자한 털보 망태였다. 실망에 잠긴 원남은 어지러운지 이마를 짚으며 비틀거렸다. 몸도 마음도 축 가라앉아 버리자, 이제는 눈을 뜨고 있는 것조차도 힘이 들어 보였다. 멀리 보이는 관악산이 어질어질 더 멀어져 가고 있어 야속해서 미웠다. 그 관악산 위로 떠 있는 태양도 눈을 찡그리게 해 얄미워 보기 싫었다. 에펠탑보다도 더 장엄하게 보였던 벽돌공장의 굴뚝에서 변함없이 시커먼 연기를 토해내자 차라리 무너져 버렸으면 좋겠다고 생각했다. 쓰레기로 매립되어가는 십자강 웅덩이가 아침 햇살에 반짝이는 것도 가증스럽고 더러워 보였다. 그렇게나 간절히 기도했건만 기도 소리를 외면해버린 천막 교회에 사는 예수님도 너무너무 원망스러웠다. 원남은 또다시 휘청거리며 쓰러질 듯 창틀에 매달렸다. 갑자기 모든 사물의 색깔이 노란색으로 바뀌면서 야속하게 멀어져가던 관악산이 갑자기 뒤집혔다. 벽돌공장의 굴뚝도 거꾸로 서 있고 십자강도 천막 교회도 다 뒤집혀 버렸다. 세상 모든 것이 빙글빙글 돌아가고 있었다.

"어마! 엄마아! 원남이가 쓰러졌어!"

악을 쓰는 은주 언니의 목소리가 저 건너 산에서 메아리쳐 들려오는 것처럼 웅, 웅, 거리며 울렸다. 이 세상 움직이던 모든 것이 까맣게 정지해 버렸다.

아무것도 보이지 않고 아무 소리도 들리지 않는 캄캄하고 끝이 없을 것만 같은 길고 긴 터널을 원남이가 혼자서 걸어가고 있다. '누구 없어요? 아무도 없어요?' 아무리 소리치고 싶어도 입속에서만 잠겨있을 뿐이다. 얼마나 애태우며 걸었을까? 저만큼 끝에서 아주 조그만 한줄기 빛이 보이더니 점점 크게 다가왔다. 그것은 엄청나게 커다란 문이었다 그 큰문이 천천히 소리 없이 열리더니 환한 빛이 눈부시게 쏟아져 들어왔다.

"엄마! 원남이 깼어!"

"응 그래, 이제야 약 기운이 도는 모양이네?"

은주 언니가 소리를 지르며 내려다보고 있고 아나파 약국 아줌마가 덧니가 보이도록 히죽이 웃으면서 바라보고 있었다.

"쪼끄만 게 어지간히 속 썩이네! 저거 봐 얼굴이 반쪽 됐잖아?"

"글지 마. 얘, 쟤 속은 얼마나 탔겠냐? 후, 후, 귀여워."

작은 언니가 머릴 감았는지 수건을 머리에 뒤집어쓰고 삐죽이 입을 내밀은 채 서 있고 큰언니는 영양 크림을 잔뜩 바른 얼굴만 문질러 대며 나름 근심 어린 표정을 지으며 바라보았다.

"으이구, 이 바보야."

어떻게 알고 왔는지 영원한 친구 미선이도 걱정스러운 얼굴로 앉아있었다. 태현이가 눈을 뜬 원남을 보고 안심이 되는지 만화책만 챙겨 들고 나가버렸다.

"아이고, 이년아! 뭘 좀 처먹어야 사람이 살지! 이년이 지에미 속 터져 죽는 꼴 보려고 작정을 했어!"

엄마가 소리를 지르면서도 안도의 한숨을 내쉬며 눈물을 글썽거렸다.

아나파 약국 아줌마가 거꾸로 매달아 놓은 영양제 병에서 생명수처럼 감질나게 떨어지는 약물 방울을 똑딱거리는 초침시계에 맞춰 조절했다. 영양제 병의 약물이 얼마 남지 않은 걸로 보아 꽤나 오랜 시간 동안 누워 있었던 것 같았다.

"그래, 우리 원남이가 심한 열병을 앓고 있구나! 근데, 어쩌지? 문제는 의사도 약사도 고쳐줄 수 없는 병을 원남이가 앓고 있으니 말이야. 그런데 이 병은 다행히 자신이 노력하면 완치할 수 있다는 장점이 있지. 가령 차라리 모든 걸 다 잊고 공부에 푹 빠져 보는 거야. 아니면 좋아하는 취미생활을 찾아본다든지. 그렇게 해서 세월이 흐르다 보면 서서히 잊혀 가면서 자연치유가 되는 거지 알겠어 응? 그러니까 우선은 기운부터 차려놓고 찾아보는 거야 알겠지?"

아직도 현기증 때문에 천장이 내려앉고 창문이, 책상이 빙빙 돌아가고 있는 것처럼 보였다. 사물의 윤곽들을 뚜렷이 바라볼 힘조차 없는 원남의 눈에는 인자한 목소리처럼 들리는 아나파 약국 아줌마의 모습도 만화영화에 나오는 마녀처럼 보였다. 콧등이 굽은 매부리코가 오늘따라 유난히 더 길어 보이고 삐져나온 덧니도 마녀 이빨처럼 들쭉날쭉 날카로워 보였다. 말하는 목소리도 앙칼지게 들렸고 꺄악! 하는 웃음소리도 소름이 끼쳐 원남은 그만 눈을 감아 버렸다.

'뭐라구? 자신밖에 고칠 수 없는 병이라구? 공부에 푹 빠져 보라구? 취미 생활을 가져 보라구? 그러다 세월이 가면 잊혀진다구?' 기가 막혔다. 지금 이 상황에서 그렇게 마음을 돌린다는 게 과연 가능할까? 어떻게 저런 돌팔이 같은 처방을 내릴 수가 있단 말인가 다른 동네에서도 약을 잘 짓는다는 소문을 듣고 찾아온다는 게 믿어지지가 않았다. 분명히 무슨 요술을 부리고 있는 게 틀림없을 것 같았다.

원남의 지금 심정은 공부고 취미생활이고 그런 돌팔이 같은 약국 마녀의 처방은 귀에 들어오지도 않았다. 다만, 한시라도 빨리 마녀소굴 같은 이곳에서 탈출하고 싶은 마음뿐이었다. 바다가 보고 싶다. 파란 파도가 밀려오는 백사장을 마음껏 달릴 수 있는 곳 푸른 파도가 넘실대는 바다 위로 하얀 갈매기가 나는 곳 어렸을 때 가본 기억이 새록새록 떠오르는 강릉 경포대 앞바다가 보고 싶었다.

"죽을 쒀서 조금씩 먹이세요. 걱정 안 해도 괜찮아요. 갑작스러운 금식과 신경성으로 위벽이 조금 헐었을 뿐이니까 시간 맞춰 약 잘 먹이시고요-."

아나파 약국 마녀의 주문을 외우는 것 같은 목소리가 마당을 건너 들려오더니, 엄마가 죽을 끓이느라 달그락거리는 소리도 뒤따라 들려왔다. 어색해진 방 안 분위기에 눈치를 보던 은주 언니가 없는 약속을 만들어 핑계를 대면서 무거운 꽁지를 질질 끌며 나가버렸다.

"야 이, 기집애야 너 정말 죽으려고 환장했냐? 도대체 며칠을 굶은 거냐? 야하! 대단하다 대단해. 나는 다른 건 다 견딜 수가 있는데 밥 굶는 건 죽어도 못한다. 차라리 죽으려면 실컷 먹고 배 터져 죽는 게 낫지."

오래간만에 미선이의 너스레 떠는 꼴을 보니 이제야 살 것 같았다.

"미선아, 와줘서 정말 고마워. 근데 나 지금 괴로워 미칠 것 같애. 오, 오빠가 너무 불쌍해. 어디서 어떻게 당했는지 얼굴이 엉망이 됐더라구. 부산으로 다시 내려간대. 아마 다시는 영영 못 만날 것 같애. 정말 미치겠어. 지금 심정 같아선 어디론가 훌쩍 떠나고 싶어 바다가 보이는 곳으로 말이야. 이 마녀소굴 같은 곳에서 탈출하고 싶어 미선아."

원남은 눈물을 글썽이며 울음을 참느라 코만 훌쩍거렸다.

"야 이, 기집애야 그러니까 뭘 좀 먹고 기운을 차려야 탈출을 하던지 바다에 가서 빠져 죽든지 할 게 아니냐? 다 죽어가는 송장 둘러업고 갈 수도 없는 일이고 안 그래? 그러니까 먹어 닥치는 대로 구겨 넣으란 말이야 알았지? 나도 요즘 복장 터지는 일만 생겨서 현실 탈피 좀 해야 되겠단 말이야. 근데 이 기집애는 굶어도 예쁘냐 볼살이 홀쭉해지고 양쪽 눈은 쌍꺼풀까지 굵게 만들어져 이젠 눈 때꾼이 안 해도 되겠다 이년아! 글쎄 될 년은 뭐가 되도 된다니까. 아! 세상사 불공평 하구나. 누구는 굶으면서도 예뻐져 돈 버는데 단 한 끼도 굶을 수 없는 신체구조를 안고 태어난 이 내 몸은 과연 누구를 원망해야 하는가."

원남의 영원한 응원군인 미선이가 친구의 괴로운 마음을 읽고 있었다. 친구가 원한다면 지구 끝까지라도 같이 따라가 주겠노라고.

"그러니까 알았지? 그 시간에 알았지 응? 나머지는 내가 알아서 할 테니까 은주 언니 눈치 못 채게, 알았지 응?"

미선이의 신파극이 한 대목 끝나고 마음이 통한 두 탈출 동기생이 머리를 맞대고 누가 들을까 소곤소곤 응, 응, 알았지? 굳은 약속까지 해가며 탈출기획 도면을 그리고 있었다. 미선이가 돌아간 후에도 그놈의 탈출 도면 수정 작업으로 머릿속에서 썼다 지우길 반복하며 날밤을 꼴딱 새우다시피 했다.

* * * *

세면기의 물이 철철 흘러넘쳤다. 저번에도 하수구가 막혀 한동안 애먹었는데 또 막힌 모양이었다. 머리 한번 감을 때마다 하수구 구멍에 한 주먹씩 걸려있는 은주 언니의 긴 머리카락이 항상 문제였다. 볼살이 통통해 차라리 짧은 머리가 어울리겠건만 자기가 무슨 긴 머리 소녀쯤으로 착각하고 사는지 저렇게 긴 생머리를 고집하고 있다. 한 움큼의 증거물까지 제시하며 따졌지만 불독처럼 입을 꼭 다물고 묵비권을 행사하는 바람에 할 수 없이 마당에 있는 수돗가에서 머리를 감아야만 했다. 어제저녁에도 오늘 아침에도 엄마가 정성 들여 끓여준 잣죽을 보약이라 생각하고 맛있게 그것도 아주 많이 먹어두었다. 그래서일까? 약간의 현기증만 아니면 탈출 기획에는 별 지장이 없을 것 같았다. 방으로 돌아온 원남은 언젠가처럼 기획대로 실행에 옮기려고 했지만, 은주 언니의 은근한 압박 속에서 의심을 받지 않으려면 평상시에 입던 옷으로 꺼내 입어야만 했다. 다행히 잠시 눈을 피해 책갈피 속의 비상금은 챙길 수가 있었다.

"몸도 안 좋은데, 어디 나가려고 그러니?"

"응, 약국에ㅡ."

"약국은 왜? 무슨 약 살려구?"

"흥! 먹고 죽는 약 사러 가는 것 아니니까 안심하시지?"

원남은 실눈을 만들어 째려보면서 팽팽거렸다.

"기운 없을 텐데 무슨 약인지 내가 사다 줄까?"

"눈물 나게 왜 이러시나 몸도 무거우신데 그만두시죠. 언제부터 동생을 그렇게 생각하셨습니까?"

진의를 알 수 없는 은주 언니의 동정에 원남은 마음을 열지 못하고 계속 방어하기 위해 빈정거렸다.

"또, 냄새가 난단 말이야 아무리 좋게 생각해 주려 해도 수상해. 어제까지만 해도 다 죽어가던 애가 말이야 희망의 나라라도 찾은 것 같으니 아무래도 수상해."

아무리 시침 떼고 행동한다. 하지만 어딘가 모르게 허둥대는 모습에 낌새를 차렸는지 조영남 안경 너머로 쳐다보는 눈빛이 날카롭게 반짝였다. 눈치 빠른 은주 언니가 이제는 쳐다보는 것조차 무서워졌다.

"엄마, 나 좀 나갔다 올게요."

"아니, 그 몸으로 어디 가려고 그러냐?"

엄마가 부엌에서 걱정스러운 눈빛으로 바라보았다.

"약국에 좀 요. 뭐 좀 살 것도 있고."

"어지러울 텐데 내가 사다 주련?"

"아, 아녜요 괜찮아요. 바람도 쐴 겸– 금방 다녀올게요."

걱정이 잔뜩 담긴 엄마의 눈길 속에 다시 한 번 엄마의 속을 뒤집어 놓을 생각을 하니 도저히 눈을 마주칠 수가 없었다. 마녀의 딸 같은 은주 언니의 감시 때문에 아무것도 챙기지 못하고 허둥지둥 마녀의 소굴을 빠져나왔다. 일단 탈출은 성공인가? 쫓기는 심정으로 뒤돌아 창문을 올려다보았다. 은주 언니가 팔짱을 낀 채 비웃고 있는지 하얀 이를 드러내고 있었다. '안 돼, 잡히면.' 원남은 걸음을 재촉했다. 아나파 약국 마녀와 눈을 마주치지 않으려고 고개를 돌리는데, 고은 양장점 마네킹이 빨리 여기서 벗어나라며 웃으면서 손짓했다. 부지런히 걸었다. 조금 어지러운 것 같아 중심이 약간 흔들렸다. 파출소 옆의 순댓국집에 혹시나 태수 삼촌이 내다보고 있지 않을까 걱정했는데 다행히 보이지 않아 무사히 지나칠 수가 있었다. 원남의 조급해진 발걸음이 더욱더 빨라졌다. 이마엔 힘겨운 땀방울이 맺히고 숨까지 차올랐다. 그냥 주저앉고 싶었다. 저만큼 앞에서 파란 바다가 빨리 오라 넘실대고 그 위로 갈매기가 날아가고 있었다.

'아, 안 돼 가야 돼 빨리 벗어나야 돼.' 다시 힘을 내 부지런히 걸었다. 우신국민학교 정문 앞에서 초조하게 기다리던 미선이가 허둥대며 걸어오는 원남을 발견하고는 손을 흔들었다. 창백해진 얼굴로 제과점 앞 횡단보도에 서서 파란 등이 켜지기만 기다렸다. 돌아보고 싶지 않았는데 자신도 모르게 뒤돌아서 제과점 안을 기웃거렸다. '아!' 원남의 입과 눈이 동시에 커졌다. 그때 그 자리에 테리우스가 앉아 하얗게 웃고 있었다.

"야 이, 기집애야! 빨리 건너오지 않고 뭐해!"

미선이가 악을 쓰는 소리에 그 자리에 앉아 웃고 있던 테리우스가 유리상자 속의 마술사처럼 연기같이 사라져 버렸다. 갸날퍼서 슬픈 주인아줌마가 빈 접시를 닦으며 흘깃 한번 내다보았다. 파란 등마저 꺼지려고 깜박거리자 원남은 정신없이 냅다 뛰어 건넜다.

"야! 이년아! 죽을려고 환장했냐?"

지나가는 자동차 속에서 마녀의 마술에 걸린 괴물들이 소리를 지르는 것 같았다.

"야 이, 바보야 빨간불인데 건너오면 어떡해? 하여간 너 땜에 내가 제명에 못 산다니까."

미선이의 목소리가 항아리에서 나오는 소리처럼 윙하니 울렸다. 어질어질 현기증이 나는 것 같아 머리를 흔들어 보았다.

"괜찮겠니? 얼굴색이 창백한 게 아무래도 걱정된다 얘, 그래가지고 바닷가는커녕 개울가도 못 가겠다."

"괜찮아, 급하게 걸어와서 그런가 봐 조금 어지러운 것 같은데 괜찮으니까 걱정하지 마! 미선아."

원남은 이마의 땀을 훔치며 괜찮은 척 가슴을 활짝 펴 보였다.

"그래, 알았어 하여간 1시 30분 열차니까 부지런히 가야 해. 고속버스 타고 가면 몇 시간은 빨리 갈 수 있는데 너 또 소풍 갔을 때처럼 얼굴 하얗게 변해서 멀미할까 봐, 뼁, 뼁, 돌아서 가야 하니 하여간 니년 땜에 나 빨리 죽으면 네가 책임져 알았지? 그리고 너는 이거만 들어라. 귀한 것 들었으니까 잘 챙기란 말이야."

자신은 빨간 배낭에다 빨간 등산화에 어디서 빌렸는지 빨간 등산모까지 세트로 갖추어 입고 원남이에게는 어디서 구했는지 생전 처음 보는 이상하게 생긴 가방 하나를 들려주었다.

"어우 야, 얘 이게 뭐야? 창피하게."

원남은 중공군 보따리같이 생긴 그 이상한 가방을 들어 보였다.

"야 이, 기집애야 지금 이 상황에 쪽팔리는 게 대수냐? 그 안에 우리 먹을 부식이 들어있단 말이야. 먹고는 살아야 될 게 아니냐구? 사실 그 가방 우리 아빠 목수일 쫓아 다니실 때 연장 넣어 다니시던 연장 가방인데 뭐 어떠냐? 다 먹고 살자고 하는 짓인데, 너 그럼 이 배낭 멜래? 너 이 배낭이 얼마나 무거운 줄이나 알아? 지금 어깨가 빠진다 빠져. 아픈 친구를 위해서 대신 무거운 짐 지고 있는 나를 생각해봐라. 예수님처럼 거룩해 보이지 않니 응? 친구님, 쪽팔린 건 순간이고 진실한 우정은 영원한 거야 알았지 응?"

이 세상에 미선이의 너스레를 당할 자가 어디 있으랴 원남은 어이없는 표정을 지으면서도 고마워해야 했다.

"아, 알았어. 그래 고맙다 생각해줘서 고마워."

말은 그렇게 했지만, 중공군 보따리를 뚫고 있는 사람들의 시선은 피할 수가 없었다.

뜨겁게 내리쬐는 뙤약볕 아래에서 기다리는 짧은 시간도 지겹도록 지루했다. 미선이와 중공군 보따리를 놓고 알강 달강 하는 사이에 지쳐 보이는 버스가 시커먼 매연을 뿜어내며 달려와 멈추자 기다리고 있던 사람들이 출입구 쪽으로 우르르 몰려들었다.

"야, 얘 빨리 타자."

맨 꼴찌로 원남과 미선이도 서둘러 올랐다 무거운 배낭을 메고 허둥대는 미선이를 양 갈래머리 안내양이 '오라잇.' 하고 소리치며 뒤에서 밀어주었다.

버스가 덜컹거리며 달리기 시작하자 테리우스와 빙수를 먹었던 파리제과점이 뒤로 물러서며 점점 더 멀어졌다. 버스가 대신 시장 쪽으로 머리를 돌리자 그나마 멀리 보이던 제과점 간판마저도 원남의 시야에서 완전히 사라져 버렸다. 아쉬운 마음에 스쳐지나 도망가는 길가의 간판 글씨들을 따라잡았다.

일신 복덕방, 신길 약국, 삼천리 자전거, 삼표연탄, 서울장여관, 진미 식당, 태광 철물점, 한일 세탁소, 이천 쌀 상회, 해동 반점, 수원 장의사, 영진 보이라,- 하나라도 놓칠세라 바삐 따라 잡으려는 원남이의 눈동자가 태현이 방에 걸려있는 부엉이 시계의 눈알처럼 우스꽝스럽게 움직였다. 버스가 대신 시장 앞에서 멈추고 장바구니를 든 아줌마가 일어서자 미선이가 잽싸게 원남을 밀었다.

"얘, 빨리 앉아라. 너는 환자니까 앉아서 가야 돼."

원남은 어색해진 표정을 감추려고 창밖으로 시선을 돌리며 앉았다. 오랜 세월과 함께 달려온 늙은 버스가 삐걱삐걱 앓는 소리를 내며 달리기 시작하자, 열린 창문으로 비집고 들어온 바람이 창밖을 내다보는 원남의 머리를 심술 맞게 헝클어 놓았다.

* * * *

버스가 한강 다리 위를 건너가고 있었다. 다리목까지 출렁이는 강물이 불안했던지 늙은 버스가 숨찬 소리를 내지르며 빠른 속도로 다리 위를 달려나갔다. 한여름 장마철 시도 때도 없이 퍼붓던 장대비로 맑고 파랗게 흐르던 강물이 흙탕물로 변해 바닥을 뒤엎어 가며 칙칙하게 흐르고 있었다.

동행

청량리역 매표소 앞에 열차표를 사려는 사람들이 길게 늘어서 있는 것이 보였다. 원남이와 미선이도 헐떡거리며 달려가 맨 뒷줄에서 차례를 기다렸다.

"아이고, 숨 차라 이번 열차 놓쳤더라면 어쩔 뻔했냐? 다음 열차 시간까지 기다리려면 어휴, 이 더운 날씨에 쪄 죽을 뻔했잖니."

벌겋게 달아오른 얼굴 위로 줄줄 흘러내리는 땀을 목에 걸은 큰 수건으로 연신 닦아대며 다행이라는 듯 미선이가 숨을 몰아쉬었다. 강릉행 개찰구 앞에는 아예 바닥에 발 뻗고 자리를 잡고 앉아 삼삼오오 모여 화투판을 벌이는 사람, 동전을 흔들어가며 쌈 치기를 하는 사람, 배낭이며 텐트며 가방 같은 짐을 베개 삼아 누워 있는 사람, 각양각색으로 흩어져 뒹굴고 있었다. 그동안 각박하고 험악하다는 세상을 핑계로 하나님의 십계명을 어겨가며 살아온 사람들만 모여 있는 것 같았다. 그들은 자신들이 만들어낸 온갖 더러운 공해와 자신들이 질러대는 소음으로 찌들어버린 도시를 탈출하기 위해 휴가라는 명목을 내세워 벌떼같이 몰려들어 장사진을 치고 있었다. 드디어 개찰구가 열리자 도시탈출을 서두르는 피난민 같은 행렬이 비좁은 통로를 밀치고 밀려가며 물밀 듯이 빠져나갔다.

"민자야!"

"희라야!"

"오빠! 여기야 여기!"

정말 난리가 아니었다. 전쟁영화의 피난 장면을 재현하는 것 같았다.

"원남아, 꼼짝 말고 여기서 잠깐만 기다리고 있어."

미선이가 메고 있던 배낭을 원남이에게 넘겨주고는 잽싸게 사람들 틈을 비집고 열차에 오르더니 잠시 후 창밖으로 얼굴을 내밀었다.

"원남아! 가방 이리 올려주고 빨리 올라와 내가 자리 잡아 놨어."

미선이의 저 악착같은 근성 하나만큼은 알아주어야 했다. 부식이 들어 있다는 연장 가방과 배낭을 낑낑대며 겨우 올려주고 원남이도 여유 있게 사람들 틈에 섞여 열차에 올랐다. 미선이가 잡아놓은 좌석에는 둘째 언니 뻘 쯤 되어 보이는 여자 두 명과 친구처럼 보이는 남자 둘하고 자리를 같이하게 되었는데, 등보고 앉아있던 의자를 반대로 젖혀버리자 마주 보고 앉을 수 있는 상태로 바뀌었다. 열차 안은 자리를 잡으려는 사람들의 부산스런 행동으로 한참 동안 난리를 치른 후에야 겨우 정리가 되었다. '빠아앙!' 열차가 크고 길게 소리를 지르더니 서서히 달리기 시작했다. 열찻칸의 바퀴가 철도레일의 이음새를 건너뛸 때마다 '더크 덩, 더크 덩.' 하는 소리를 내며 달리는 속도와 박자를 맞추었다. 낯선 사람들과 마주 보고 있자니 왠지 어색한 마음에 원남의 시선이 자꾸 창밖으로만 향했다.

"애, 오히려 잘됐잖아. 줄담배나 피워대는 꼰대들 보다는 낫잖니?"

미선이가 눈치를 살펴가며 귓속말로 속닥이더니 얼른 자세를 고쳐 잡고는 동네 오빠언니들 만난 것처럼 능숙하게 말을 걸었다.

"안녕하세요. 처음 뵙겠습니다. 우린 강릉 경포대 해수욕장을 목적지로 정하고 영등포 도림동이라는 동네에서 출발했답니다. 길가다 옷깃만 스쳐도 인연이라는데 앞으로 장시간 가야 할 여행길에 이렇게 함께 자리 한 것도 큰 인연이라 생각합니다. 가는 동안만이라도 집에 두고 온 동생처럼 생각하시고 혹 시키실 일이 있다면 주저하지 마시고 부담 없이 말씀하시면 최선을 다하여 들어 드리겠습니다."

미선이가 마치 버스 안에서 껌 통을 든 앵벌이 소녀가 슬픈 목소리로 애절하게 하소연하듯이 두 손까지 모아가며 불쌍하게 말했다.

"어머! 그러니? 얘, 너 되게 웃긴다. 우리 집도 문래동이야 야! 진짜 인연이다. 얘, 근데 너희 둘이서만 왔니?"

문래동은 도림동에서 철길 건널목 하나만 건너면 나오는 동네였다. 웃을 때 잇몸이 드러나 양쪽으로 덧니가 크게 보이는 문래동에 산다는 언니가 등산복 차림의 미선이와 집에서 방금 나온 것 같은 옷차림의 원남을 번갈아 쳐다보며 고개를 갸우뚱거렸다.

"네, 친구랑 저하고 둘 뿐이랍니다. 사실은 친구가 몸이 좀 아파서 마지막으로 바다가 보고 싶다고 그래서 언젠가 가 보았다는 경포대 앞바다를 – 행복했던 추억을 더듬어 보려고 – 그래서 얘는 갑자기 나오는 바람에 이런 옷차림으로 올 수밖에 없었습니다."

기가 막혔다. 미선이가 이젠 소설까지 쓰고 있었다. 가뜩이나 핼쑥해진 하얀 얼굴로 말없이 창밖으로만 시선을 돌리고 있는 원남을 무슨 고칠 수 없는 몹쓸 병에 걸려 마지막 여행을 떠나온 소설책 속의 주인공으로 만들어 버린 것이다. 어이가 없어 미선이를 쳐다보지도 못하고 계속 창밖만 내다보고 있는데 메케한 담배냄새 때문이었을까? 갑자기 기침은 왜 나오는지 콜록콜록 두어 번 기침까지 해대자 어쩔 수 없이 미선이의 엉터리 소설책 주인공이 되고 말았다.

"으음, 그랬구나! 그럼 마침 잘됐네! 우리도 강릉 경포대로 갈 거니까."

"그래라, 아무래도 너희 둘이서는 혹시 나쁜 사람들 만나면 위험할 수도 있으니까 같이 가는 게 좋겠다."

문래동 덧니가 친언니처럼 다정스럽게 말하자 앞자리에 남자 친구들도 안쓰러운 표정을 억지로 감추면서 맞장구를 쳐주었다.

"얘, 분위기 좀 띄워봐라."

어색한 분위기를 살리려고 덧니 옆에 얌전하게 앉아있던 올리브처럼 생긴 여자 친구가 목소리까지 가냘프게 말하자 역시 뽀빠이처럼 울퉁불퉁한 근육질의 남자친구가 선반 위에 올려놓았던 기타를 내렸다.

장자가 장장 장장장 / 자자자가 장장 장장장
늦~은~밤~ 쓸~쓸~히~ 창~가~에- 앉~아~
마~시~자~ 한~잔~의~ 추~억-
마~셔~버~리~자~ ------

뽀빠이 옆에 앉아 있는 남자 친구에게 김 일병이라고 부르는 걸로 보아 휴가 나온 군인 임이 틀림없었다.

군번 달린 목걸이와 짧은 머리가 그걸 말해 주었다. 그 김 일병이 손뼉을 치며 노래를 부르면서도 자꾸만 애처로운 눈빛으로 원남을 바라보았다.

"이것 좀 드셔 보세요."

미선이가 집에서 준비해온 김밥 몇 줄과 삶은 계란을 감추고 싶은 부식 가방에서 꺼내 놓았다. 한참 늦은 점심이라 그런지 게 눈 감추듯 먹어치운 덧니 일행이 홍익회 아저씨가 끄는 밀차가 지나가자 원남과 미선이에겐 사이다를, 자신들은 맥주를 사서는 잔을 돌려가며 마시기 시작하더니 술기가 오른 뽀빠이가 결국엔 목청을 높여 가며 노세 판을 벌였다.

"아, 안 돼 그만, 많이 못 마신단 말이야."

못 마실 것처럼 한 손은 손사래를 치면서도 한 손으론 계속 받아 마신 덧니와 올리브의 얼굴이 빨간 홍시처럼 물들어 갔다. 건너편 뒷좌석에서도 질세라 드디어 노세 판을 벌여놓고 마치 경쟁이라도 해보자는 듯 초반부터 악을 써대기 시작했다.

자 떠나자 동해바다로 / 신화처럼 숨을 쉬는 / 고래 잡으러 기타 줄이 끊어지라 퉁기면서 동해로 고래 잡으러 떠나자며 고래, 고래 소리를 지르는 대도 뭐라는 사람 하나 없이 모두 다 웃고 떠들며 즐거운 표정들이었다. 외롭게 달리기만 했던 강릉행 열차도 여기저기서 퉁겨대는 기타 소리에 신이 났는지 '더크 덩, 더크 덩' 박자를 맞춰가며 고래가 살고 있다는 동해를 향해 힘차게 달려가고 있었다. 그렇게 열차 안 사람들은 그동안 마음속에 쌓였던 울분과 맺혔던 한을 풀기라도 하듯이 깔깔대다간 노래를 부르고 또다시 악을 써대며 질서나 예의라고는 집에다 두고 왔는지 정신없이 소란 들을 떨어댔다. 나약해진 원남의 마음이 그래서일까? 아무것도 듣고 싶지 않고 아무것도 보고 싶지 않은 원남의 눈에는 마법에 걸려 괴물로 변해버린 상처 난 무리가 우리 속에 갇혀 빠져나오지 못하고 괴로움에 몸부림치며 처절하게 울부짖고 있는 것 같았다. 난장판이 되어버린 열차 안과는 달리 뒤로 물러서며 스쳐지나 보이는 바깥세상은 그동안 심술 맞고 못돼먹은 태풍이란 놈이 천둥 번개와 비바람과 작당을 하여 온 세상을 떠내려 보낼 것 같이 심통을 부렸는데도 꿋꿋하게 버텨온 탓일까? 파랗게 펼쳐진 논들과 밭들이 드넓은 가슴을 활짝 열어놓고 있었다. 더구나 가을에 문턱을 저만큼 앞에 두고 젖은 몸이나 말리라며 불어주는 변덕맞은 바람의 알랑방귀에 순진한 벼 이삭이 머리를 끄덕이며 흔들려 주고 있었다. 열차가 아주 조그만 간이역을 지나가고 있었다. 이제는 그 아수라장 속에서도 무표정하게 굳어버린 원남은 가볍게 흔들리고 있는 몸을 창가에 의지하며 텅 비어 버린 것 같은 머릿속 한 귀퉁이에 무겁게 짓누르고 있는 지겨운 상념 덩어리를 비워 버리느라 무진 애를 쓰고 있었다.

"원남아, 괜찮아?"

더욱 핼쑥해진 원남을 노는데 정신 팔려 모르고 있던 미선이가 뒤늦게 신경 썼다.

"으응, 괜찮아 걱정하지 마! 신경 쓰지 말고 너나 놀아."

생각난다 그 바닷가 /
그대가 만들어준 / 꽃반지 끼고-

  이번엔 올리브가 예쁘게 입을 모아 노래를 부르자 모두의 시선들이 올리브에게로 향했다. 그렇게 신이 나서 펄펄 달리던 열차도 구부러진 산길을 넘어가기엔 힘이 부쳤나 보다. 뒤처진 꼬리를 자꾸만 뒤돌아보며 '더크 덩'거리는 바퀴 소리마저도 점점 느려져 갔다. 열차가 높은 산길을 헉헉거리며 계속 올라가자 산도 까맣고, 흐르는 계곡 물도 까맣고, 동네까지 온통 까맣게 보이는 사북이라는 역에 도착했다. 산골학교 어린이들이 미술 시간에 계곡 물 색깔을 까만색으로 칠해놓은 것을 보고 도시에서 온 선생님의 마음을 아프게 했다는 이야기가 실감이 났다. 정말 그럴 만도 했다. 계곡에서 흘러내리는 물이 먹물을 풀어놓은 것처럼 새까맣게 흐르고 있었다. 열차가 안간힘을 쓰듯 '빠아앙' 하고 숨찬 소리를 길게 토해냈다. 그리곤 느리게 아주 느리게 '더크 덩, 더크 덩' 레일의 이음새를 건너뛰면서 높고 굽은 산허리를 휘감아 돌아 우리나라에서 제일 높은 곳에 있다는 해발 855m의 추전역을 지나 아득한 태백을 넘어가고 있었다. 이제는 열차도 지치고 그렇게 난장판을 만들던 사람들도 지쳤나 보다. 악을 쓰던 소리는 그저 조금씩 웅성대는 소리로 줄어들고 열차는 길 고긴 수많은 터널을 지나가고 있었다. 산, 산. 그리고 나무, 나무. 달리 뭐라고 표현할 말이 없었다. 그리고 차창 밖으로 까마득히 내려다보이는 계곡을 보며 얼마나 달렸을까 기진맥진 진이 다 빠진 열차가 조그만 간이역으로 들어서고 있었다.

  '잠시 후 우리 열차는 국내 유일의 스위치 백 구간을 통과하게 되어, 열차가 약 4분간 뒤로 운행하게 됩니다. 정상적인 방식이오니, 당황하지 마시고 편안한 마음으로 여행해 주시기 바랍니다.'

  열차 여객전무의 특이한 목소리로 방송이 나오자 사람들이 술렁대기 시작했다.

"아니, 뭔 소리랴 서울로 다시 돌아가려고 그런디야?"

덧니가 자신의 고향 말로 웃기려고 하자,

"이 바보야, 그게 아니고 기차는 자동차처럼 급경사 길을 오르고나 내리막길을 운행할 수 없기 때문에 철로 길을 알파벳 Z자 형으로 원만하게 만든 길을 후진으로 오르거나 내려가 본선으로 바꿔 타고 진행을 하는 거야 알겠냐? 내가 이놈의 영동선 열차를 타고 이 코스를 지나간 게 몇 번인지 셀 수가 없다."

강릉이 고향인 뽀빠이가 여객전무의 목소리 흉내를 내가며 설명을 하는 바람에 지쳐있던 일행들이 한바탕 웃을 수가 있었다. 역시 뽀빠이가 설명한 그대로 열차가 '흥전'이란 간이역으로 천천히 들어서기 시작해 속도를 줄이며 멈추더니 잠시 후 다시 오던 방향으로 후진하기 시작했다. 사람들의 모든 시선도 창밖으로 매달렸다. 열차는 계속 느린 속도로 내리막길로 내려가 '나한정'이라는 역시 조그만 간이역에서 뽀빠이 말대로 철로 선을 바꿔 타고 또다시 달려가기 시작했다. 또 얼마나 달렸을까? 이제는 지칠 대로 지쳐버린 사람들의 시선들이 산과 나무들로만 꽉 차있던 그림들을 서서히 벗어나면서 그렇게 아득하기만 했던 산을 넘고 수많은 터널을 지나 드디어 동해역에 도착했다. 저만큼 동해항 쪽으로 커다란 배들이 정박해 있는 것이 보였고, 그보다 조금 멀리 파란 바다가 감추고 있던 머리를 조금씩 드러내고 있었다.

"저기 좀 봐, 이젠 다 왔나 봐."

"아이고, 아니래요. 아직 멀었어요. 경포대까지 가려면 한참 더 가야 해요."

사람들이 저마다 아는 체를 하며 웅성거렸다. 동해역을 막 벗어나자 드디어 바다를 끼고 달리는 해안선 철도가 이어졌다. 열차가 철길을 따라 달려나가자 바로 그 옆에는 바다가 있었다. 드넓어 보이기만 했던 여의도 광장보다 수백 배, 아니 수천, 수만 배. 넓어 보이는 거대하고 장엄한 푸른 바다가 살아 꿈틀거리며 거기 그렇게 있었다.

"이햐! 끝내준다. 몇 시간씩 고생한 보람이 있네."

"우화! 저 파도 좀 봐! 역시 바다는 동해로 와야 해."

열차 안 여기저기서 탄성이 터져 나왔다. 새까맣게 그을린 해안 경계초소의 군인 아저씨들이 하얀 이를 드러내며 손을 흔들자 열차 안 사람들도 같이 손을 흔들어 주었다. 파란 바다를 보여 주었다가는 다시 산속으로 숨어버리고 다시 바닷길을 달려가다간 또다시 숨어버리길 반복하며 지쳐있는 사람들의 애를 태웠다.

그렇게 손만 뻗으면 닿을 것 같은 바다가 차창 밖으로 가까이 있는데도 만질 수 없는 안타까움만 가득 남긴 채 무심한 열차는 계속 달려가고 있었다.

아! 바다여

드디어 바다가 가까워지는가보다. 비릿한 바다 내음이 열린 창문으로 훅, 하고 풍겨 들어왔다. 덧니 일행 덕분에 지루하지 않게 무사히 강릉 역에 도착해 최종 목적지인 경포대 해수욕장으로 가는 버스에 오른 것이다. 미선이는 무슨 할 말이 그렇게나 많은지 덧니 일행과 벌써 친해져 쉬지 않고 조잘대느라 손놀림까지 바쁘게 움직였다. 중공군 보따리 같은 부식 가방을 들고 있는 원남이만 어색한 표정을 감추려고 창밖으로 시선을 돌려야만 했다.

"야하! 보인다. 바다가 보여 저기 좀 봐."

문래동 언니가 덧니가 다 보이도록 소리를 질렀다.

"아휴, 이 바보야 그게 무슨 바다야 호수지."

뽀빠이가 또다시 면박을 주었다. 덧니가 바다로 착각했던 경포호수를 끼고 돌아 해수욕장 입구에서 버스가 멈추었다. 도시탈출 난민들이 술렁거리며 내리자 원남이의 마음도 조금씩 설레기 시작했다. 소금기 어린 바다 내음이 점점 짙어지면서 원남이가 그렇게 갈망했던 바다가 조금씩 눈앞으로 펼쳐지며 다가왔다.

"이야호! 바다다! 드디어 바다에 내가 왔다!"

두 손을 하늘 높이 쳐들고는 어린아이처럼 깡충거리며 미선이가 소리를 지르자 덧니와 올리브도 손뼉을 치며 덩달아 좋아했다. 성공이다 드디어 그렇게 원했던 바다까지 왔다. 목을 조이던 마녀의 소굴에서 탈출에 성공한 것이다. 덜컹거리며 지루했던 긴 기차여행에서 기진맥진 축 늘어진 원남이도 두 팔을 크게 벌려 가슴을 활짝 펴고 바다를 향해 소리쳤다.

"엄마 아!———."

여기부턴 하늘하고 금 그어진 수평선 위로 맑고 투명한 파란 하늘엔 커다란 뭉게구름이 새하얀 목화솜처럼 뭉실뭉실 흩어져 흘러가고, 그 밑으로는 엷은 초록색의 엄청나게 커다랗고 기다란 병풍이 끝이 없이 빙 둘러쳐져 있었다. 그 커다란 병풍 속에는 고기잡이배와 그 뒤를 쫓아가는 갈매기 떼들이 실감 나게 살아있는 그림으로 그려져 있었다. 해수욕장 곳곳에 매달려있는 스피커들이 일행을 반기듯 해수욕장 전용 지정곡을 불러 주었다.

별이 쏟아지는 해변으로 가요 / 젊음이 넘치는 해변으로 가요
달콤한 사랑을 속삭여줘요 / 불타는 그 입술 처음으로 느꼈네
사랑의 발자국 끝없이 남기며– 별이 쏟아지는 해변으로 가요

피난 온 지가 꽤 오래돼 보이는 사람 중 피부가 벌겋게 벗겨져 흉하게 화상을 입은 사람도 보였고, 어떤 이는 너무 새까맣게 태워 눈하고 입만 하얗게 보여 웃음을 자아내게 했다. 건장한 체격에 삼각팬티만 입은 수상안전 요원이 안전선 밖에서 수영하는 사람들을 불러들이느라 목에 핏줄을 세워 악을 써가며 호루라기를 불어댔다. 하얀 모래 언덕 위로는 서커스단의 삐에로 바지처럼 빨강 파랑 줄무늬가 있는 파라솔들이 예쁘게도 나란히 줄지어 서 있고, 그 파라솔 밑에서는 원색의 수영복 차림 아가씨들이 자신이 무슨 인어공주인 양 착각 속에서 보이지도 않는 지느러미를 감추느라 몸을 비틀고 있었다. 백사장 언덕 위 텐트촌에는 마지막 휴가철이라 그런지 다행히 빈자리가 몇 군데 있는 게 보였다.

"여자들은 여기서 쉬고 있어. 우리가 텐트 칠 자릴 찾아보고 올 테니까."

뽀빠이가 메고 있던 커다란 배낭을 내려놓고 김 일병과 둘이서 씩씩하게 수색에 나섰다.

"아이고, 난 모르겠다."

"아휴, 난 온몸이 쑤시고 아퍼."

덧니와 올리브가 배낭을 베개 삼아 아예 눕고 말았다. 열차 안에서 그렇게 난리들을 쳐가며 악을 썼으니 지칠 만도 했다.

"원남아, 괜찮아?"

미선이가 원남이의 창백한 얼굴이 계속 마음에 걸리는 모양이었다.

"으응, 다른 덴 괜찮은데 아까 삶은 계란 먹은 게 안 좋은 것 같애."

"하이고, 여러 가지 하세요. 꼼짝 말고 여기 있어 매점에 가서 활명수라도 한 병 사올 테니까 누가 사탕 사줄게. 가잖다고 따라가지 말고 알았지?"

* * * *

억지로라도 웃겨주려고 너스레를 떨어대며 매점으로 뛰어가는 미선이를 바라보던 원남이가 하얗게 지쳐버린 무표정한 얼굴로 멍하니 바다만 바라보았다.

그런데─ 도대체 어쩌란 말인가? 넓고 푸른 바다를 보면 그동안 꽉 막혔던 가슴이 탁 트일 줄 알았는데, 머릿속 한구석에 자리 잡고 있던 지겨운 상념들이 모두 지워질 줄 알았는데, 마녀의 소굴에서 탈출하여 마음이 홀 가분 할 줄 알았는데─ 왜일까? 꽉 막힌 가슴은 트인 것 같지도 않고, 지겨운 상념들도 그대로 남아 있고, 마음마저도 홀 가분 하기는커녕 더욱 무거워지는 것 같아, 머릿속이 더 혼란스러웠다. 저만큼 앞에서 조그만 파도들이 하얀 거품을 한 아름 머리에 이고 너울대며 놀다가, 덩치 큰 바닷물에 떠밀려 와서는 힘없이 백사장에 머릴 처박곤 산산이 부서져 흩어지고 말았다.

"원남아, 이것 좀 마셔봐. 쑥 내려가게 아예 몇 병 더 사 왔으니까 잘 두었다가 속 거북할 때 마셔라."

미선이가 활명수를 봉지째 내밀었다. 수색 나갔던 뽀빠이와 김 일병이 활짝 웃는 모습으로 돌아왔다. 아마 텐트 칠 좋은 자리를 찾은 모양이었다.

"자, 자. 일어나 빨리 가자구. 자리 뺏기기 전에 서둘러야 해."

찌든 회색 도시에서 탈출했던 피난민들이 어쩔 수 없이 다시 돌아간 텐트촌의 빈자리에 뽀빠이와 김 일병이 손놀림도 빠르게 뚝딱대더니 한 평 반짜리 단독 주택 세 채가 나란히 지어졌다.

"맞춤이잖아. 물고랑도 다 파여 있고 바닥도 판판하게 수평으로 다져 놓은 게 자리 하난 제대로 잡았단 말이야."

땀범벅이 된 뽀빠이가 마시던 물병을 감질나는 듯 아예 머리에다 들어 부었다.

"내가 이쪽으로 가자고 했으니까 잡은 거지 안 그랬으면 저기 저 팀한테 양보할 뻔 했다구."

김 일병이 자기도 한몫했다며 건너편에서 바닥을 고르느라 삽질을 하고 있는 일행들을 가리켰다.

"아이고, 뭘 좀 먹어야 사람이 살지 붕어도 아니고 이거야 물만 먹고 살 수가 있나."

가냘픈 올리브가 곧 숨이 넘어갈 것처럼 배를 움켜쥐고 엄살을 떨었다.

"알았어, 우리가 가서 쌀도 씻어오고 물도 한 통 받아 올 테니까 여기서 쉬고 있으라구."

김 일병이 배낭 속에서 쌀자루와 그릇들을 꺼내 챙겼다.

"찌개는 우리가 끓일게요."

드디어 미선이가 그렇게 괄시받던 아버지의 연장 가방에서 별의별 양념과 부식들을 한 보따리 꺼내놓았다.

아마 엄마 몰래 부엌에 있는 부식창고를 다 털어온 것 같았다. 한바탕 소란을 피운 뒤 텐트 앞에 자리를 펴고 잔칫상을 차렸을 때는 얄밉도록 뜨겁게 내리쬐던 태양도 오대산 뒷자락으로 서서히 넘어가고 있었다.

하얗게 눈부셨던 백사장 위로 어슴푸레 어둠이 내려앉기 시작하자 엷은 초록색의 바다 끝 위로 여기부터 하늘하고 금 그어 놓은 파란 하늘이 어두운 흑 청색으로 점점 구분이 없어지면서 살아 움직이던 그림으로 그려져 있던 고깃배들이 고기를 부르느라 집어등을 환하게 밝히기 시작했다. 그것 역시 생생하게 살아있는 또 하나의 그림으로 장관을 이루었다. 미선이가 꽁치 통조림과 묵은김치 하나로 마술을 부려 여러 사람의 입맛을 사로잡았다. 뽀빠이와 김 일병이 엄지손가락을 꼽으며 엄마의 손맛이 난다며 아낌없이 칭찬을 퍼부었다. 앞으로 찌개 담당은 미선이가 도맡아 줄 것을 비겁할 정도로 두 손을 모아가며 신신당부를 했다.

겨우 라면이나 끓일 줄 아는 원남이에겐 미선이가 자랑스럽고 대견했다. 어려서부터 새벽시장일 보시는 엄마 대신 부엌살림을 도맡아 했었다는 이야기를 들었던 적이 있었는데 아마도 그때부터 엄마의 손맛을 전수받은 모양이었다. 모두 배가 많이 고팠던 모양이었다. 미선이가 끓인 맛있는 꽁치 찌개 속으로 바쁘게 숟가락이 드나들면서 그 많던 밥과 찌개가 금방 동나고 말았다.

"아이고, 배불러 죽겠네! 너무 먹은 것 같아 맛있게 만든 사람이 책임져."

실컷 먹고 나서 왜 죽겠다고 하는지 뽀빠이가 담뱃불을 붙여 물고 물통을 베개 삼아 눕더니 바닷가에선 별로 어울리지 않는 신라의 달밤을 흥얼거렸다. 이제는 자리 한가운데에 켜놓은 조그만 손전등 불빛이 옆 사람의 얼굴 윤곽을 겨우 그릴 수 있을 만큼 강릉 경포대의 밤이 까맣게 깊어갔다.

드디어 해변의 밤이 무르익어가자, 백사장 곳곳에서 으레 치르는 야간 행사들을 벌이기 시작했다. 모닥불을 피워놓고 둥그렇게 둘러앉아 기타 반주에 맞추어 부르는 노랫소리가 파도 소리와 함께 어우러져 잔잔하게 들려왔다.

모닥불~ 피워놓고~ 마주앉아서~
우리들의~ 이야기는~ 끝이 없어라~

처음에는 은은하게 조용히 시작되는 것 같더니 술병들이 한쪽으로 두 개, 세 개, 또 다섯 개. 빈 병 소리를 내며 늘어가자, 노랫소리도 점점 더 커져 갔다. 그러다 열차 안에서 그랬던 것처럼 또다시 경쟁이라도 해보자는 듯이 보이지도 않는 그놈의 고래에 한이 맺혔던지 고래 잡으러 떠나자며 고래, 고래 악을 써대기 시작했다. 보고 있던 뽀빠이와 김 일병도 질세라 매점으로 달려가더니 모닥불 용으로 파는 장작 몇 단과 열 개도 넘는 술병을 찔렁거리며 들고 와 자리를 만들었다.

"자, 모두 이쪽으로 모여 봐 얘들아, 너희도 이리와 앉아라."

원남이와 미선이도 끼워줄 모양이었다. 뽀빠이가 장작을 성냥개비로 탑을 쌓듯이 쌓아 올리고는 석유를 뿌렸다. 그리고 성냥불을 그어대자 팍, 하고 단숨에 불이 붙더니 주위가 환하게 밝아졌다.

"이야호!"

모두 박수를 치며 발갛게 상기된 얼굴로 환호를 올렸다.

"자, 너희도 한 잔씩 마셔볼래?"

흥이 오른 뽀빠이가 미선이에게 종이컵을 건넸다.

"먹을 줄 알면 마셔봐. 먹어 봤을 텐데 괜히 내숭 떨지 말고."

흔들리는 모닥불의 불빛 때문에 빨갛게 물들어 일렁이는 얼굴로 눈치를 보고 있는 미선이에게 덧니가 말하자,

"저도 주세요. 저도 먹을 줄 알아요."

옆에 있던 원남이도 종이컵을 내밀었다.

"마셔도 괜찮겠니?"

바로 옆에 앉아있는 가냘픈 올리브가 걱정스러운 표정을 지었다.

"그래, 마셔라 마셔. 이럴 때 아니면 언제 마시겠냐?"

원남이가 내밀은 종이컵에도 거품이 철철 넘치도록 가득 따라주고는 뽀빠이가 술잔을 높이 쳐들었다.

"자, 우리의 미래를 위하여 건배!"

원남이가 코를 쥐고 맥주 한 컵을 단숨에 비우자 미선이의 조그만 눈이 갑자기 커졌다. 반쯤 잔을 비운 올리브도 계속 걱정스러운 눈빛으로 쳐다보았다.

저만큼 떨어진 어둠 속에서 여럿이 질러대는 함성이 크게 들리더니 커다란 불길이 환하게 솟아올랐다. 어디서 단체로 놀러 왔는지 제법 많은 사람이 모여 시커멓게 웅성거렸다. 장작을 산더미 같이 쌓아 놓고 불을 질러 놓아 환한 불빛이 넓게 퍼졌다. '오, 요요요요요요요.' 너울거리는 불빛 때문에 그냥 까맣게만 보이는 유난히 몸동작이 큰 한 사람이 손으로 입을 두드려가며 인디언들이 지르는 소리를 흉내 냈다. 마치 사냥 나갔다 돌아온 인디언들이 마당 한가운데 불을 지펴놓고 빙글빙글 돌아가며 춤을 추고 있는 것처럼 보였다. 그렇게 경포대 해변의 밤은 찌들은 도시탈출의 기쁨과 어쩔 수 없이 다시 돌아가야 할 서글픔을 동시에 누리고 있는 사람들의 안타까운 몸부림 속에 점점 깊어만 가고 있었다.

"애, 미쳤어? 그만 마셔 너, 벌써 몇 잔 짼 줄 알어?"

원남이가 겁도 없이 종이컵을 홀짝거리자 미선이가 걱정스러운 목소리로 옆 사람들의 눈치를 보며 나지막이 소리죽여 말했다.

"왜 그래? 기집애야 나 몇 잔 아, 안 마셨단 말이야 괜히 지랄이야."

취했다. 원남이가 취했다. 그리곤 대담해졌다.

"저, 저기요, 저 말이에요. 할 말이 있거든요?"

종알거리던 덧니와 올리브도 담배를 피우던 뽀빠이와 김 일병도 지금까지 아무 말 없이 앉아만 있던 원남이가 갑자기 일어나 입을 열자 의아해진 눈빛으로 일제히 원남이를 올려다보았다.

"저, 저기 있잖아요. 처음부터 나를 보는 표정들이 불쌍하게 동정하는 것처럼 보였는데요. 제발 저를 무슨 죽을병이나 걸린 환자처럼 보지 않았으면 좋겠어요. 저요, 죽을병 걸린 일도 없구요, 아프지도 않다구요. 우리 친구가 저 기집애가 소설을 잘 못 쓴 거예요. 잘 못 말한 거라구요— 근데 사실은 죽을병은 아니지만— 제가 병을 앓기는 되게 앓았어요. 뭐? 사랑의 열병이래요— 제가 어떤 인연으로 우연히 알게 된 오빠와 사귀게 되었는데, 근데 오빠를 만나는 동안 정말 행복했어요. 부모님 말씀도 잘 듣고 공부도 열심히 잘했어요. 근데 문제는 그 오빠가… 그 오빠가 망태 할아버지라는 거예요. 아시죠? 넝마주이 또 재건대라고도 하구요. 근데 너무너무 멋있고 착한 오빠였어요. 누가 뭐래도 나에겐 영원한 테리우스였어요. 그런 환경 속에서도 공부하려고 학원에도 다니고 또 교회도 다니는 아무튼 착한 오빠였어요. 그런데, 어느 날 믿었던 친언니의 밀고로 부모님들이 알게 되고 온 집안이 발칵 뒤집혔어요. 근데, 저를 도와주는 사람이 아무도 없더라구요 저는, 무섭게 변해버린 아빠에게 고무호스로 죽도록 얻어맞았어요."

원남이가 울먹이면서 배꼽이 다 보이도록 티셔츠를 걷어 올려 등을 보여주자 아직도 시커멓게 멍이든 얼룩말 무늬의 자국이 그대로 남아있었다.

"어머나! 어쩜 좋아."

"어머! 어떡해."

덧니와 올리브의 입에선 안쓰러운 탄식이 흘러나오고, 뽀빠이와 김 일병은 샛눈으로 바라보며 애꿎은 담배연기만 허공으로 불어댔다.

"근데요, 저는 괜찮아요. 전 죽어도 괜찮다구요. 오빠에게 아무런 일만 없었다면요 근데, 아무 죄 없는 그 오빠는 가엽게도 괜히 저 때문에 무서운 해병대 삼촌의 공작으로 그 예쁜 얼굴이 만신창이가 되도록 당했더라구요— 그리곤 떠났어요. 비가 몹시 내리던 날 부산으로 내려간다며 기약 없이 떠났어요. 그리곤 그게 마지막이었어요. 괴로웠어요. 숨이 막히고 머리가 터질 것만 같았어요. 떠나고 싶었어요. 푸른 바다가 보이는 곳으로 나를 짓누르고 있는 그 마녀 소굴 같은 집에서 탈출하여 멀리멀리 도망치고 싶었어요. 그게 전부에요 나 죽을병 걸린 애가 아니란 말이에요."

원남이가 울먹이는 목소리로 그동안 참고 있었던 애끓는 마음을 피를 토해내는 심정으로 크게 울부짖었다.

그리고는 단호한 목소리로 말을 이었다.

"그리고 말이에요— 오빠들이나 언니들도 저와 같은 입장이었다면 어떻게 하시겠어요? 죽도록 사랑하는 사람이 그런 사람이었다면 어떻게 하시겠냐구요—?"

갑작스러운 원남이의 가슴 아픈 고백과 쉽게 대답할 수 없는 질문에 모두 말없이 숙연해지며 서로들의 얼굴만 쳐다보고 있었다. 그런데 그때였다.

"아, 하하하하하! 그것 봐 똑같잖아. 다 똑같아. 그리고 다들 짰어. 나만 빼놓고 다들 짰단 말이야."

원남이가 갑자기 실성한 사람처럼 웃어대며 소리치더니 흑 청색으로 변해버린 바다를 향해 휘청거리며 뛰어갔다.

"어머나! 얘! 원남아!"

원남이의 갑작스러운 행동에 미선이가 기겁하고 뒤쫓아 뛰어갔다.

"아니, 이 녀석들이 얘들아!"

뽀빠이가 기타를 내동댕이치고 뒤쫓아 가자 김 일병도 후다닥 뒤따라 뛰어갔다. 덧니와 올리브도 그놈의 어떡해, 어떡해를 소리치며 종종걸음으로 뒤쫓아 갔다. 그렇게 기운도 하나 없이 하얀 얼굴로 앉아있던 원남이가 어디서 그런 힘이 나오는지 새처럼 펄펄 날아서 벌써 바닷물이 허리에 찰 만큼 뛰어들어가고 있었다.

"원남아! 원남아! 어떡해."

미선이는 뒤에서 죽으라고 소리만 질러대고 기운 센 뽀빠이가 뛰쳐 들어가 허우적대며 버둥거리는 원남이를 아예 꼼짝 못 하게 어깨에 들쳐 메고 나왔다.

"놔! 놔두란 말이야! 나도 고래 잡으러 갈 거란 말이야."

드디어 원남이도 고래, 고래, 고래 소리에 세뇌를 당한 모양이었다. 뽀빠이 어깨에 매달려 계속 고래를 잡으러 간다고 팔과 다리를 휘저으며 귀여운 앙탈을 부렸다.

"미선이라고 그랬지? 니들 텐트에다 자리 좀 펴라. 한숨 재워야 하겠다."

"네, 알았어요. 어휴, 망할 놈의 기집애. 사람 놀래키기는-."

기운 센 뽀빠이도 축 늘어진 원남이가 힘에 겨웠던지 끙끙 앓는 소리까지 내며 텐트 안으로 집어넣었다.

"왜 그래? 나 좀 내버려 둬. 나도 고래 잡으러 가야 한단 말이야 고래를- 싫어, 싫어 다 싫단 말이야-."

"그래, 그래 알았다. 다 알았으니까 우리 내일 날 밝는 대로 포경선 타고 고래 잡으러 떠나자 응? 알았지 응? 그러니까 한숨 푹 자자 알았지?"

대충 원남이의 옷을 갈아입힌 후 옆에 누워 '자장자장' 가슴을 토닥이며 엄마처럼 달래주었다.

"으응, 아, 알았어. 고마워 미선아- 나 잘게-."

사랑의 몸살을 너무 깊게 앓아 지쳐있는 원남이가 아이 같은 모습으로 잠들어 버리자, 갑자기 코끝이 찡해져 오는 것을 참을 수 없어 슬며시 텐트 밖으로 나와 버렸다. 빨갛게 불을 피워놓고 노래하고 춤을 추며 광란의 밤을 보내던 다른 곳들도 하나둘씩 서서히 시들어가고 최후의 발악을 하는 몇몇만이 남아서 목이 터지라고 소리를 질러댔다.

"소영아! 사랑해!"

"나아-두우!"

술에 취한 장난기 어린 두 연인이 두 손을 모아 바다를 향해 소리치더니 깔깔대며 손을 잡고 해변을 달렸다. 그나마 조그만 불빛마저 얼마 남지 않은 백사장과는 달리 흑청색의 어두운 바다 끝자락에 떠 있는 오징어잡이 배들만 시들어 연약해진 백사장을 비웃기라도 하듯 변함없이 환하게 집어등을 밝히고 있었다.

* * * *

"원남아, 그만 일어나 무슨 잠을 그렇게 자니? 잠자려고 바다에 오자고 그랬니? 빨리 일어나 밥 먹어 응? 조개 넣고 된장국 끓였어."

미선이의 목소리가 응 응 거리며 벌처럼 날아와 귓가에 맴돌았다.

"하두, 곤히 자길래 푹 자라구 그냥 놔뒀지. 배고플 텐데 밥이라도 먹고 더 자든지."

미선이가 뼈 문 강아지처럼 숟가락을 입에 문 채 텐트 속으로 얼굴을 들이밀었다. 원남이가 밖으로 나오자 파란 하늘에는 어제 본 그 태양이 벌써 하늘 높이 올라가 이글거리고, 텐트촌 뒤의 소나무에 매달려있는 스피커에선 어제처럼 해수욕장 전용 곡이 흘러나오고 있었다.

"그래, 실컷 잤니?"

뽀빠이가 아무 일 없었던 것처럼 무표정하게 말했다.

"미선이가 주운 조개 넣고 끓였는데 너무 시원해 얘."

"그래, 속 푸는 데는 아주 그만이다 얘, 어서 먹어봐."

덧니와 올리브도 시침 뚝 떼고 입을 맞춰 능청을 떨었다.

"저, 저기요 미, 미안해요. 죄송합니다. 어제는 제가 왜 그랬는지 저도 잘 모르겠어요. 정말 죄송합니다."

원남이가 두 손을 앞에 모으고 고개를 숙였다.

"그래그래 괜찮아. 이런 데 와서 그동안 쌓였던 것들이 터지다 보면 그럴 수도 있는 거야. 괜찮아 됐어. 오히려 그 바람에 툭 툭 털어버리고 다 잊는 거야 자, 어서 밥이나 먹어라. 배고플 텐데."

그동안 굳게 입을 닫고 애처로운 눈길만 보냈던 김 일병이 고맙도록 활짝 웃으며 입을 열었다. 원남이가 어색해 밥을 몇 숟갈 떠서는 국에 말았다. 역시 미선이다운 솜씨였다. 텅 비어 있던 뱃속에 국과 밥이 들어가자 조금은 기운이 나는 것 같았다. 그때, 한참 신이 나던 전용 곡이 뚝 끊기고 지익지익 잡음이 나더니 사람을 찾는다는 안내방송이 해수욕장 전체로 울려 퍼졌다.

'알려 드립니다. 서울 영등포 도림동에서 오신 정, 원, 남, 씨! 정원남 씨를 부모님이 찾고 계십니다. 방송을 들으시면 남문 입구에 있는 안내소로 와주시기 바랍니다. 다시 한 번 안내 말씀드리겠습니다.―'

원남이가 어리벙벙 의아해하며 미선이를 보더니 토끼 눈이 되어 덧니와 올리브를 보고 뽀빠이와 김 일병을 돌아가며 쳐다보면서도 말을 못하고 멍한 표정을 짓고 있는데, 이번엔 낯익은 남자의 목소리가 들려왔다.

"원남아! 어디 있니? 아빠다. 엄마도 오고 태현이도 왔다. 안내소로 빨리 오렴."

인자하게 들리는 아빠의 목소리가 마치 하늘에서 내려오는 소리처럼 들려왔다. 원남이가 예기치 못한 가족들의 갑작스러운 출연에 반가움과 어떤 서러움 같은 것들이 한꺼번에 밀려오자 욱, 하고 숟가락을 떨어뜨리고는 두 손으로 얼굴을 감싸 쥐었다. 소리 내어 울진 못하고 어깨만 들먹이며 흐느끼자 반쯤 열린 입속에는 그래도 먹고 살겠다고 퍼 넣은 밥알이 하나 가득 들어있었다. 원남은 두 손으로 얼굴을 가린 채 울먹이면서 미선이의 부축을 받으며 걸었다.

"원남아, 사실은― 어제저녁에 내가 니네 엄마한테 전화했거든? 솔직히 어제저녁에 아무리 생각해봐도 이건 아니다 싶더라구. 얘, 너도 생각해 봐

라. 약국에 약 사러 간다던 애가 해가 지도록 들어오지도 않고 연락도 없으니 얼마나 애가 탔겠니. 온 집안이 또 발칵 뒤집히고 난리가 아니었다더라. 다행히 내가 전화하는 바람에 수습은 됐지만, 강릉 경포대라고 했더니 절대로 다른 곳으로 가지 말고 여기 있으라고 하더라 지금 당장 출발하겠다면서."

원남이가 갑자기 걸음을 멈추더니 벌겋게 충혈된 눈으로 미선이를 매섭게 째려보았다.

"나쁜 년아, 이 나쁜 기집애야."

입을 삐죽이며 울먹이면서 미선이를 꼭 껴안았다. 미선이도 원남이를 안아주자 뒤에서 바라보던 덧니와 올리브도 그리고 뽀빠이와 김 일병이 자기네는 미리 다 알고 있었다는 듯이 우, 우. 야유를 보내며 박수를 쳐주었다. 아마 어젯밤 원남이를 텐트 속에 재워놓고 작당들을 했던 모양이었다. 원남이가 두 손으로 미선이의 양쪽 볼을 쥐고 흔들다 밀쳐 버리고는 입구 쪽 안내소를 향해 뛰어갔다. 저만치 안내소 앞에 임산부처럼 배가 나온 아빠가 뒷짐을 쥐고 서성이고 있었다. 그 옆에 태현이와 엄마도 보이더니 어찌 된 일인지 은주 언니와 태수 삼촌까지 보였다. 아빠가 저만큼 앞에서 어색하게 걸어오고 있는 원남이를 보자, 양팔을 벌리며 천천히 다가왔다. 원남이가 빠른 걸음으로 달려가 아빠의 품에 안기자 아빠도 꼬옥 끌어 안아주며 사랑스럽게 다독여 주었다. 따뜻하게 감싸주는 아빠의 냄새가 바다에서 풍겨오는 냄새와 같다고 느껴졌다. 엄하고 무섭기만 했던 아빠에게 가까이 다가서지 못하고 언제나 주위에서만 맴돌았던 원남은 처음으로 안겨보는 아빠의 품속이 이렇게 따뜻하리라고는 생각지도 못했다. 어제저녁 그렇게나 잡으려고 바다에 뛰어들었던 고래가 아빠라는 바다에 품에 안기자 포근하고 따뜻한 사랑을 느끼게 해주는 아빠가 원남이가 찾았던 고래라는 걸 알게 되었다.

"원남아, 사랑한다. 아빠가 너를 얼마나 사랑하는 줄이나 알어? 이 바보야."

"흐윽, 아빠… 사랑해요… 아빠, 미안해요. 흐으윽."

아빠가 다독여 주며 정감 어린 목소리로 말하자 아빠를 부둥켜안은 채 참고 있던 설움이 북받쳐 어린애처럼 엉, 엉. 울음을 터뜨리고 말았다.

"이 노무 자식아, 바다에 오고 싶었으면 말을 했어야지 얼굴 꼴이 이게 뭐냐 응? 하여간 이제 우리 모든 걸 다 잊어버리자. 그냥 우리 가족 다 함께 피서 온 거로 생각하자 알았지? 뚝 해. 착하지 응?"

아빠가 두 손으로 원남이의 눈물을 닦아주며 다시 한 번 등을 토닥여 주었다.

"하이고, 하여간 이 노무 지지배는 사람 놀래키는건 선수야 선수."

엄마가 눈을 흘기면서도 안도의 미소를 지었다.

"기운도 없었을 텐데 멀리 오느라 고생이 많았겠구나."

터질 것 같은 청바지에 검정 뿔테의 조영남 안경을 선글라스로 바꿔 한껏 멋 부린 은주 언니가 팔짱을 낀 채 거만한 말투로 빈정거렸다.

"흥! 몸도 무거우신데 집에서 쉬시지 이렇게 먼 데까지 어떻게 오셨수?"

원남이가 아직도 마음이 안 풀려 계속 맞장구를 치며 툴툴거렸다.

"야하! 이렇게 먼데 와서 보니까 더 예뻐진 것 같구나! 야."

이 더운 날씨에도 변함없는 점퍼 차림의 태수 삼촌이 멋쩍은 표정으로 말을 걸었다.

"아, 안녕 어떻게 삼촌까지 오셨어요-."

원남이가 마음의 문을 열려고 다가섰지만 어색한 미소로 가리워 질 뿐 상처가 너무 컸던 탓에 모든 걸 다 잊고 수용하기엔 아직은 이르다고 생각했다.

"태현아, 이놈 짜식."

어색한 분위기를 피해 보려는 듯 하얗게 웃고 서 있는 태현이에게 다가가 어깨동무를 해주었다.

"얘들아, 바다에 왔으니 발이라도 담가봐야지."

아빠가 배를 내밀며 앞장서 가는데 뒤따라가는 은주 언니의 뒷모습이 아빠와 너무 닮아 보였다. 그 옆으로 수영복 차림의 날씬한 아가씨 두 명이 예쁘게 지나가자 은주 언니의 터질 듯한 청바지와 비교되었다. 해수욕장에 왔지만, 수영복도 입지 못하는 얄미운 여우 돼지— 아니 불쌍한 은주 언니. 엄마와 태현이가 밀려오는 파도에 쫓겨 종종걸음으로 달음질치다가 거품 세례를 받고서도 아이들처럼 손뼉을 치며 좋아라했다. 반쯤 걷어 올린 바지가 젖을까 발만 담근 채 서 있는 아빠도 흐뭇한 표정으로 바라보았다. 저만치 떨어져서 담배 연기만 뿜고 서 있는 태수 삼촌의 모습이 너무 쓸쓸해 보였다. 아빠의 벼락같은 비상명령에 꼼짝없이 운전병이 되어 새벽부터 먼 길을 달려왔으리라. '그래, 마음을 열고 모든 걸 용서하자 그동안 가슴 속에 쌓여있던 모든 것들을 저 푸른 파도에 다 떠내려 보내고 새롭게 다시 시작하는 거야.' 원남이가 인제야 제대로 바다를 바라볼 수가 있었다. 꽁꽁 닫혔던 마음에 문이 활짝 열리면서 머릿속에 남아있던 모든 상념이 한꺼번에 모두 날아가 버리고, 무거웠던 마음이 하늘이라도 날아갈 것처럼 한결 가벼워지자 터질 것처럼 꽉 막혀있던 가슴이 탁 트이는 것 같았다.

"야호! 엄마!"

활짝 웃는 모습으로 바뀐 원남이도 또다시 밀려오는 파도를 쫓아서 아이들이 되어버린 엄마와 태현이에게로 깡충거리며 달려갔다.

* * * *

"우럭하고 광어하고 섞어서 주시고 매운탕은 우리 애가 속이 좀 안 좋으니까 너무 맵지 않게 해 주세요."

커다란 수족 관속에 싱싱한 활어들이 바글거리고 있는 강릉 횟집 이층에 원남이네 가족과 덧니의 일행이 함께 자리 잡고 앉았다.

"그래, 문래동이 집이라고 했던가?"

아빠의 눈길이 덧니와 올리브를 향했다.

"네? 아, 네 저기 동신 화학 뒤에 삽니다."

덧니가 손으로 입을 가리며 멋쩍은 웃음을 흘렸다.

"아, 그래요. 거긴 철둑 길만 건너서 조금만 가면 되니까 바로 옆 동네로구만. 그럼, 자네는 대학생이라고 그랬나?"

"예! 체육대학교 이 학년입니다."

뽀빠이가 가슴을 활짝 펴며 씩씩하게 대답했다.

"그럼 이 친구는 휴가 나왔다고 그랬지? 그래, 지금 어디서 근무하나?"

"넷! 강원도 철원에서 근무하고 있습니닷!"

"아하! 그런가 고생이 많겠구만, 우리 처남과 나는 해병대 출신일세. 우리 처남은 월남 참전 용사였고 나는 육이오 참전 용사지."

엄마 옆에 앉아 있는 태수 삼촌의 어깨가 두어 번 으쓱거렸다.

"그래, 제대날짜는 언제인가?"

"어휴, 넷! 아직 멀었습니다! 이제 겨우 일병입니다!"

김 일병이 군대 상사처럼 말하는 아빠의 질문에 진땀을 흘려가며 대답했다.

"그리고 미선이라고 그랬지? 네가 정말 고생했겠구나! 정말 고맙고 앞으로도 계속 친하게 잘 지내거라."

귀여운 밀고자가 된 미선이가 어울리지도 않게 얼굴을 붉혔다.

"하여간에 모두 우리 애를 잘 보살펴 줘서 정말 고맙네. 자! 마음 놓고 맘껏들 드시게 하, 하, 하."

아빠가 오랜만에 호탕하게 웃어대자 엄마의 얼굴에도 웃음꽃이 활짝 피었다. 원남이가 행복한 마음에 창밖으로 펼쳐진 하늘을 바라보았다. 파란 하늘엔 하얀 새털구름이 갈채를 보내며 흘러가고 구름 위로 떠 있는 어제 그 태양이 발갛게 웃으며 내려다보고 있었다.

* * * *

"통, 통, 통. 얘들아! 일어나라 학교 가야지?"

미닫이문을 두드리며 깨우는 엄마의 목소리와 함께 변함없는 일상으로 돌아온 원남이의 하루가 시작되었다.

"끄 응, 아 알았어요."

몸을 두어 번 뒤척이고는 다시 돌아눕는다. 차각, 차각. 어김없이 들려오는 망태 할아버지의 집게 장단 소리에 또다시 떠오르는 기억을 얼른 지워버리며 힘겹게 일어나 창가로 간다. 창문을 열면 조금은 쌀쌀해진 바람이 들어와 원남이의 몸을 움츠리게 한다. 잠이 덜 깬 눈을 비비며 내려다보면 역시나 인자한 털보망태가 창문 밑을 지나가고 그때쯤이면 아나파약국 골목 끝에서부터 청소차의 새마을 노랫소리가 온 동네를 뒤집으며 올라온다. 이제는 밤도 길어져 그 밝은 태양이 아직은 어제저녁 어둠에 묻혀 푸르스름 미명이 트기 시작하는 관악산 뒤편에 숨어 기다리다 원남이가 모든 준비를 끝내고 교복을 갈아입을 때쯤, 수줍은 듯 발갛게 얼굴을 내밀기 시작한다. 그러면 기다렸다는 듯이 벽돌공장의 높다란 굴뚝에선 희뿌연 회색 연기를 하늘 높이 뿜어 올리고 거의 매립되어 얼마 남지 않은 십자강 웅덩이도 뒤늦게 관악산 위로 떠오른 태양 빛을 받아 빨갛게 반짝거린다. 호박밭 옆의 천막 교회에서 나오는 사람 몇몇이 언제부터인가? 황금색으로 변해버린 논두렁길을 논 가운데 팔을 벌리고 서 있는 허수아비처럼 중심을 잡기 위해 양팔을 벌리고 걸어가는 것도 보인다. 목공소집 앞에는 얼룩이와 그 패거리들이 수가 더 늘어 변함없이 우글거리고 두부 장수 아저씨가 한 귀퉁이가 깨어진 종을 흔들며 힘겹게 리어카를 밀면서 지나간다. 이렇게 변함없는 일상생활이 하루하루 지나면서 빛바랜 달력만 떨어진 낙엽처럼 수북이 쌓여 갔다. 아! 어쩌면 지나버린 그때가 영원히 잊을 수 없는 아름다운 시절이었던가? 다시는 돌아갈 수 없는 안타까운 아쉬움에 뒤돌아보지만, 과거는 벌써 잡을 수 없을 만큼 저 멀리 흘러가 버리고 소중히 간직했던 행복한 순간들은 아쉬운 추억으로 한 아름 남아 무심히 흐르는 세월 속으로 아득히 멀어져만 가고 있었다.

건배

우리가족의 건강과 행복을 위하여!
가족모임 때 형제 자매간에 우애가 돈독해지길
바라면서 올리는 건배.
대성상사여 영원히 대성하길 자! 대성을 위하여!
직장회식 때 회사의 무궁한 발전을 기원하며 올리는 건배.
이번 선거에서 대승을 거두기를 빌면서,
자! 모두들 잔을 높이 드시오!
나라를 사랑하고 나라걱정에 잠 못 이루는
나랏님들이 간절히 올리는 건배.
결국 나를 위하고 나를 위하여 나를 위해
올리는 건배.
그대들이여 힘없고 가난한 자들을 위하여
건배 한 번 올린적이 있었는가

세월이 흐른 뒤에

원남은 양손을 허리에 올리고 비스듬히 서서 거울을 바라보고 있다. 꽉 끼는 청바지가 날씬한 허리에 걸쳐있어 흰색 반팔 티셔츠와 잘 어울려 보였다. 어깨까지 늘어뜨린 긴 생머리를 모자를 쓰기 위해 뒤로 넘겨 고무줄로 묶었다. 화장기 없는 민얼굴에 코스모스 색깔의 립스틱만 살짝 바르곤 입술을 오므렸다 폈다 움직여본다. 눈도 한번 크게 떴다가 다시 찡그려본다. 굵은 쌍꺼풀이 졌다. 이제는 일부러 눈 때꼰이를 만들지 않아도 왼쪽 눈까지 아주 예쁜 쌍꺼풀이 진다. 지금은 거의 잊혀진 것 같은 사춘기 시절 사랑의 열병을 심하게 앓고 난 후 생긴 쌍꺼풀이 깊게 자리 잡고 정표로 남아 원남이에게 예쁜 눈을 만들어 주었던 것이다.

원남은 지그시 눈을 감으며 스쳐 지나가버린 희미한 기억들을 잠시 떠올려 보았다. 원남의 방 창가에서 바라보았던 관악산과 십자강 벌판 그리고 벽돌 공장과 천막 교회를 떠나 버리고 지금 이곳 여의도에 있는 아파트로 이사 온 지도 꽤나 오랜 세월이 흘렀다고 생각했다. 사방으로 보이는 건 꽉 막혀 답답해 보이는 아파트 벽과 어쩔 수 없이 마주 처다보며 살아야 하는 창문들, 기껏해야 베란다 너머로 자동차들이 시커멓게 매연만 내뿜으며 달리는 강변도로가 보일 뿐이었다. 처음엔 답답해서 어떻게 살까 걱정을 했지만, 환경의 지배 앞에선 간사해지는 인간일 수밖에 없었는지 지

229

금은 그런대로 정이 들어 여러 색깔의 크고 작은 자동차들이 줄지어 달리는 강변도로가 정겨워 보이는 건 어쩔 수가 없었다.

그렇게 아웅다웅해가며 지냈던 큰언니와 작은언니는 대학을 졸업하고 얼마 지나지 않아 뭐가 그렇게 급했던지 일찌감치 결혼들을 해 큰언니는 부산으로 내려가고 작은 언니는 대구에서 큰 갈빗집을 운영하며 잘살고 있다. 은주 언니만 아직도 변함없는 몸무게를 유지하며 만고 태평의 성격으로 태평가를 부르면서 전혀 어울릴 것 같지 않은 대학 교수님의 꿈을 안고 열심히 두꺼운 책을 끼고 다닌다. 오직 바뀐 것이 있다면 그 길었던 머리가 어느 날 무슨 맘에선지 짧은 숏 커트 머리로 변해 버리고 검은 뿔테의 조영남 안경을 누런 금테 안경으로 안경테만 바꿨을 뿐이었다. 누나들 틈에 끼여 내성적인 성격으로 매일 얻어맞고만 들어와 엄마의 분통을 터뜨리게 하고 아빠의 혈압을 올리게 했던 태현이는 외아들임에도 불구하고 아빠와 태수 삼촌의 강력한 추천과 권유로 결국 귀신 잡는 해병으로 지원해 빨간 명찰을 가슴에 달고야 말았다. 환갑을 훌쩍 넘긴 나이 탓에 아빠가 고혈압으로 두 번이나 쓰러졌지만, 그때마다 다행히 큰 탈 없이 일어나 주었고 무릎 관절염 때문에 앉았다 일어설 때면 아이고를 부르는 엄마의 머리 밭에 언제부턴가 흰서리가 내려앉기 시작해 무심한 세월을 원망케 했다. 가끔 신문지를 목에 두르고 양귀비라는 염색약을 발라 까맣게 비 맞은 까치처럼 앉아있는 엄마를 볼 때마다 원남의 마음을 더욱 더 아프게 했다. 끝으로 어렴풋이 테리우스의 모습을 떠 올려 보지만 안타깝게도 흐릿하게 웃으며 스쳐지나 버렸다. 정말 그때가 언제였던가 지나보아 생각하면 유치하고 우습기만 했던 지나간 추억들을 한가득 싣고 흘러가던 세월이 벌써 그렇게 오랫동안 흘러 지나갔나 보다. 그동안 무심하게 보낸 것만 같은 세월 속에서 원남은 완연하게 아름답고 성숙한 숙녀가 되어 이렇게 거울 앞에 서 있는 것이다.

"엄마! 어제 빨아 논 운동화 끈 한쪽이 안 보이는데 못 봤어요?"

"양말 널어놓은 옆에 어디 있겠지. 잘 좀 찾아보려 무나."

벌써 한 달이 넘도록 텔레비전 앞에서 꼼짝 않는 엄마가 뒤도 안 돌아보고 목청만 높였다.

"어, 언니!"

"미옥아!"

반으로 나뉜 텔레비전 화면에는 30년 만에 극적으로 만난 두 자매가 눈물 콧물이 범벅되어 언니는 대전에서 동생은 서울에서 화면으로만 바라보는 안타까운 통곡 속에 서로의 이름을 애타게 부르며 가슴만 치고 있었다. 가뜩이나 눈물 많은 엄마도 두 자매의 상봉 앞에 덩달아 눈이 퉁퉁 붓도록 소리 없이 어깨를 들먹이며 눈물을 훔치고 있었다.

1983년 6월 30일 10시 15분부터 시작된 이산가족 찾기 24시간 생방송이 KBS한국방송 전파를 타고 유종철과 이지연이란 두 아나운서의 진행으로 벌써 한 달이 넘도록 계속되고 있는 것이다. 방송이 시작되자 전국에서 수만 명의 이산가족들이 물밀 듯이 모여들기 시작했다. 그들은 현수막이나 전단지로 방송국 건물 전체를 빙 둘러 도배를 해버리고 목숨을 걸고서라도 피눈물로 헤어진 부모·형제들을 찾겠다고 나서자 방송국 측에서도 어쩔 수가 없었는지 언제 끝날지도 모를 기약 없는 방송을 저렇게 계속하고 있는 것이다.

비가 오나~ 눈이 오나~ 바람이 부나~
그리웠던~ 삼십 년 세월~ 의지할 곳~ 없는 이 몸~

텔레비전에선 설운도라는 신인가수의 구슬픈 목소리로 잃어버린 30년이란 노래가 하루에도 수십 번씩 흘러나와 가뜩이나 애통해 하고 비탄에 빠진 이산가족들의 심금을 울려놓고 있었다. 아나운서들이 이산가족들을 소개하는 장면에선,

누가 이 사람을~ 모르시나요~
얌전한 몸매에~ 빛나는 눈~
고운 마음씨는~ 달덩이같이~

하는 애절한 노래가 배경 음악으로 흘러나와 이산가족 찾기 전용 주제
가로 불리고 있었다. 아마도 이 노래를 만든 사람은 이 노래가 이렇게 불
려지리라는 걸 미리 예견이라도 했던 것 같았다. 이산가족의 한사람인 엄
마도 일사후퇴 때 헤어진 사촌 언니들이 혹시나 나올지도 모른다면서 방
송이 시작되고부터는 퉁퉁 부은 눈으로 눈물을 훔쳐가며 한시라도 텔레
비전 앞에서 떨어진 날이 없었다. 더구나 이산가족 찾기 방송이 시작되면
서 웃을 수도 없고 울지도 못할 기가 막힐 사연들이 속속 쏟아져 나왔다.
벽보를 붙이려고 빈자리를 찾아 헤매다가 자신의 사연과 이름들이 벽보
에 쓰여 있는 가족들의 이름과 똑같아 현장에서 즉석 만남을 이룰 수 있
었던 형제들이 있는가 하면, 어떤 택시기사는 평소 친했던 회사동료의 집
에서 이산가족 찾기 방송을 보며 술잔을 기울이다 자신도 신청해 놓았다
며 육이오 사변 때 피난길에서 헤어진 여동생과의 사연을 털어놓게 되었
더란다. 그런데 옆에서 듣고 있던 친구의 부인이 자신이 기억하고 있는 것
과 비슷한 점이 너무 많아 기가 막혀 반색하며 말을 맞추어 확인해보니
세상에 이런 일이 있을까? 그토록 애타게 그리며 찾았던 여동생이고 오
빠란 사실이 밝혀져 화제의 주인공이 되기도 했었다. 그뿐만이 아니었다.
부산에 있는 그 유명한 국제시장에선 언니는 1층에서 동생은 2층에서 20
년 넘게 장사를 하면서도 서로 모르고 지내다가 각자 신청했던 방송이
나가자 그때야 언니와 동생이라는 게 확인이 되어 어처구니없는 표정으
로 만나야 했던 웃지 못할 사연도 있었다. 이렇게 안타깝고 기가 막힐 사
연들을 만나려는 사람마다 구구절절이 가슴속에 간직하고 있어 보는 사
람들로 하여금 이산의 아픔과 슬픔을 대변해 주기도 하였다. 이런 와중

에 우리와 같은 분단국가였던 독일 공영 방송인 ZDF를 비롯하여 일본의 NHK, 미국의 CBS 등 해외 여러 방송국의 취재 열기도 뜨거웠고 이 애처롭고 가슴 아픈 장면들을 해외 많은 나라의 방송국을 통해 세계 각국으로 방송되어 비극적인 분단국가의 아픔에 전 세계가 안타까워했다. 이렇게 가슴 저미는 상황 속에서 방송이 시작되고부터는 한 장면이라도 놓칠세라 밤잠을 설쳐가며 텔레비전 앞을 지키고 있었다.

"운동화 끈 찾았니?"

"네, 찾았어요. 엄마."

엄마가 아이고를 부르며 일어나 원남이에게로 다가오면서도 고개는 계속 텔레비전으로 향했다.

"가로 뛰고 세로 뛰고 힘들게 훈련도 받는다면서? 암튼 밥 잘 먹고 밥이 보약이니께 가는 대로 전화하고 자, 이거 받아라."

엄마가 돌돌 말아 쥔 돈 봉투를 내밀었다.

"알았어요. 걱정하지 마세요."

"하이고, 우리 공주님이 이젠 돈까지 벌어 오시겠네! 야하! 세월 참 빠르네! 코 흘릴 때가 엊그제 같았는데."

은주 언니가 별 관심도 없이 머리를 긁적이며 화장실 앞에 서서 빈정거렸다. 엄마가 붉어진 눈으로 걱정스럽게 바라보다가 텔레비전에서 아나운서가 사연을 읽어주며 소개하는 장면이 나오자 다시 텔레비전 앞으로 다가갔다.

"내가, 알아서 챙겨 갈 테니까 엄마는 델레비나 보세요."

원남은 운동화 끈을 예쁘게 묶어놓고 속옷과 양말도 몇 켤레 더 챙겨 가방에 넣었다. 챙이 긴 하얀 모자를 쓰고 다시 거울 앞에 서서 한껏 폼 잡아보더니 빙긋이 웃으면서 언젠가처럼 혼잣말로 중얼거렸다.

'정원남, 너는 정말 예뻐. 너는 너무 예쁜 게 흠이야.' 텔레비전에선 가족상봉이 이루어져 울음바다가 되고 거울 앞에선 예쁜 숙녀 하나가 애들처럼 혼자 키득거리자 얼이 빠져 쳐다보던 뻐꾸기시계가 정신이 나갔는지 30분이나 빠르게 뻐꾹 울었다. 9시까지 영등포역 광장으로 집합하라고 했으니까 서둘러야겠다고 생각했다. 원남은 대학졸업 후 아르바이트도 해보고 아빠의 사무실에서도 일도 했지만, 더 큰 경험을 쌓아볼 요량으로 태성 전자라는 큰 회사의 입사시험에 당당히 합격하여 회사에서 실시하는 신입사원 연수교육에 참석하기 위해 이렇게 설쳐 대고 있는 것이다.

"엄마, 다녀올게요. 언니야 갔다 올게."

텔레비전 앞에 있는 엄마를 향해 인사를 하자 또다시 아이고를 부르며 힘겹게 일어났다.

"원남아! 잘 다녀와! 꼭 살아서 돌아와라."

얼굴에 하얗게 비누 거품 가면을 쓴 은주 언니가 눈도 못 뜬 채 화장실 문을 열고 방정맞은 소리를 질렀다.

"미친년, 얘가 전쟁터라두 간다든? 먼 길 가는 애한테 하는 소리 하군."

엄마가 핀잔을 주며 혀 차는 소릴 냈다.

"아이, 그냥 텔레비나 보시라니까 나오지 마세요."

절름거리며 걸어 나오는 엄마가 안쓰러워 손을 저으며 들어가라고 하자,

"그래, 알았다 밥 잘 먹구 가서 전화하구 알았지? 어여 가거라."

하면서, 현관문을 열고 엘리베이터 앞에까지 따라 나왔다. 천천히 뜸 들이며 닫히는 엘리베이터 문 사이로 손을 흔들어 주며 서 있는 엄마의 모습에서 어릴 때 기억 속의 할머니 모습이 겹쳐져 보여 이제는 부쩍 늙어 버린 엄마가 너무 안쓰러워 마음이 아팠다.

원남은 택시를 탈까 하다가 마침 119번 상마운수 버스가 오는 바람에 망설임 없이 버스에 올랐다. 여의도 순복음 교회 앞과 국회의사당 앞을 지나 KBS한국방송을 돌아서 영등포역 앞까지 조금은 돌아서 가는 코스지만 아직은 약속시간이 충분히 남아있기 때문에 정말로 오랜만에 추억이 어려 있는 119번 버스를 타게 된 것이다. 버스 안은 여의도에 있는 직장

으로 출근하기 위해 타고 온 사람들로 제법 붐볐다. 그러나 사무실이 밀집된 빌딩 숲을 몇 정거장 거쳐 가자 버스 안에는 몇 사람밖에 남지 않았다. 버스가 광장을 건너가기 위해 신호를 기다리며 서 있자 원남은 창밖으로 펼쳐진 광장을 바라보았다. 아침 출근 시간이라 그런지 넓은 광장에는 많지 않은 사람들이 자전거를 타고 있었고 간간이 반바지 차림으로 조깅을 하는 사람들이 보였다. 그때 다정하게 보이는 한 쌍이 자전거를 타고 지나갔다 한 사람을 뒤에 태우고도 여유롭게 잘 달렸다. 멀어지는 자전거를 바라보다 지나간 기억 속에 희미하게 떠오르는 몇 장의 빛바랜 사진 같은 추억들을 되돌려 보았다.

'오빠, 광장의 가로등이 우리 뒤로 도망가는 것 같애.'

'그래, 그라문 오빠가 잡아줄게-. 이 세상 끝까지 한번 달려 가 보는기라.'

등을 타고 귓가에 울렸던 그때 그 목소리가 아련한 기억 저편에서 아스라이 들려오고 있는 것 같았다.

신호등에 파란불이 들어오자 버스가 광장을 가로질러 건너갔다. 여의도 순복음 교회 앞 정류장에 멈추자 버스 안에 남아있던 사람들이 마저 내리고 교회에서 나온 여러 사람이 올라탔다. 그 사람들은 자리에 앉아서도 성경책을 펴들었다. 버스가 국회의사당 앞을 휘청거리며 지나쳤다. 의사당 정문 앞에는 나이가 어린 전경들이 아침부터 따갑게 내리쬐는 한여름 햇살 아래 이순신 장군 동상이 되어 움직이지도 못하고 그렇게 서 있었다. 버스의 속도가 갑자기 느려졌다. KBS한국방송이 저만치 앞에 보였다. 아마 방송국 쪽으로 몰리는 차량들로 인해 교통이 혼잡해 진 것 같았다. 버스가 가다 서길 반복하며 방송국이 가까워지자 교통경찰들이 불어대는 호루라기 소리가 자지러지게 울려 퍼졌다. 드디어 원남은 텔레비전 화면으로만 보아왔던 비극적인 역사의 현장을 눈으로 직접 보게 되었다. 방송국과 가까이 살면서도 애가 닳은 엄마 때문에 텔레비전 앞에 둘러앉아 화면을 보며 같이 울었을 뿐 찾아오진 못했었다. 그러나 직접 그

현장을 눈으로 보자, 아! 하는 탄식의 소리가 절로 터져 나왔다. 버스 안 사람들의 시선도 모두 방송국 쪽으로 몰렸다. 성경책을 보고 있던 교인들도 계속 입을 움직여 중얼거리면서도 시선을 떼지 않고 있었다. 아마 모든 이산가족이 애타게 염원하고 있는 부모·형제들과의 상봉이 이루어지도록 기적을 내려 주시옵소서 하고, 기도를 드리고 있는 것 같았다. 이산가족들의 슬픔과 염원을 가득 실은 버스가 아주 느린 걸음으로 눈물로 얼룩진 역사의 현장을 스쳐 가고 있었다. KBS한국방송 건물 외벽과 담벼락 어디든 손만 닿는 곳이면 애절한 문구와 가족들의 이름이 적힌 벽보들이 빈틈없이 붙여있었다. 하물며 사람들이 오르내리는 계단이나 방송국 주변의 길바닥까지 정말 사람들의 눈길이 닿을 수 있는 곳이라면 가리지 않고 붙여놓았다.

오죽하면 방송국 중계차에도 빈틈없이 벽보를 붙여놔 아예 움직이지도 못하게 만들어버리고 어떤 이들은 애타게 부모·형제들을 찾는다는 글귀를 적어 커다란 애드벌룬에 매달아 하늘 높이 띄워 놓았다. 이렇게 방송국 앞에는 형형색색의 커다란 풍선들이 애절한 사연들을 꼬리에 달고 애닯음에 지쳐있는 이산가족들을 슬프게 흔들리며 내려다보고 있었다. 원남은 갑자기 가족들이 생각났다. 부산에 있는 큰언니 대구에 사는 작은언니 집에 있는 엄마와 은주 언니 그리고 백령도에서 근무하고 있는 막냇동생 태현이 까지 언제든지 마음만 먹으면 볼 수 있는 가족들이 곁에 있다는 것만으로도 너무너무 행복하고 얼마나 고마운지 순간 두 손을 모아 하나님께 감사의 기도를 올리고 있었다.

버스가 영등포역 앞 정류장에서 멈추자 원남은 가방을 챙겨 들고 서둘러 내렸다. 혼잡했던 방송국을 지나치느라 늦었기 때문이었다. 횡단보도를 건너기 위해 신호등을 바라보다 문득 까마득히 잊고 있었던 빨강, 노랑, 파랑. 빛깔의 색소가 하얀 얼음 가루 위에 뿌려져 있던 빙수가 떠올랐다. 그리고 소나기가 갑자기 몰려와 세차게 퍼붓던 날 북받치는 설움을

눌러가며 뱀 혓바닥의 유혹을 피해 도망치다 시피 건너갔던 그때 그 횡단
보도를 지금 다시 건너가고 있는 것이다. '태성전자 한 가족 수련회'라고
띠를 두른 버스가 대기하고 있는 것이 눈에 들어왔다. 츄리닝 차림의 몇
사람이 버스 앞에서 안내하고 있었다.

"정원남입니다."

빨간 조교 모자를 쓴 안내원이 이름을 묻고 장부를 뒤져 확인하고는
정원남이란 자신의 이름 위에 예쁜 사진이 붙어 있는 목에 거는 명찰을
내밀었다. 버스 안에는 원남과 함께 뽑힌 신입사원들로 좌석이 거의 다
차있었다. 가운데 좌석에서 누군가 손짓하는 게 보였다. 회사에 원서 접
수할 때부터 우연히 말을 나눴던 같은 또래의 신연아라는 아가씨였다.

"어머, 일찍 왔나 보네 방송국 쪽으로 얼마나 막히던지 하마터면 못 탈
뻔했잖아."

"아니, 나도 온 지 얼마 안 돼. 그래도 탈 수 있어 다행이네."

고등학교 때 배구선수로 뛴 적이 있다는 신연아의 앉은키가 남자만큼
훌쩍 올라있었다. 빨간 모자를 쓴 조교가 올라와 헛기침을 두어 번 하더
니 쉰 목소리로 전달한다며 소리를 질렀다.

"에, 전달합니다. 버스가 정확하게 9시에 출발할 예정이었으나 현재 세
사람이 도착하지 못한 관계로 지연되고 있습니다."

빨간 모자가 머리를 끄덕이며 눈으로 머릿수를 세어나가자 앉아있는
사람들도 서로를 쳐다보며 두리번거렸다.

"여기 왔습니다."

밖에서 누군가 소리를 지르자 몇 사람이 숨을 헐떡이며 황급히 올라탔
다. 빨간 모자가 떫은 표정으로 장부를 보며 확인하더니 각자에게 명찰을
나누어 주었다. 다시 한 번 담임선생님이 출석부를 부르듯이 차례대로 이
름을 불러 확인한 뒤에야 버스가 움직이기 시작했다.

"연수원이 이천에 있다고 그랬지?"

원남은 반쯤 가려진 커튼을 활짝 젖히며 신연아에게 물었다.

"이천 지나서 장호원 쪽으로 가다가 태평리라고 했던가? 하여간 그쪽 어디라고 한 것 같았어."

신연아도 확실히는 모르는 것 같았다. 버스 안 사람들도 낯 설은 사람끼리 자리 한 것이 어색했던지 별로들 말없이 창밖만 내다보았다. 버스 안에는 조용한 클래식 기타 연주곡이 흘러나와 잔뜩 긴장하고 있는 사원들의 마음을 다독여 주었다. 막바지 휴가철이라 고속도로는 기어가는 차량들의 행렬로 길게 이어지고 있었다. 사회에 첫발을 내디디며 처음으로 도전하는 조직사회에서 자신 있게 적응해나갈 것이라고 자신감에 차있는 원남과는 달리 덩치만 좋은 신연아는 긴장하고 있는 표정이 역력했다.

기사 아저씨가 취향에 맞지 않는 음악이 답답했던지 갑자기 나훈아의 트로트 메들리로 바뀌면서 창밖에는 파란 들판이 끝이 없이 펼쳐지며 지나가고 있었다.

"어머! 저 논들 좀 봐 끝이 안 보이네 바다 한가운데로 가는 것 같애."

서울이 고향인 신연아도 파란 융단을 깔아 놓은 듯이 펼쳐진 들판을 바라보며 처음 보는 아이들처럼 놀라워했다. '쌀 하면 이천 쌀이 최고여 반찬이 필요 없다니께 아, 간장 한 가지만 있어도 밥 한 그릇쯤 뚝딱 비운단 말여.' 언젠가 엄마와 추석에 송편을 만들려고 동네 방앗간에 들렀을 때 어른들이 하던 말이 떠올랐다. 트로트 메들리에 흥이 오른 버스가 그 유명한 이천 쌀이 생산되는 드넓은 평야를 하염없이 달려가고 있었다.

해후

버스가 끝이 없을 것만 같았던 들판 길을 벗어나자 '태성전자 연수원'이라는 이정표가 눈에 들어왔다. 이정표가 가리키는 화살표를 따라 옥수수밭을 옆에 끼고 돌아 좁은 뚝 길로 접어들었다. 맑은 물이 흐르는 조그만 다리 밑 개울가에는 벌거숭이 아이들이 구멍 난 소쿠리를 들고 송사리 떼를 쫓느라 첨벙대며 뛰어다니고, 낮은 개울가 뚝에는 엄마 황소가 한가롭게 풀을 뜯으며 폴짝폴짝 뛰노는 송아지가 대견스러워 큰 눈을 껌벅이며 바라보고 있었다. 밀짚모자를 쓴 할아버지가 털털거리며 몰고 오는 경음기와 마주치자 버스가 겨우 비켜갈 정도로 길이 좁아졌다. 저만큼 미루나무 숲 속에 하얀 건물 몇 채가 모습을 반쯤 가린 채 숨어 있는 것이 보였다. 버스가 연수원 앞으로 가까이 다가서자 정문 위에는 '환— 회사를 내 집같이 사원을 가족같이 —영'이라고 쓰인 커다란 현수막이 가뜩이나 긴장해있는 신입 사원들을 안심이라도 시켜주듯이 바람에 펄럭이고 있었다. 제법 넓어 보이는 운동장에는 같은 색깔의 츄리닝을 입은 사람들이 구령을 붙여가며 줄지어 뛰어가는 모습도 보였다. 버스가 천천히 운동장으로 들어서더니 정문 옆 주차장에 세워지자, 긴장한 표정으로 하나, 둘 내리기 시작했다.

"어서, 오십시오! 안녕하십니까! 오시느라 고생하셨습니다!"

밝은 표정의 직원들이 정말 가족 반기듯 박수를 쳐주며 한 사람씩 악수를 청했다. 하얀 건물 중앙에 있는 현관으로 들어서자 빨간 모자를 쓴 조교들이 커다란 박스에서 파란색 츄리닝을 꺼내 한 벌씩 나누어 주었다. 우왕좌왕 웅성거리는 연수생들을 이끌고 숙소로 보이는 뒷 건물로 이동하여 여자와 남자를 구분해 3인 1조로 나누어져 숙소를 배정받았다. 다행히 원남과 신연아는 한 조로 떨어지지 않게 되자 둘이서 손을 잡고 기뻐했다. 얼굴이 유난히 새까만 깜상 조교가 복도 중앙에 서서 큰소리로 외쳤다. 아마 여기 있는 조교들도 '전달'하고는 굳게 사돈을 맺은 것 같았다.

"전달합니다. 지금 숙소를 배정받으신 연수생 여러분들은 현관 입구에서 나눠준 츄리닝 복으로 신속하게 갈아입고 운동장으로 집합해 주시기 바랍니다."

현역 군인처럼 나름대로는 위엄 있게 보이려고 또박또박 우렁차게 이빨만 하얗게 보이며 손나팔을 불었다.

운동장에는 타 지역에서 뽑혀온 많은 연수생이 모여 있었다. 원남과 신연아도 조교들이 가리키는 팻말 앞에 나란히 줄을 맞추어 섰다. 노란 완장을 찬 교관이 단상 위로 올라와 웅성거리고 있는 연수생들을 내려다보며 근엄한 목소리로 말했다.

"에, 먼 길 오시느라 수고가 많았습니다. 먼저 교육에 들어가기 전에 장시간 여행에 굳어진 몸과 긴장된 정신을 풀기 위해 간단한 체조를 실시하겠습니다. 여기 옆에 있는 조교의 시범대로 따라 해 주시면 되겠습니다."

깜상 조교가 능숙한 몸동작으로 시범을 보이고 난 후 끊어질 듯 불어대는 호루라기 소리에 맞춰 연수생들이 따라서 움직여 보지만 허벌렁한 나비춤들을 추고 있었다. 처음에는 장난치듯 킥킥대며 하는 사람, 그냥 대충 흉내만 내는 사람 몸 따로 마음 따로 그야말로 개판이었다. 그러자 근엄하기만 했던 교관의 목소리가 악을 쓰는 소리로 변해 운동장을 쩌렁쩌렁 울리기 시작했다.

"지금! 뭐 하자는 겁니까? 여기 놀러 왔습니까?"

드디어 교관의 본성이 드러나면서 쉰 목소리가 터지기 시작하자 사람들의 움직이는 동작들이 서서히 맞아 들어가기 시작했다. 한여름 뙤약볕 아래 앉았다 일어섰다 온몸이 땀에 젖고 앞으로 취침 뒤로 취침 흙투성이가 되어 누런 콩고물을 묻혀 놓은 인절미 꼴이 되어갔다. 아마, 처음부터 해이해진 연수생들의 군기를 잡으려는 모양이었다. 공습경고 같은 사이렌 소리가 길게 울려 퍼지자 악다구니 교관도 호루라기를 길게 불어 점심시간을 알렸다. 원남과 신연아가 벌겋게 달은 얼굴을 마주 보며 수돗가로 달려가 체면은 운동장에다 내팽개치고 수도꼭지 입에 물고 벌컥대며 마셨다. 그늘도 없는 식당 앞에 한참 동안 줄을 서서 식판에 받아먹는 점심도 낯설었지만, 밭으로 돌아가려는 배추김치와 바람 불면 날아갈 것 같은 밥알이 한심하고 걱정스러웠다. 전달 사돈인 깜상 조교가 무게를 잡으며 식당으로 들어서더니 손나팔을 만들어 큰 소리로 말했다.

"전달합니다. 오늘 입소한 1일차 연수생들만 점심식사 후 1시까지 중앙 건물 뒤편에 있는 강당으로 집합해주시기 바랍니다. 이상!"

"자식들, 처음부터 군기 잡으려고 되게 딱딱거리네! 그래 봤자 며칠만 버티면 끝이다. 이놈들아."

얼굴이 벌겋게 익은 남자 연수생 둘이서 불만이 잔뜩 들어있는 말투로 설익은 밥알을 씹고 있었다.

"어휴, 앞으로 어떻게 버틸 수 있을지 걱정스럽네! 이 회사에 나 아는 언니가 그러는데 여기 교육이 다른 데 보다 엄청 세다고 겁주더니 정말 그런 것 같아."

신연아가 배구선수 출신이라며 자랑하던 덩치답지 않게 이마를 찡그리며 엄살을 떨었다. 원남이도 걱정스럽긴 매한가지였지만 고등학교 교련 시간에 받던 교육을 떠올리며 그냥 재미있게 생각하자고 다독여 주었다. 입안에서 뱅뱅 도는 밥알을 알약 삼키듯 넘기고 시원한 그늘 밑에 발 뻗고

쉴 틈도 없이 화단 앞에 서 있는 화살표가 가리키는 방향을 따라 강당으로 향했다. 변두리 극장만 한 강당 안에서 남자들이 몰래몰래 피워대는 담배 냄새가 메케하게 풍겨 나왔다. 원남과 신연아는 중간쯤에 자리를 잡고 앉았다. 어느 강당이나 마찬가지로 정면으로 보이는 곳에 커다란 태극기가 걸려있고 그 밑에는 무궁화 문양이 새겨진 단상과 칠판이 놓여 있었다. 강당 안에는 많은 사람의 뜨거운 열기가 뿜어져 나왔지만 모든 창문을 활짝 열어놓아 숲 속 바람이 시원하게 들어왔다. 운동장에서 체조할 때와 비교하면 여기는 강당이 아니라 천당이었다. 전달 사돈인 깝상 조교가 단상 옆으로 올라오더니 검지 손가락을 입에다 대며 조용히 하라는 사인을 보냈다. 잠시 후 말끔한 정장 차림의 한 남자가 강의하기 위해 단상 앞으로 올라왔다.

"안녕하십니까. 오시느라 고생 많으셨습니다."

단상 위에 놓여있는 마이크에다 대고 인사말 한마디만 던져놓고는 연수생들을 내려다보며 소리 없이 하얗게 웃고만 있었다. 연수생들도 이어질 다음 말을 기대하며 그 남자를 조용히 바라보았다. 말없이 웃고 있던 그 남자가 돌아서서 칠판에다 커다랗게 뭐라고 쓰고 있었다.

"반갑습니다. 앞으로 여러분들의 교육을 담당할 장, 민, 식. 입니다."

그 남자가 칠판에 크게 써놓은 자신의 이름을 짚어가며 경상도 억양이 짙게 배어있는 목소리로 말했다.

'장민식? 장민식… 아! 장민식! 강당의 천정과 네 귀퉁이에 매달린 스피커에서 흘러나온 장민식이라는 이름이 원남의 귀청을 쩽! 하고 때렸다. 원남은 그 언젠가처럼 무언가에 머리를 얻어맞은 듯 정신이 아찔했다. 그리곤 아무 소리도 안 들렸다. 분명 앞에선 뭐라고 말하는 것 같은데 귓가엔 웅 웅 거리는 소리만 들려오고, 입에서는 아! 하는 탄식만 나지막이 새 나오고 있을 뿐이었다. 그렇다 까마득히 잊혀져 원남의 기억 저편에 한 장의 빛바랜 사진으로만 남아있던 장민식 아니, 그 테리우스가 전혀 상상도

242

하지 못한 장소에서 저렇게 듬직하고 멋있는 남자의 모습으로 지금 당당하게 원남이 앞에 서 있는 것이다.

세상에 이럴 수가? 정말 말도 안 돼. 정녕 저 남자가 테리우스란 말인가? 비가 억수처럼 퍼붓던 날 밤 엉망이 된 얼굴로 눈물을 삼키며 어두운 골목길을 철벅 철벅 발자국 소리만 남겨놓고 떠났던 그 테리우스란 말인가? 그랬다. 길었던 머리가 단정하게 짧아지고 보기 좋게 희어진 얼굴엔 조금은 살집이 붙은 것 같았지만 짙은 눈썹과 반짝이는 눈 그리고 하얗게 웃고 있는 모습이 틀림없이 그는 테리우스였다. '으음,' 원남이의 입에선 계속 신음 같은 탄식이 터져 나왔다. 도무지 믿어지지 않는 현실 앞에 가슴 깊은 곳에서 뜨거운 그 무엇이 자꾸만 울컥대며 솟구쳐 오르는 것을 참느라 파랗게 변해버린 바짝 마른 입술이 경련까지 일으켰다. 원남의 머릿속엔 다 돌아 가버린 비디오 테이프가 빠른 속도로 되돌아 감기고 있는 것처럼 까마득히 잊고 있었던 과거 속으로 되돌아가고 있었다. 망태 할아버지(우연) + 테리우스(인연) + 장민식(필연) =? 나름대로 좋은 쪽으로만 생각해 만들어낸 공식을 갖다 붙이고 싶었다. 얼마나 시간이 흘렀을까 파도가 밀려오는 것 같은 박수 소리에 그때야 정신을 차린 원남은 강의를 마치고 돌아서 나가는 테리우스의 뒷모습을 바라볼 수가 있었다. 망설이거나 생각할 여유가 없었다. 아니, 두 번 다시는 놓치고 싶지 않았다.

"어쩜, 세상에 너무 멋있다. 정말 어떻게 지내던 사인데 응? 왜 헤어졌는데 응?"

애가 닳은 신연아가 궁금해 못살아 계속 응응거리며 쫓아다녔다.

"나중에 얘기해줄게."

이상하게 생각하며 자꾸만 캐묻는 신연아에게 그냥 오래전에 헤어졌던 오빠였다고만 말해주고는 빠른 걸음으로 테리우스의 뒤를 따라나섰다.

"저, 저기요-?"

복도 저만큼 앞서가던 테리우스가 발걸음을 멈추고 뒤돌아서자 원남은 천천히 다가서며 어색하게 인사를 했다.

"아, 안녕하세요. 이번에 연수교육을 받으러 온 신입사원… 정원남입니다."

말도 채 끝나기 전에 울컥 목이 메어와 원남의 눈가에 이슬이 맺혔다.

"아, 예, 예, 에? 우와!" 테리우스의 눈과 입이 동시에 커지더니 언젠가 그때처럼 우와 소리만 지르고는 입을 다물지 못했다.

"우예 된 기고, 내, 참말로– 우와."

상상도 못 했던 극적인 만남에 테리우스도 할 말을 잃었는지 어이없는 표정으로 계속 우와 소리만 연발했다. 기쁨인지, 슬픔인지, 원남의 두 손은 어느새 얼굴을 가리고 어깨를 들먹이기 시작했다.

"울긴 와 우노. 울지 마레이. 하여간 지금은 그렇고 이따가 교육 끝나고 건물 뒤에 있는 연못가로 나온나 알았제? 꼭 나오거레이."

원남이의 어깨를 다독이며 말하는 테리우스의 목소리도 조금은 떨고 있는 것 같았다.

"집합!"

깜상 조교의 호루라기 소리가 뜨겁게 달아오른 운동장에 길게 울려 퍼졌다. 더욱 거칠어진 악다구니 교관의 고함과 신경질 나게 불어대는 호루라기 소리에 맞춰 엄마가 말 한 대로 가로 뛰고 세로 뛰고 정신없이 뛰었지만, 머릿속엔 온통 테리우스 생각으로만 가득 차있어 힘들다고 생각할 겨를이 없었다. 드디어 교육이 끝나고 하기식이 거행되자 처량한 나팔 소리에 맞추어 새마을 깃발과 함께 펄럭이던 태극기가 내려지고 지겨웠던 교육시간이 끝이 났다. 그렇게 심술 맞게 내리쬐던 태양이 아직은 서편으로 넘어가기가 아쉬웠던지 하얀 연수원 옥상 위에 빨간 얼굴을 걸어놓고 고집스럽게 버팅기며 떠 있었다. 높다랗게 솟아있는 미루나무 숲 속의 매미들이 쓰르르 맴, 맴 고집부리는 태양에게 단체로 야유를 보내고, 날씬한 몸매를 자랑하며 낮게 나르는 제비와 고추잠자리, 밀잠자리 녀석들이

244

서로 잡히지 않으려고 맹렬한 추격전을 벌이고 있었다.

* * * *

연수원건물 뒤로 나 있는 오솔길을 따라 미루나무 숲 속의 작은 연못 가에 원남과 테리우스가 나란히 다정하게 걷고 있었다. 그렇게 깊어 보이지 않는 연못 속에는 황금빛 비늘로 몸단장한 비단잉어들이 요염한 자태를 뽐내느라 시위를 하고, 연못 가운데 조그만 바위섬에는 꽤 늙어 보이는 거북이 한 쌍이 한가롭게 여유를 부리며 늘어져 있었다. 조그만 돌을 주워 연못 속에 던지던 원남의 앞에 예쁜 색으로 단장한 나무 의자가 쉬었다 가라며 반겨주었다.

"오빠, 우리 여기 앉았다 가자."

"어, 그래 앉을까."

테리우스가 어색한 폼으로 멀찌감치 떨어져 앉아 연못만 바라보았다.

"오빠, 그냥 사투리 써. 더 이상해."

"그래, 그렇지? 강의하려니까 많이 고친다고 했는데 와, 안 되드라."

원남은 두 손을 모으고 아직도 실감이 안 나는지 믿기지 않는다는 표정을 지으며 뚫어지라고 테리우스만 바라보았다.

"언젠가 한번 도림동에 찾아갔드마 벌써 이사 갔다 안 카드나? 그래 고마 막막해 같고 그냥 돌아서는데 우찌나 섭섭했는지…."

"으응, 그랬었구나! 하기야 그때 그러고 나서 얼마 안 있다가 어느 날 갑자기 아빠가 아파트로 이사 가자고 말을 꺼내시더니 웬일인지 며칠 만에 금방 이사해 버리더라구."

"으흠, 그랬구마…."

테리우스의 한숨 소리가 길게 이어졌다. 아마 그 속에는 그동안의 많았던 아픔들이 섞여 있는 것 같았다.

"원남이 니는 길거리에서 만나면 못 알아 보겠데이. 학생 때 모습하고 영 딴판이데이. 내는 마이 변했제?"

"아니, 그렇게 변해 보이진 않는데 살은 조금 찐 것 같애."

"조금이 뭐꼬? 10킬로나 쪘구마."

할 말이 그렇게도 없었나. 몇 날 며칠을 이야기해도 못다 할 것 같은데 막상 마주 보고 앉아있으니 어디서부터 무슨 말을 해야 할지 가닥이 잡히질 않았다.

"오빠, 저기 저 거북이는 몇 살이나 됐을까?"

"글쎄, 얼마나 살았을꼬. 고마 끄북이한테 물어볼까?"

"그럼 오빠, 비단잉어는 수명이 얼마나 된대?"

"한 십 년은 안 살겠나? 고마 그것도 비단잉어한테 물어볼까?"

왜 그런지 서먹서먹한 것 같아 마음속 깊은 곳에 꼭 하고 싶은 말이 있을 것 같은데 속 시원히 끄집어내지는 못하고 쭉정이 같은 말만 되풀이하고 있는 것 같았다. 하늘을 올려다보며 곰곰이 생각하던 원남이가 드디어 결단을 내렸다.

"오빠, 저기… 있잖아… 오빠, 결혼했어? 응?"

이 말을 하기가 그렇게 어려웠나. 빙빙 겉에서만 맴돌다 가슴속에 품고 있던 말을 터뜨려 버리자 속이 후련했다. 그러나 그렇게 묻고 나선 한편으론 불안했다. 행여나 생각하고 있는 답이 나올까 봐 테리우스의 얼굴을 쳐다볼 수 없어 기도하는 마음으로 바위섬에 무심한 거북이만 바라았다.

"그래, 니 보기에 우예 보이노. 내가 결혼이라도 한 것 같아 보이더나?"

테리우스가 빙긋이 웃으며 일어나더니 원남이 앞에 쭈그리고 앉아 넌짓이 올려다보았다. 원남은 발갛게 달아오른 상기된 얼굴로 테리우스와 눈을 맞추었다.

"어 험! 험!"

테리우스가 두어 번 헛기침하고는 마치 눈싸움이라도 해보자는 듯 눈웃음을 지으며 뜨겁게 바라보았다. 언제였던가 호박밭 옆 천막 교회 안에서 영원한 사랑을 소망하며 기도를 올렸을 때 바라보던 그때 그 눈빛이었다. 테리우스의 바라보는 눈빛이 너무 강렬해 원남의 얼굴이 빨갛게 달아올라 불이라도 붙을 것만 같았다. 까맣게 빛나는 테리우스의 눈동자 속엔 이제는 아름다운 숙녀로 변해버린 원남이가 들어있었다. 그때였다. 테리우스의 왼손이 서서히 올라오더니 원남의 얼굴 앞에서 멈췄다. 그리곤 손을 활짝 폈다. '아!' 원남의 입에서 또 탄성이 터져 나왔다. 원남의 얼굴 앞에 활짝 펴있는 테리우스의 손에 그 언젠가 원남이가 끼워준 가느다란 금반지가 아직도 그 빛을 잃지 않고 반짝거리고 있었다. 할 말을 잃은 원남은 가슴 깊은 곳에서 감격에 겨운 그 무엇이 뭉클거리며 치솟아 오르는 것을 참을 수가 없어 입술을 깨물어야만 했다.

"그래, 원남이 니는 사랑하는 사람이라도 있나? 남자가 있나 말이다?"

다급하게 묻는 테리우스도 제일 궁금했던 모양이었다. 갑자기 심각해진 표정으로 목소리까지 떨고 있었다.

"오빠, 어떡해. 정말 이럴 수가 있는 거야? 이것 좀 볼래?"

머리를 설레, 설레 흔들며 테리우스 얼굴 앞에 활짝 펴 올린 원남의 작은 손에도 똑같은 금반지가 더욱더 반짝이고 있었다. 둘이는 누가 먼저랄 것도 없이 손을 맞잡으며 천천히 일어섰다. 정감 어린 눈빛으로 바라보던 테리우스가 나지막이 속삭이듯 입을 열었다.

"원남아 니 아주 오래전에 내하고 십자강 벌판에 있던 천막 교회에 갔을 때 내보고 무슨 소원 빌었냐고 물은 적 있었제? 그때 내가 무슨 소원 빌은 지 아나?"

바로 눈앞에서 말하고 있는 테리우스의 목소리가 웅 웅 거리며 귓속으로 들어와 머릿속을 온통 어지럽혔다. 도무지 실감이 나지 않는 현실 앞에 뜨겁게 솟구치는 감정을 억누르지 못하고 결국엔 원남은 눈물을 보이고야 말았다.

"그때 내는, 지금은 헤어지더라도 이다음에는 니를 꼭 만나게 해달라꼬 빌었데이. 그란데 오늘 니를 만나고 보니까 그때 정말로 예수님이 내 기도를 들어 주셨는가 싶데이."

이번에는 뭔지 모를 괜한 설음 같은 것이 북받쳐 원남의 두 눈에서 더 굵어진 눈물방울이 흘러내리자 두 손으로 볼을 만져주던 테리우스가 눈물을 닦아주곤 와락, 끌어안아 버렸다. 원남이도 까치발을 동동 들어 테리우스의 목을 끌어안고선 뭐가 그렇게 서러웠을까 알 수 없는 울음을 삭히면서 띄엄띄엄 말을 이었다.

"오빠, 나도 그때…… 오빠와 영원히… 함께 있게 해달라고… 기도했단 말이야."

"우화! 니도 그레 기도 했드나? 그라믄 그때 천막 교회에 사시던 예수님이 결국엔 우리가 빌었던 소원을 들어주셨네. 어허허헛!"

사랑이 듬뿍 담긴 테리우스의 웃음소리가 숲 속 연못가에 울려 퍼지자 미루나무의 매미들이 쓰르르 맴맴, 화음까지 넣어가며 축가를 불러주었다.

"몰라, 어떡해."

테리우스의 포근한 가슴에 안겨있던 원남은 주먹으로 가슴을 팡팡 두드려 밀쳐버리곤 앞에만큼 깡충거리며 뛰어가 건너편 의자에 다시 앉았다. 연못 섬에 거북이가 졸리게 생긴 눈을 두어 번 껌벅이며 쳐다보더니 물속으로 첨벙 뛰어들었다. 원남이가 앉아있는 나무의자 앞에 강아지풀이 수북이 돋아있었다. 허리를 구부려 풀을 꺾으려던 원남은 풀 잎사귀 위에 빨간 고추잠자리 한 쌍이 짝짓기하며 앉아 있는 것을 발견했다.

"어머, 오빠 얘네들 좀 봐?"

"뭔데? 그기 뭔데?"

테리우스가 어눌한 표정으로 다가와 원남이 옆에 앉았다.

"우화! 니는 우예 된 아가 그런 것만 봐 쌌노?"

"오빠, 왜? 곤충들은 수컷이 암컷보다 더 작지? 그리고 꼭 암컷 등에 업혀서 짝짓기하더라. 매미도 그렇고 메뚜기도 그렇고 왜 그런 거야 응?"

언젠가 그때처럼 엉뚱한 질문을 해놓고는 예쁘게 눈웃음을 지었다.

"어흠! 에, 그기 마 어렵게 생각할 것 하나 없데이. 에, 그기 마 사랑하니까, 억수로 사랑하기 때문에 그라는 기라 알았제?"

테리우스가 대충 얼버무려 놓고는 엉덩이로 원남을 밀어내 의자 끝으로 몰았다.

"어휴, 순 엉터리 그런 대답이 어딨어? 오빠, 하지 마! 하지 말라니까? 나 떨어진단 말이야."

끝에까지 몰린 원남이가 중심을 잃고 휘청대자 테리우스가 원남의 허리를 끌어당겨 무릎 위에 앉혔다.

"아이, 오빠 왜 그래? 짓궂긴… 애들처럼."

"원남아—."

테리우스의 뜨겁게 바라보는 눈빛이 너무 진지해 보였다.

"증말로 보고 싶었데이… 내는 한순간도 니를 잊어 본적이 없데이."

테리우스의 얼굴이 점점 커져 보이며 가까이 다가왔다.

"원남아, 사랑한데이."

원남은 나도 몰라라 두 눈을 꼭 감아 버렸다. 원남의 입술 위로 테리우스의 입술이 살며시 포개졌다. 테리우스의 입술이 너무 뜨겁다고 생각했다. 원남의 입술이 작은 새의 날개처럼 파르르 떨렸다. 그 언젠가 비바람이 몰아치던 날 밤처럼 원남은 조심스럽게 혀를 내밀어 테리우스의 두꺼운 입술을 몰래몰래 더듬어 보았다. 그때처럼 상처 난 입술 위로 딱딱한 딱정이의 감촉은 없고 매끄럽고 보드라운 느낌이 든다고 생각했다. 훅, 하고 테리우스의 콧바람이 콧등 위를 간지럽히자, 진한 커피 향이 풍겼다. 그때 테리우스의 입술이 살며시 열리더니 입술보다 더 뜨거운 그 무엇이 원남의 혀끝에서부터 휘감아 들어오기 시작했다. 온몸이 빨려 들어가는 느낌에 화들짝 놀란 원남은 테리우스를 밀쳐 버리곤 두 손으로 얼굴을 가렸다.

'키스? 몸이 구름 위를 걷는 것 같고 짜릿하고, 달콤하고, 황홀한 느낌 같은 것? 어휴, 난 몰라.'

"와, 와? 그라는데?"

영문을 몰라 멋쩍어하며 벌겋게 달아오른 얼굴로 뒤통수만 긁고 서 있는 테리우스의 모습이 더욱더 우스꽝스럽게 보였다. 그렇게나 고집부리며 내려다보고 있던 태양이 민망한 듯 연수원 옥상 너머로 붉어진 얼굴을 감춰 버리고, 미루나무에 매달려 구경하던 매미들도 얼라리 맴맴, 꼴라리 맴맴, 큰소리로 놀려댔다.

＊　＊　＊　＊

"엄마, 아직도 먼 거야? 얼마나 더 가야해?"

지루했던지 재혁이가 기지개를 켜며 물었다.

"응, 아냐 거의 다 온 것 같애 조금만 더 가면 될 거야."

버스가 고속도로를 막 벗어나 창원 시내로 들어서고 있었다.

"엄마, 그럼 우리 내릴 준비 해야 하겠네?"

현정이의 부시시 졸렸던 눈도 초롱초롱 빛났다. 멋진 구레나룻의 기사 아저씨가 드디어 마이크를 잡고 도착지를 알리는 방송을 하자 사람들이 술렁대기 시작했다.

"고마, 가스나야! 집에 가서 사준다꼬 안 했나?"

"힝, 힝. 싫어, 싫어."

아까 그 애와 엄마가 승강이를 벌이는 모양이었다. 아이는 차에서 내리면 사달라고 했을 터였고 엄마는 집에 가서 사준다고 했으니 의견 충돌이 날 수밖에 없었을 것이다. 울음을 끌며 징징대던 아이가 갑자기 자지러지는 소리를 지르며 넘어갔다. 아마 달래던 엄마가 성질이 나자 이를 악물고 꼬집은 것 같았다. 조용했던 버스 안에는 찢어지는 아이의 울음소리로 사람들의 귀를 괴롭혔다. 모든 시선이 엄마에게로 몰리자 집에만 가면 잡아 죽일 것 같은 험악한 표정으로 변해버렸다. 그때, 밀집중절모 아저씨의 목소리가 또 들려왔다.

"아가야, 니 또 와우노? 니 또 그라믄 망태 할배가 잡아간다 안 카드나?"

역시 효과가 있었다. 숨이 넘어갈 것처럼 울어대던 아이가 울음을 뚝 그치고 코만 훌쩍거렸다. 험악했던 아이 엄마의 표정이 음흉스럽게 바뀌었다. 아이의 엄마도 집에 가면 써먹을 게 분명했다. 버스가 터미널에 들어서더니 크게 한번 선회를 하며 자리를 잡고 멈추자, 사람들이 한꺼번에 우르르 일어섰다. 원남은 현정이의 손을 잡고 사람들의 뒤를 따라 내렸다.

"엄마, 아빠 저기 계시네요."

마중 나온 아빠를 벌써 찾아낸 재혁이가 출구 쪽으로 달려갔다.

"아빠! 여기예요."

뒤이어 원남의 손을 놓고 현정이도 깡충거리며 뛰어갔다. 저만큼 출구 앞에서 아름다운 눈을 가진 그 소년이 그 테리우스가 이제는 길었던 머리가 반쯤은 벗겨진 아이들의 아빠가 되어 하얗게 웃으며 손을 흔들고 있었다.

'그래, 얘들아 그 망태 할아버지가 나에겐 영원한 테리우스로 남아있을 바로 사랑하는 너희들의 아빠란다.'

원남은 빙긋이 웃으며 하늘을 올려다보았다. 창원의 높은 하늘이 파랗게 맑아 보였다. 아련한 기억 속에서 그 언젠가 보았던 하얀 새털구름이 갈채를 보내며 흘러가고, 구름 위로 떠 있는 심술 맞기만 했던 그때 그 태양이 활짝 웃으며 내려다보고 있었다.

– 끝 –

하늘이 시커멓게 잔뜩 찌푸려 울럭 대고 있는 것이 뭐라도 한바탕 퍼부을 기세였다.

일기예보 전해주는 아나운서 아가씨가 외출하실 땐 우산을 준비하라고 하기에 삼단우산을 들고 나왔더니 결국엔 또 속았다는 기분이 들었다. 그사이 변덕을 부려 초여름 햇살 쳐놓곤 무척이나 따갑게 내리쬐고 있었기 때문이었다.

한바탕 출근 전쟁을 치른 뒤라 전철 안은 한산한 편이었다. 빈자리를 찾아 입구 중간쯤 자리를 잡고 앉았다. 개미굴처럼 뚫어놓은 깜깜한 지하통로를 달리느라 차창 밖으로는 아무것도 보이지 않았다. 어쩔 수 없이 맞은편에 앉은 사람과 자주 눈이 마주치게 되자 어색함을 감추려고 핸드폰을 꺼내 들었다. 그리고 보니, 나뿐만이 아니라 눈을 감고 잠든 척하는 사람 빼놓곤 전부들 스마트 폰 삼매경에 빠져있었다. 별별 마술을 다 부리는 손바닥만 한 기계 하나씩은 다들 들고 있었던 것이다. 나이 지긋한 아저씨는 귀에 이어폰을 꽂은 채 무슨 내용인지 심각한 표정으로 보고 있고, 그 옆에 아슬아슬한 미니스커트 아가씨는 문자를 보내느라 양손 엄지손가락을 바쁘게 움직이고 있었다. 손에 들고 있는 핸드폰을 내려다보며 새삼스럽지만, 가만히 돌이켜 생각해보니 그때 그 당시에는 꿈에서도 상상조차 할 수 없었던 일들을 인터넷 세상이 되어버린 지금 옛일은 까맣게 잊고 살고 있었던 것이다.

빨간 공중전화기 앞에 줄지어 서서 10원짜리 동전 집어넣고 '통화는 간단히' 하라는 전화통을 바라보며 행여 끊기지나 않을까 서둘러 말을 해야만 했었던 그때, 그 당시에는 팔랑거리는 나팔바지와 빨간 줄무늬의 남방이, 그리고 도끼빗으로 빗어 내리던 그 머리 스타일이 최고였었는데, 이제와 생각해보면 빛바랜 앨범 속의 흑백 사진처럼 왜 그렇게 촌스럽고 유치했던지.

지금까지 이 이야기는 수십 년이 흘러버린 지난 과거 속의 일이었지만 이제는 검었던 머리에 희끗한 서리가 내려앉은 우리의 아버지나 어머니들이 어쩔 수 없이 겪으며 살아왔던 일이였었다. 빠르게 변해가는 현실의 흐름에 따라 생각하는 방식과 외모는 변해 갈지는 모르겠으나 변할 수 없는 아름다운 기억들을 마음속 깊이 간직한 채 살아온 각박한 세월 속에서 이제는 한 조각 추억이라도 찾을 수 있는 여유가 생긴다면 그 얼마나 고마운 일이겠는가.

더불어 스마트 폰 귀에 대고 마냥 재잘대는 요즘 애들이 '어휴, 유치해 그땐 왜 그랬어? 정말 그랬단 말이야?' 하고 조금이라도 관심을 가져주어 해명할 기회라도 준다면 그 이상 다행한 일이 어디 있겠는가. 그러나 작은 실패에도 너무나 연약해진 요즘 너희 세대들 실패를 하더라도 좌절에 빠지거나 두려워마라 너희들에겐 최고의 자산인 젊음과 많은 시간이 남아있지 않느냐. 수많은 실패와 어려운 역경 속에서도 좌절하지 않고 꿋꿋하게 버티고 열심히 노력하여 오늘을 일구어낸 우리들의 부모님들처럼, 후회없는 삶을 살았다고 떳떳하게 말할 수 있는 사람으로 커 나가길 바라면서,

나름대로는 연령층과 관계없이 읽을 수 있는 이야깃거리를 찾아서 그 당시 소문으로 무성했던 이층집 소녀와 망태 소년과의 사랑 이야기를 담아내기 위해 주인공의 발자취를 따라 헤집고 다녀야만 했던 보람을 느낄 수만 있다면 나 또한 모든 이들에게 감사할 따름이니까---

전철이 신도림역에 도착한다는 방송이 나오자 환승역이라 많은 사람들이 출입문 쪽으로 몰려들었다. 나도 그 사람들 틈에 끼어 같이 내렸다. 정말 너무 오랜만에 와보는 고향이었다. 2번 출구로 나와 성락교회를 경유

한다는 마을버스를 탔다. 십 년이면 강산이 변한다고 했는데 너무 오랜 세월 속에 변해도 너무 변해버린 모습에 깜짝 놀라고 말았다. 벽돌공장과 십자강이 있었던 자리엔 아파트와 빌라촌으로 변해버려 어디가 어딘지 찾을 수가 없었지만 '가마산 길' 이나 '도림로' 라는 이정표가 가리키는 쪽이 예전에 벽돌공장과 십자강이 있었던 자리였다며 동네 어르신들이 말씀하시는 걸 들을 수가 있었다. 더구나 더욱 놀랄 수밖에 없었던 것은 호박밭 옆에 초라하게 있었던 천막 교회 자리엔 하느님의 은총으로 '서울 성락 교회' 라는 아주 거대한 성전이 들어서 있었다. 도림 교회나, 도림 천주교 성당과는 비교도 안 될 만큼 엄청나게 큰 규모에 다시 한 번 놀라며, 이 책의 주인공인 원남이가 살던 이층 양옥집을 찾아 발걸음을 옮겼다.

마을버스 탈 때부터 잔뜩 찌푸리기 시작하더니 아나운서 아가씨의 예보가 거짓이 아니라는 걸 증명이라도 하듯 후둑, 후둑, 빗방울이 떨어지기 시작했다. 그동안 어색하게 들고 다녔던 삼단우산을 보란 듯이 활짝 펴들었다. 오비 맥주 회사가 있던 자리엔 오비 공원이란 이름으로 공원이 들어서 있고, 크라운 맥주 회사가 있던 자리엔 푸르지오 아파트 단지가 도림동 쪽으로 정문을 열어놓고 있었다. 고춧말 쪽으로 넘어가던 언덕길이 저렇게 낮았었나 싶을 정도로 원만해진 길을 이젠 마을버스가 지나가고 있었다. 원남이가 지나다녔던 아나파 약국과 고은 양장점이 있던 자리는 삼 층 상가 건물로 바뀌어 있었고, 천만다행이랄까 원남이가 살았던 그 당시 이층 양옥집은 지금은 세월에 밀려 퇴색해 보였지만 이층으로 올라가는 계단 입구에 철 대문만 새것으로 치장을 한 채 그대로 그 자리에 있었다. 상가 건물이나 빌라단지로 변한 곳과는 달리 옛 모습 그대로 있어준 원남이네 집이 너무 정겨워 보였고, 한편으론 고맙다는 생각이 들었다. 보고 또 보고 기웃거리는 나를 노인들의 쉼터에서 장기를 두던 할아버지들이 '저놈 뭐하는 놈이지?' 하며 쳐다보는 것 같았다.

정신 나간 놈처럼 혼자 히죽대며 태수 삼촌의 아지트였던 파출소 옆에 있는 순댓국밥집을 찾아 언덕길을 내려갔다.

'도림 2동 파출소' 비에 젖은 눈물을 흘리고 있었던 나무현판이 '도림 치안 센터'로 이름만 바뀐 채 그때 그 자리에 매달려 오늘도 비에 젖은 눈물을 흘리고 있었다. 아! 그리고 있었다. 태수 삼촌의 희망가 소리가 흘러나오던 순댓국집이, 그 당시 그 자리에 안타깝게도 옛 주인은 돌아가셨고, 이어받은 새 주인이 꽤 오랜 세월 순댓국집의 명맥을 유지하고 있었다. 나도 태수 삼촌이 앉아있었던 그 자리에 앉아서 똑같이 주문을 해보았다.

"아줌마! 여기 순댓국 하나하고 막걸리 한 병만 주쇼."
추적추적, 내리는 비는 쉽게 그칠 것 같지가 않았다.

2015년 여름 도두머리에서
장영식